HISTOIRE DES SCIENCES

LES LAPIDAIRES

DE L'ANTIQUITÉ ET DU MOYEN AGE

OUVRAGE PUBLIÉ
SOUS LES AUSPICES DU MINISTÈRE DE L'INSTRUCTION PUBLIQUE
ET DE L'ACADÉMIE DES SCIENCES

PAR F. DE MÉLY

TOME II
Deuxième Fascicule

LES LAPIDAIRES GRECS

TEXTE

AVEC LA COLLABORATION
DE M. CH.-ÉM. RUELLE

PARIS
ERNEST LEROUX, ÉDITEUR
28, RUE BONAPARTE, 28

1899

NOTE ADDITIONNELLE

RELATIVE AUX APPENDICES

Lorsque M. de Mély fit paraître dans la *Revue archéologique* en 1889, le *Poisson dans les Pierres gravées,* extrait de la traduction latine des *Cyranides* de Rivinus, les manuscrits grecs qui les conservaient étaient alors à peu près inconnus. Depuis, nos recherches nous ont permis d'en découvrir un certain nombre, grâce auxquels il a été possible d'établir le texte que nous avons édité dans le premier volume de ce travail.

Mais après la publication du fascicule Ier des *Lapidaires Grecs,* deux nouveaux manuscrits sont venus nous apporter une contribution des plus précieuses. Ils nous rendaient, en effet, la presque totalité des parties grecques connues seulement par la traduction du vieil interprète latin; ils nous révélaient de plus un grand nombre d'articles absolument nouveaux.

Notre publication n'aurait donc pas été complète si nous avions hésité à joindre à ce qui avait paru les additions, les variantes, les corrections contenues dans ces deux manuscrits de la Bibliothèque Nationale, que nous n'avions pas eus à notre disposition avant l'impression. Ce sont elles qui font la matière du II° fascicule.

Le premier de ces appendices est une collation des *Cyranides* faite sur le ms. 2256 (D). Nous avons mentionné pour le premier livre les variantes utiles, les additions et les lacunes du manuscrit.

Nous avons dû procéder autrement pour la suite du ms. D (livres III, II et IV). Nous nous sommes trouvés en présence d'un texte dont la rédaction non seulement était plus complète que celle de l'édition, mais en outre, dans les parties communes, offrait avec celle-ci des différences perpétuelles. Force nous a donc été de reproduire intégralement ces trois livres, en remplaçant par le signe ∾ les membres de phrase déjà publiés, et en laissant au lecteur le soin de reconnaître les omissions.

Le second appendice est consacré au ms. 2502 (M), lequel ne renferme que les livres II, III et IV des *Cyranides*, disposés de même que dans le ms. D. Les deux manuscrits se rapprochent encore par une similitude assez fréquente de rédaction et surtout par de nombreuses additions communes, présentées rarement d'ailleurs sous une forme identique. Mais le ms. M offre une particularité qui se retrouve, comme nous l'avons dit p. XII, dans un manuscrit de Vienne; c'est la transformation des *Cyranides* — texte attribué conjointement au prétendu roi de Perse Cyranus et au philosophe Harpocration d'Alexandrie — en un texte d'où ces deux noms sont absents et qui est placé sous celui d'Hermès Trismégiste. Il y a là un problème bibliographique qui exigerait une étude spéciale et qui peut se formuler ainsi : lequel de ces deux textes, A) *Cyranides*, B) livre hermétique, a droit à la priorité? Le plus ancien manuscrit connu de A est daté de 1272 et les manuscrits connus de B sont postérieurs, mais cette chronologie ne prouve rien. En tout cas, nous reproduisons intégralement aussi le texte de B, en indiquant par la note « Cp. D » les parties de ce texte qui figurent, avec ou sans variantes, dans le ms. 2256.

Nous avons enfin rappelé plus haut, p. IX, l'édition de la première *Cyranide*, contenue dans les *Analecta sacra* du cardinal Pitra, t. V, pp. 292-299. Nous aurions dû ajouter que cette publication est la reproduction (souvent défectueuse, à force d'être fidèle) du manuscrit synodal de Moscou n° 11, olim 14 (Mo), F. 114 et suivants, complété en quelques endroits au moyen du Vaticanus Palatinus 226. Observons, en outre, que les copistes de ces deux manuscrits ou de leur original, se sont bornés, en général, à transcrire le premier paragraphe de chacune des 24 lettres et (sauf dans la lettre A) le paragraphe contenant ce que le ms. R a nommé ἀποτέλεσμα γλυπτικόν (par exemple, p. 26, § 20).

Le manuscrit de Moscou débute comme le ms. N. (Cp. ci-dessus, p. XI, note 3). Après le mot λυμαίνονται (λυμαίνοντα, Mo, d'après Pitra), ce manuscrit ajoute ces mots : κεῖνται δὲ κατὰ στοιχεῖον · ἑκάστου στοιχείου βοτάνην περιέχοντος, ζῶόν τε καὶ πτηνὸν καὶ ἔνυδρον, ἔτι τε λίθον, συμπαθοῦντα ἀλλήλοις.

Il sera donc intéressant de mettre en parallèle toutes les parties communes à notre édition et à celle du cardinal Pitra ; nous signalons seulement, dans notre troisième appendice, les différences principales qui distinguent ces deux rédactions. Il est à présumer que plusieurs des leçons fautives de l'édition Pitra sont imputables à l'imprimeur du savant cardinal.

C.-E. R.

APPENDICE I

LES CYRANIDES

VARIANTES ET ADDITIONS

DU MANUSCRIT 2256 DE LA BIBLIOTHÈQUE NATIONALE (MS. D).

P. 6, l. 10. (F. 546 r.) Ἐκ τῶν τοῦ Ἁρποκρατίωνος τοῦ Ἀλεξανδρέως περὶ φυσικῶν δυνάμεων ζώων τε, φυτῶν καὶ λίθων. Ἔκκεινται δὲ κατὰ στοιχεῖον ἑκάστου στοιχείου βοτάνην περιέχοντος ζῶόν τε, πτηνὸν καὶ ἔνυδρον, ἔτι τε λίθον συμπαθοῦντα ἀλλήλοις. Ἀρχὴ τοῦ Α.

§ 1] Ἄμπελος λευκή, ἥ τις καὶ βρυονία (*sic*) λέγεται. Ἀετός, πτηνόν. Ἀετός, ἰχθύς. Ἀετίτης, λίθος.

Ἡ λευκὴ ἄμπ., ἡ καὶ πρ. λεγ., θαυμ. ἐστὶ βοτάνη. Ὁ δὲ ἀετὸς τὸ πτηνὸν βασιλεὺς ὑπάρχει τῶν ὀρνέων πάντων. Ὁ δὲ ἀετ. λ. ἔγγυός (l. ἔγκυός) ἐστι καὶ κτυπῶν· κἂν γὰρ εἰς μικρότατα τέμῃς αὐτὸν καὶ πρὸς τὸ οὖς σαλεύων θῇς, ἀκούσῃ κωδωνίζοντος. Ὁ δὲ ἀετὸς ἰχθὺς ἁλ. ἐστι, παρ. ἱέρακι, μελανότερος (*sic*) μέντοι, ἔοικε κ. π. τρυγῶνι (*sic*). Αἱ δυνάμεις αὐτῶν εἰσὶ τοιαῦται.

19. μὲν omis. — τῷ om.

21. περιειλημμένῳ ἰᾶται τὴν νόσον, ὁμοίως δὲ καὶ αἱμοχύτους.

22. ὑγ. δέ τις ὢν καὶ βουλ. πολλῷ οἴνῳ χρ. καὶ μὴ μεθυσθῆναι ἀπὸ τοῦ χ. τ. φ.

P. 7, l. 1. μετὰ ὄξ. ἴσου τῷ χυλῷ νῆστις πιὼν ἀμέθυσος ἔσται, ὡς μὴ δὲ (l. μηδὲ) γιν. ὅ. π.

3. οὐκ αἰσθ. ∾ πίνει] οὐ μεθύσει ὁ πίνων τὸ σύνολον, κἂν ὅσον οἶνον πίῃ.

§§ 5-6] omis.

§ 7] Γίγαρτον δ' ἐκ τῶν πεπατημένων βο. λειωθὲν μετὰ ∾ λίθου καὶ διδόμενον ἐν π. ἐντατικὸν γίνεται καὶ ἀφροδισιαστικόν.

13. Οἶνος λευκὸς κοτύλαι τρεῖς. — μ'] λ'. — βουρσοδεψικοῦ.

14. ἕως οὗ μία γέν. κοτ. δυσεντερίας, λειεντερίας τε κ. ὅ. τ. παύει πιν.

§ 9] (F. 546 v.) Τὸ δὲ ἀπόζ. ∾ πινόμενον παντοῖα πάθη περὶ τὸ κῶλον συνιστάμενα παύει · ἐὰν δὲ ∾ μίξῃς, οὐκέτι γενήσεται τοιοῦτόν τι πάθος.

19. Γυναικὸς ἐγώ ποτε εἶδον ὀ. τεθλασμένα · καὶ ἐθ. (Les mots μαθὼν ∾ φύσις omis.) Οὔτε γὰρ χεῖρα ἐκίνει, καὶ ἡ σὰρξ ἐσέσ. (Les mots οὔτε δὲ ∾ εἶχεν omis.)

21. ἔμελλον δὲ καὶ τὰ λοιπὰ ταύτης ὀστέα θραυσθῆναι. Ἐπεὶ δ' ἔμαθον κε' ἐτῶν εἶναι τὴν γυναῖκα ταύτην, τῇ τοιαύτῃ βοτάνῃ χρησάμενος ὑγιῆ ἐποίησα. Ποίει δὲ καί συ οὕτως.

22. τῶν δὲ φύλλων τὸν χυλὸν ἴσον οἴνῳ λευκῷ μίξας καὶ δοὺς τῷ πάσχοντι τὸ κῶλον, ὥστε πιεῖν ἐπὶ ἡμ. ζ', ἰάσῃ τὸ πάθος.

25. Ὁ δὲ ἀετίτης λίθος.

26. Les mots Τοῦτο ∾ μεταδοῦναι omis.

§ 12] omis.

31. γινομένας.

32. κλήματα καύσας τὸ ἐξ τῶν κλιμάτων (*sic*) ἐξερχ. ὑγρὸν καιομένων περιχρίσας ὠφελήσει. Τὸ αὐτὸ ποιεῖ δὲ καὶ πινόμενον · εὐθέως γὰρ πᾶσαι πεσοῦνται. Ὁμοίως καὶ ἡ τοῦ ἀετοῦ κόπρος περ. τὸ αὐτὸ ποιεῖ. Καὶ ὁ λίθος δὲ ὡσαύτως περιαπτόμενος καὶ τὸ τοῦ ἰ. στ. διαχριόμενον (διασ. om.)

P. 8, l. 5. Πρὸς δὲ τὰς σ. — τὰς ajouté, comme dans N.

6. φαγηδαινικὰ] σηπεδονικά.

7. στυπτηρίας καλακάνθης ἀνὰ οὐγγ. γ' etc. (Même rédaction que celle de N, reproduite dans notre note.)

P. 8, l. 9. Les mots καὶ καθόλου ∾ ἐστιν omis.

11. μέγιστον] ξένον · — θεασαμένῳ ἐπὶ σηπεδόνι γλώττης ἥτις οὕτω γέγονε ὥστε...

12. τοῦ χυλοῦ γάρ. — ὁμοῦ. (Leçon meilleure.)

13. προσενεχθέντων. — ἐκαθαρίσθη ἡ γλῶσσα τῆς σηπεδόνος. Εἶθ' ὕστερον ἐπιταθεῖσα ἶρις ξηρὰ ἀνεπλώρησε τὸ βρωθέν.

14. ὄχθας.

15. (Fol. 547 r.) τὸ θ. φάρμακον] ἐστι φ. τοῦτο.

16. οὐγγ. γ', μάνης (l. μάννης), χαλκ.

17. λείωσον ταῦτα ἕως ξηρὰ γένωνται · εἶτα χρῶ.

19. ἐκκρίσεις] ἐκρύσεις. (L. meilleure.) — καὶ ὄχθους om.

20. ἐν τῇ κεφαλῇ συνίστανται. — καὶ χυλοῦ] χυλοῦ om.

21. καὶ σεύτλου ἴσα μίξας κατάχριε · ἔστι γὰρ κάλλιστον φ.

22. ποιήσει καὶ ἀβρώτους (L. meilleure) οὕτως · τοῦ χυλοῦ τῶν φύλλων κοτ. β', ῥίζης μ. φλ.

24. ταῦτα ἕψησον ἕως οὗ τὸ ἥμισυ περιλειφθῇ, καὶ ποίησον διάκλυσμα (L. meilleure) ἐπὶ ἡμ. γ' ἢ ε' ἢ ζ', καὶ εἰς τὸ ἑξῆς, οὐδέποτε ἡ μύλα ἀλγήσει ἢ οὖλος. Καὶ ὡς ἐν συντόμῳ εἰπεῖν ἀπὸ κεφ. ἄχρι π. ἡ θεοδ. αὕτη βοτ. τὰ συνιστάμενα πάθη θερ.

§ 20] omis.

30. Ταύτης γὰρ οἱ ἀσπ. — ἐφθοὶ] ὀπτοί.

32. ἄρρητον] ξένην.

P. 9, l. 1. χοιρώνια, ἕλκη...] χρόνια καὶ σαπρὰ ἕλκη, μετὰ γαλ. καὶ ἀμμωνιακοῦ καταπλ.

3. ὀπτὴ ἐσθιομένη ἔφηλιν · καὶ ἐσπ.

5. καὶ τὰς μελ. φλ. σὺν ὀροβίνῳ ἀλ.

6. ἕως οὗ κηρ. ταῖς αὐταῖς φλεγμοναῖς ἁρμ.

7. τὰ ἐν δακτ. καὶ τὰς φλεγμονὰς σὺν οἴνῳ καταπλ. (στέλλει om.).

9. πίνεται] ὠφελεῖ καθ' ἑκάστην ἐφ' ὅλῳ ἐνιαυτῷ πινομένη κοχ. α' (comme le v. i.).

10. σὺν ὀξ. om.

11. ἐχ. ∾ ὁμοίως om.

12. τὰ δεύτερα ἐπ. καὶ πιν. τὰ οὖρα κινεῖ... (L. meilleure).

13. (Fol. 547 v.) ἐπὶ ἡμ. λ'. Καταπλασσομένη δὲ μ. σ. χρησιμεύει.

15. εὐκοίλιος.

17. χυλωθείσης — ῥοφήματος.

18. σὺν ἐλαίῳ om.

20. καταπλασσόμενα ἁρμ. ὁμ. πρὸς ῥ. καὶ ἁπλ. ε. καθ. χρ. ἐστι πρὸς πᾶν ᾧ ἄν τις χρήσηται.

23. καὶ ἡ μὲν πρ. ἐστιν αὕτη ἣ καὶ λ. ἀμπ., ὡς εἴπομεν, ὀνομάζεται · ἄλλοι δέ φασιν αὐτὴν βρυονίαν, ἕτεροι δὲ ὀφ. στ.

24. μέλλιθρον, οἱ δὲ ψίλλιθρον.

25. κέχεδρον] κεχρηδόν. (On connaît κεγχρίδιον.)

26. ὅμοιά εἰσιν.

27. ἐπιλαμβανόμενα. — Les mots καρπὸν ∾ δέρματα omis.

29. ἣν καὶ αὐτήν.

30. χειρώνιον. — φύλλα δὲ ἔχει κ. μᾶλλον δέ.

31. ἐπιλαμβάνεται δὲ καὶ αὕτη τῶν παρακειμένων θάμνων ταῖς ἕλ. · καρπὸν δὲ ἔχει αὕτη βοτρυοειδῆ, πλὴν χλωρὸν μ. τὸ κατ., ἐπαυθεῖ (*sic;* lire ἐπανθεῖ) δὲ μέλανα μ. ἐξ., ἔσ. δὲ πυρώδη. (Leçon meilleure.)

P. 10, l. 1. Καὶ om. — δὲ om. — βλάστησιν. — καὶ εἰσὶ διουρ.

2. ἁρμ. σπλ. om.

3. καὶ μάλιστα αἱ ῥίζαι.

4. ὑπορρογίων. — εἱλκωμένους.

5. καταπλ. καὶ πρὸς πυρώσεις καὶ σχεδὸν ὁμ.

6. τῇ πρὸ αὐτῆς.

7. Ἡ μέντοι λ. ἄ. — κοσμίας τε καὶ χαρ. ἃς διὰ τὸ πλῆθος παρήκαμεν ἀρκεσθέντες ταῖς εἰρημέναις.

8-22. Texte omis.

23. Ἐὰν γὰρ ἠθελήσαμεν εἰπεῖν περὶ τοιαύτης βοτάνης ὅσα δύν., β. ὅ. οὐκ ἂν ἤρκεσεν ἡμῖν · πλὴν καὶ (fol. 548 r.) τοῦτο προσεπιθεῖναι τῷ λόγῳ, ὅπως ὠφέλιμός ἐστι τεταρταϊκοῖς · λαβὼν γὰρ (§ 36) σταφίδα γίγαρτα δ' κεκτημένην ἐκκόκκωσον αὐτὴν τοῖς ὄνυξι καὶ τῷ στώματι (*sic*).

P. 11, l. 7. ἀγνοοῦντος τοῦ πάσχοντος, καὶ ἀπαλλάξεις αὐτὸν τῆς νόσου τῇ τοῦ Θεοῦ χάριτι.

9. καὶ ὁ λ. τῆς κεφ. τ. ἱ. περ. ὁμοίως ἀπ. τοὺς τεταρταϊκούς.

§ 38] omis.

18. οὖν] δέ. — γλ. ἐν αὐτῷ ἀ.

19. καὶ ἐκ τοῦ ἄκρου τοῦ πτ. τ. ἀ. ἢ τοῦ ἱερ., καὶ κατακλ., φόρει. Τοῦτο δόκιμόν ἐστι καὶ θεραπευτικὸν παντὸς πάθους, μάλιστα δ' ἐργάσεται σε ἀξιόλογον καὶ προσφιλῆ τοῖς μεγιστᾶσι καὶ περίδοξον, ἔτι τε χαριέστατον ἐν ὁμιλίαις.

22. Les mots καὶ ἐπὶ ἑτέρων ∾ ἄλφα omis.

P. 12. l. 1. Titre : ἀρχὴ τοῦ Β. (Titre analogue pour les lettres suivantes.)

§§ 1, 2, 3] Βράθυς βοτάνη ὁμοία κυπαρίσσῳ, λεπτόφυλος (*sic*), βοστρυχώδης τοῖς φύλλοις καὶ ἀκανθώδης, δρυμοῦ πληρωτικόν. Βύρσις κοινὸν ὄρνεον ὅ ἐστι κορώνη, ζῶν ἕως ἐτῶν φ'. Βύσσα ἔνυδρον ὅ ἐστι κάραβος · ἐκλήθη δὲ βύσσα διὰ τὴν πρὸς τὰ βύσσαλα ὁμοιότητα. Βηρύλλιος λίθος λευκός, πᾶσι γνωστός, πολύτιμος δέ. Ἡ οὖν βοτάνη σὺν οἴνῳ πινομένη ὁδοποιήσει τὰ νεμόμενα · πλὴν ὑποτεθεῖσα ἔμβρυα κατασπᾷ καὶ δυσουρητικοὺς αἷμα οὐρεῖν παρασκευάζει. Πρὸς δὲ δυσπνοϊκοὺς καὶ ὀρθοπνοϊκοὺς καὶ ἀσθματικούς · βράθυος < δ', βουτύρου < δ', μέλιτος οὐγγ. β'. Εἴλιγμα διὰ τούτων ποιήσας νῆστις δίδου τῷ κάμνοντι. Τοῦ δὲ καράβου οἱ ὀφθ. περ. δυσπνοϊκους ἰῶνται.

14. γὰρ om.

15. ἑτέρας. (Leçon meilleure.) — ὁμοίως δὲ] δὲ om.

16. Après ποιεῖ] διὰ καὶ τοῖς ἀνθρώποις πρὸς τοιαῦτα χρησιμεύουσιν · ἐὰν γὰρ ὁ μὲν ἀνὴρ φορῇ...

17. εὐνοήσουσιν ∾ θαῦμα] διὰ παντὸς τοῦ βίου εὐν. ἀλλήλοις.

18. κορώνην ἐν αὐτῷ. — Les mots καὶ ὑπὸ ∾ κάραβον omis.

19. βράθυος μέρος βραχύ, καὶ...

20. ἀφρ. ∾ βούλει] τοῦ καράβου νύμφην, φόρει.

§ 7] Ποιήσει γάρ σε ἐπίχαρι (l. ἐπιχαρῆ) καὶ ἐπιτευκτικὸν ᾧ ἂν ἐπιβάλλοις · ποιεῖ δὲ καὶ εὔνοιαν τοῖς γαμοῦσι πρὸς ἀλλήλους. Ἔτι δὲ καὶ πρὸς τὰ εἰρημένα πάθη, τὰ δυσπνοϊκὰ δηλαδή, ὁμοίως δὲ καὶ πρὸς ἡπατικοὺς καὶ νεφριτικούς.

P. 13, l. 2-5, omises.

6. Γλυκ. βοτ. ἐστίν · ταύτην τινὲς παι. καλοῦσιν διὰ τὸ τὸν π. α. εὑρ.

7. Après ἀμυγδάλης] τοῦ δὲ σπέρματος αὐτῆς οἱ μὲν τῶν κόκκων εἰσὶ μεμυκότες, οἱ δὲ κεχηνότες.

9. § 3] Γλαῦκος πτηνὸν βασίλειον ἔχων ἐπὶ τῆς κεφ. πτερωτόν, ὀφθ. δὲ μεγάλους, ἴσους <τοῖς> νυκτικόρ. διατρίβον ἐν ἀγροῖς.

11. ὡς] οἱάπερ μ. ὅμοιος ἀγνάθῳ (*sic*).

13. τῆς δὲ βοτ. — ἀρρ. λεγομένη, ἡ δὲ θήλεια.

§ 7] Ἐὰν οὖν μήτρα γυν. μὴ κατ. τὸ σπέρμα, θέλει δὲ συλλ. περιζ. καρπὸν τῆς βοτάνης μεμυκότα, δήσασα αὐτὸν ἐν ῥ. λ. βεβαμμένῳ ζ′ χροιαῖς · ζωννύσθω δὲ π. τ. ἦτρον. (Confirmation de nos conjectures.)

§ 7 *bis*] omis.

§ 8] Εἰ δ' οὐ θέλει συλλ., τὸ κεχηνὸς σπέρμα τῆς γλυκυσίδης περιζωννύσθω μ. ῥ. ὠ. ἡμ. (La suite est omise.)

§ 9] Εἰ δὲ ἐγγυμονοῦσα (l. ἐγκ.) ἐν τῷ τίκτειν δυστοκείη ὡς κίνδ. ὑφορᾶσθαι, κεχ. σπ. τ. β. β. εἰς ἔλ. καὶ ἑψήσας ἄλειφε τ. ὀ. (La suite comme dans l'édition.)

25. καὶ παντοῖα φαντ. φορ.

27. οὖν] δέ. — λειώσας καὶ ἑνώσας ὕδατι θαλασσίῳ ὀλίγῳ.

28. κάλλιον etc.] βέλτιον δέ ἐστι καὶ ἀμφ. τὰς χολὰς μίξαι καὶ ἀποθέσθαι (L. meilleure?) ἐν ὑελ. ἀγγ. καὶ θαυμάσεις τὴν δύναμιν τῆς φύσεως.

P. 14. § 12] Εἰ γὰρ ἐκ τοῦ συντεθέντος τοιούτου ὑγροῦ γράψεις ἐν χαρτίῳ καθ. γράμματα, ἡμέρας μὲν οὐχ ὁραθήσονται, σκ. γινομένης καὶ ὁραθήσονται καὶ ἀναγνωσθήσονται. Καὶ εἰς τοῖχον εἰ ζωγραφήσαις ζῶα παντοῖα, ν. γεν. οἱ θεωρ. φ. νομίζοντες τοὺς δαίμ. εἶναι τὰ γεγραμμένα.

8. γλαῦκον.

9. γλαῦκον. — φορῇ.

10. σκ. γενομένης.

11. ὡς ἄνθρωπος...] καὶ ἔνθεος · ἐν ἡμέρᾳ δὲ οἷς ἂν λέγει πιστ., ἐν δὲ τῇ κοίτῃ φορ. ἀληθῆ ἐπάγει ἐνύπνια.

14. §§ 1 et 2] Δρακοντία, βοτ. Δρυοκολάπτης, πτηνόν. Δράκων ἰ. Δενδρίτης λ. πᾶσι γνωστός. Δρακοντείων δύο εἰσί (cp. le texte de R), μία μὲν ἡ ἀγρία ἥ τις ὑπερ (espace blanc) καλεῖται, ἑτέρα δὲ ἡ ἥμερος ἡ καὶ ἠνοβήκ (*sic*), ὅ ἐστι τὸ

ἀρμενολάχανον. Ἡ οὖν βοτάνη αὕτη τὸ σπέρμα ὅμοιον ποιεῖ ὀφθαλμοῖς δρακόντων. Ταύτης δὲ κρείττων ἡ χολοβότανος ἤ τις ἔχει φύλλα πλατέα ὅμοια <τοῖς> πλατάνου. Ἐκ τοῦ σπέρματος δὲ τῆς βοτάνης ταύτης ἐκθλίβεται ὀπὸς ὃν καλοῦσι δρακόντειον αἷμα, διὰ τὸ ἐρυθρὸν εἶναι.

§ 3] Ὁ δρυοκολάπτης ὄρνεόν ἐστι πᾶσι γνωστόν, τὸ μέγεθος ἴσον ὄρτυγι, ἐλαίας τε καὶ κ. ἴ. ἐννοσσεύσῃ ἐν αὐτοῖς.

§ 4] Δράκων δὲ ὁ θ. ἰ. ἐστιν ἀλεπ., ἀκανθώδης · γίνεται δὲ καὶ ὑπερμεγέθης ὡς διὰ τοῦτο καὶ βλαπτικὸς γίνεσθαι · τοῦτον ἁρπ. ∾ καὶ ῥιπτοῦσιν αὐτὸν εἰς τὰ ὄ. ἐκ τοῦ ὕψους καὶ διαιρεῖται εἰς μέρη συνθλώμενος. Ἔστι δὲ ἡ γλ. α. διδ. ὥσπερ θ. ὑπτία παμμ. μῆκος δακτύλου ἔχ. ἥπερ εἰ ἐντύχοις βαλὼν ε. ἔλ. ἔχε. Αὕτη περιαπτομένη τοῖς παισὶν ἀβάσκαντα καὶ ἄνοσα συντηρεῖ.

§§ 5 et 6] omis.

P. 15. § 7] Τῆς δὲ δρακοντείου βοτάνης ∾ παρέχει : κεφ. ἴᾶται βραχείας ἐμποιούσας τὰς ἀλγηδόνας.

§ 8] omis.

§ 9] Τοῦ πτεροῦ δὲ τοῦ ζώου ἤγουν τοῦ δρυοκολάπτου καὶ ὀλίγου τοῦ ἰ. κοπέντος καὶ λειωθέντος, εἶτα περ. κεφ. καὶ ἡμικρανίαν ἰῶνται ταχέως.

§§ 10-11] (F. 549 v.) Ἵνα δὲ μὴ πλ. ζητοῦντες τὰ τοῦ μεγάλου δράκοντος μέρη, δυσπόριστα γάρ, χρησόμεθα τοῖς μικροῖς ἐχθυδίοις (l. ἰχθ.) τοῖς λεγομένοις δρακοντίοις μῆκος ἔχουσιν ἀνὰ β´ παλαίστας ἄχρι καὶ σπιθαμῆς, ἃ καὶ ἐδώδιμά εἰσι. Τούτων οὖν τὸ στέαρ μ. τ. χ. τ. βοτ. καταχριόμενον ὀψὲ κ. πρ. χρησιμεύει εἰς λέπρας καὶ ἀλγ. κεφ. καὶ ἐλεφαντιάσεις ἐν ἀρχῇ τῆς νόσου.

§ 12] Ἐὰν δέ τις ἀναφράξει τὴν τοῦ δρυοκολάπτου νοσσιάν, φέρει ὁ ὄρνις βοτ. ἣν αὐτὸς γιν. ἐκ φύσεως καὶ προσ. ἀν. Εἰ μὲν γ. π. πέφρακται ἡ νοσσιά, ἐκπίπτει ὁ π., εἰ δὲ λίθῳ, ὁ λ. ὡσαύτως · εἰ δὲ σ. δι' ἥλων, ἐξηλοῦται καὶ πίπτει · εἰ δὲ σιδ. πετ. κ. ἥλ., διαρρήγνυται ἡνίκα τὴν βοτάνην πλησίον προσαγάγει (l. προσαγάγῃ) τοῦ διαφράγματος · καὶ ἡνίκα ἀνοίξει, μετακομίζει τὰ ἑαυτοῦ νοσσιὰ ἀλλαχοῦ · τὴν δὲ βοτ. ῥίπτει πρὸς τῇ ῥίζῃ τοῦ δένδρου. Ἐὰν οὖν τις τὴν ἀναφραγὴν ταύτην ποιήσας ζητήσῃ τὴν βοτάνην, εὑρήσει πάντως πρὸς τῇ ῥίζῃ τοῦ δένδρου καὶ ἕξει χρειώδη ἐν οἷς οὐκ ἔξεστιν εἰπεῖν · δυνήσεται γὰρ ποιεῖν διὰ τῆς φυσικῆς αὐτῆς δυνάμεως ἃ δι' ἑαυτοῦ οὐδέποτε δυνήσεται.

23. Ἐὰν δέ τις... — δρυοκολάπτην.

24. εὑρισκομένην om.

25. ὑπὸ ∾ φορήσει] βαστάζει ταύτην. — ἀνοιχθήσεται.

26. τὰ δ' ἄγρια πάντα τῶν ζώων ὑποτ. αὐτῷ καὶ ἡμερωθήσεται.

27. θέλοι τεύξεται.

28. καὶ οὗπερ ἂν βούλοιται (l. βούληται).

§§ 14 et 15] omis.

P. 16. § 16] Εἰ δὲ μὴ εὑρεθείη ἡ βοτάνη εἰς τὴν ἀνοιχθεῖσαν νοσσιάν, ὑποκατάκλειε ∾ ἀκρόπτερον (ἀκρότερον ms.) τ. πτ. κ. κ. καὶ κόκκον ἕνα ∾ βοτάνης καὶ τὸν ἐν τῇ κεφαλῇ τοῦ ἰ. λίθον ἢ τὸν μυελὸν αὐτοῦ. Τοῦτο γὰρ ποιῶν ἕξεις φάρμακον χρήσιμον · φορ. γὰρ ∾ ἴαται, καὶ ἁπλῶς εἰπεῖν ἀπαθῆ ποιεῖ τὸν φορ. ἕνεκεν τῆς κεφ. (καὶ om.) τῶν ὀφθ. ∾ φοβ. τοῖς πᾶσιν ἀ. δείκνυσιν.

11. Εὔζωμος βοτ. ἡ καὶ τζαντύρη (?) λεγομένη.

12. πτηνὸν ἡ καὶ ἀηδὼν λεγομένη.

13. ἰχθύς.

14. εὐάνθης (*sic*, ici et partout) λίθος (ἐστί om.)

§ 2] Εὔζωμος βοτ. πᾶσίν ἐστι γνωστή · ἐδώδιμος γάρ ἐστιν ὥσπερ λάχανον, ἣν καὶ καλοῦσιν ἰδιωτικῶς ῥόκκαν (l. ῥόκα, néo grec ; roquette). Εὐδοὴ τὸ πτ. ἥ τις καὶ ἀ. λέγεται, παρὰ πᾶσιν ὁμοίως γινώσκεται · καὶ ὁ ἐχῖνος ὡσαύτως. Ὁ δὲ εὐάνθης λ. ἐ. π.

§ 3] Τὸ μὲν οὖν εὔζ. θ. αὕτη ἡ βοτάνη σὺν πηγάνῳ καὶ ἄγνῳ (*sic*) ἐσθιομένη ἀγνείαν (*sic*) ἐμποιεῖ τοῖς βουλομένοις ἀπέχεσθαι τῶν ἀφροδισίων, ἀλλὰ καὶ καθ' ὕπνους οὐκ ὀνειρώττειν ποιεῖ · διὸ καὶ συνεχῶς ἐσθίεται παρὰ τῶν ἐν τοῖς ἱεροῖς διατριβόντων.

§ 4] omis.

§ 5] Τούτου τὸ σπέρμα < ις', κυμ. < η', πεπέρεως < δ', σπ. ἀνδρ. < β' · ταῦτα λειώσας μετὰ μέλιτος καὶ ἐσθίων ὀψέ τε καὶ πρωΐ, δοκιμώτατον εὑρήσεις φάρμακον τοῖς βουλομένοις ἁγνίζεσθαι (*sic*) ἀπὸ τῶν ἀφροδισίων.

P. 17, l. 1. Τῆς δὲ ∾ καρδία περιαπτόμενα.

2. ποιεῖ.

3. δῷ. — λάθρα πιεῖν, ἄϋπνον παντάπασιν ἀπεργάζεται · οὐ γὰρ ἔσται τούτου λύσις.

§ 8] Ἐχ. δὲ θ. ∾ λειώσας δῷς ἐπιληψίᾳ ἐνοχλουμένοις, παρ. παύσεται ἡ ἐπιληψία · δίδου δὲ μετὰ μέλ. καὶ πλειστάκις.

§ 9] Εἰς δὲ τ. λ. ε. ὃν ἔφημεν πάγχρυσον γλ. ἡ Ἀφρ. (en signe) ∾ κεφαλῆς ἀναδεδεμένους ἔχουσα καὶ ὑποβ. ἡ ῥ. τ. βοτ. καὶ ἡ ἀ. γλ., καὶ κατακλείονται. Τοῦτο ὁ φορῶν π. ἀ. φ. λ. ἔσται, καὶ γν. κ. ἡδ., καὶ οὐ μ. ἀ. αἰδέσιμος, ἀλλὰ καὶ θηρίοις φοβερὸς καὶ δαίμοσι. Πᾶν γὰρ θηρίον φεύξεται ἀπ' αὐτοῦ

12. (Fol. 550 r. l. 3 d'en bas). Suit, comme dans le ms. R, le texte relatif à l' ἔποψ, dont on trouvera la collation page 20, §§ 11 et suivants.

13. (F. 551 r.) Στοιχεῖον Ζ] Ἀρχὴ τοῦ Σ ἀντ^τ Ζ. (Lire ἀντὶ τοῦ Ζ.)

15. ζᾶκος partout.

16. σμύραινα ἰχθύς.

17. σμάραγδος λίθος περσικὸς τίμιος.

18. σμίλαξ β. ἐ. πάνυ ἰσχυροτάτη ὑποχρυσίζουσα · ἐὰν οὖν τις στ. δι' αὐτοῦ, τέξ. ἀπ. παραυτίκα.

20. τις κενῶν τὸ καθαιρόμενον καὶ περιζωθῇ (*sic*) ταύτην τ. βοτ., ἀπ. καθ.

22. κο. α'] οὐγγ. α' μίξας μετὰ μέλ. οὐγγ. α' δῷς.

23. κενώσεις τὴν ὑγρότητα. — αἱμορροίσει (*sic*).

24. (F. 551 v.) ζᾶκος πτ. ἐ. ὃ οἱ μὲν καλοῦσιν ζώδ(ιον). — τὸ εἶδος.

25. γρυπὸς.

26. σμύραινα ἰχθύς ἐστι θαλάσσιος πᾶσι γνωστή.

27. σμάραγδος λίθος ἐστὶ γνωστὸς καὶ οὗτος ὁμοίως.

28. ἔντερον] πτερὸν ἐὰν δῷς. — Les mots ἐν βρ. ∾ λαϐὼν omis.

29. ἐσθίων ὡς μὴ δυνάμενος ἐμπλησθῆναι (ἐστ. γ. ἀχ. om.)

P. 18, l. 1. κωλοέντ. — δῷς. — κωλικοῖς.

2. σωθήσονται.

3. Τὸ στ. δὲ αὐτοῦ χριόμ. — ἢ μύρου τεταρταϊκοὺς ἰᾶται. — ἡ κ. δὲ αὐτοῦ μετ' ὅ. χριομ. λέπρας π.

4. ὅσον] οἷς. — βούλει.

5. τὰ ἔντος.

6. ὁ δὲ σμ. — βαρύτιμος] πολύτιμος. (Leçon meilleure.)

7. Γλύψον etc.]. Ἐν τούτῳ τοίνυν τῷ λίθῳ εἰ γλύψεις ἅρπην (*sic*). — πόδας αὐτῆς τὸν ἰχθὺν τὴν μύραιναν, κατακλείσας δὲ ἐν αὐτῷ καὶ τὴν ῥίζαν καὶ ταῦτα φορῇς, ἀποτρέψῃ πᾶν ἐνύπνιον ταραχῶδες καὶ φοβερὸν ἔτι τε ὅσα τοῖς σεληνιαζομένοις ἀκολουθεῖ.

9. παύει δὲ καὶ κωλυκὰς (l. κωλικὰς) ὀδύνας.

10. κάλλιον δὲ ἔσται τὸ φυλακτήριον τοῦτο εἰ... — μυραίνης ὑποϐληθείη. — Les mots τοῦτο ἔ. ἐ. omis.

12. Ἠρύγγιον βοτ. ἢ καὶ φοινικόπτερον λέγεται ζῶον ἢ γοργόν.

15. Ἡδωνίς ἰχθύς ἐστι θαλάσσιος · οἱ δὲ ἀμφίϐιον λέγουσι.

16. κάλαμος φυ. περὶ ἧς καὶ πρότερον ἐμνήσθημεν · ταύτης τὴν ῥίζαν εἴ τις ὑποθείη ὑπὸ τὴν ἐσθῆτά τινος κοιμωμένου, ἔξομ. (l. 20) τὰ ἑαυτοῦ, ἐὰν καὶ ἀνέκφορα ἔχῃ καὶ ὁποῖός ἐστι καὶ πόθεν καὶ εἰ φυγαδεύεται ξένος ὤν.

22. ἐν suppléé] σύν.

23. κωλικὰς διαθέσεις παύει.

24. στραγγουριῶν τάς τε.

25. ἡμ. ιε', πρωΐας τε καὶ ἑσπέρας.

26. ῥοιᾶς συνεκζέσῃς. — κρ. ποιήσεις τὸ φάρμακον.

27. δῷς λάθρα, ἔτι κρεῖττον ποιήσει.

P. 19, l. 1. (F. 552 r.) Ἡ δὲ ἡδωνὶς ὁ ἰχθὺς καὶ ἀμφίϐιον λεγ. σ. ἐσθιομένη.

2. ἀποθερ.] ἰᾶται.

3. εἰς οὖν ἧφ.

4. τὸ φοιν. ἤγουν τὴν ἅρπην (*sic*), ὑπὸ τοὺς πόδας δὲ αὐτῆς. — δὲ om.

5. μέρος τῆς ῥίζης τοῦ ἠρυγγίου (μικρὸν om.) — ἐκ πάντων...

6. ἰνδ. νυκτερ.] φαντάσματα νυκτερινὰ καὶ βασκανίας ἀποπέμπεται· χρησιμεύει δὲ καὶ εἰς λιθιῶντας.

§§ 9-20] omis.

P. 20. §§ 11-12] (F. 550 r., l. 2 d'en bas, suite de la lettre E.) Ἔποψ δέ ἐστι ζῶον πετώμενον (l. πετόμ.) — Les mots ὃ καλ. ἐπ. omis. — ἑπτάχροον.

11. αὐτὸ δὲ etc.] (F. 550 v.) ἔστι δὲ τοῦτο τετράχρουν ταῖς δ' ὥραις τοῦ χρόνου (pour ἐνιαυτοῦ en néo-grec) ἀναλογοῦν. Οὗτος καλ. παρά τισι κούκοφος κ. π. Ἔστι δὲ ἡ φυσικὴ δύναμις τοῦ ζώου τούτου θαυμαστὴ λίαν· εἰ γάρ τις ἀνατεμὼν τοῦτον ζῶντα καὶ λαβὼν τὴν αὐτοῦ καρδίαν ἔτι σπαίρουσαν καὶ ζῶσαν καταπίῃ ∾ ἡλίου ἱστάμενος ὥρας ∾ ὀγδόης καὶ ἡμέρας ζ˜, ἤγουν σαββάτου σελήνης (signe de la lune) ἀν. ο., ἐπιπίῃ δὲ καὶ γάλα ∾ ἐκ τοῦ ῥηθησομένου συνθήματος, ταῦτα δὲ πάντα ποιήσει (l. ποιήσῃ) τάχιστα καὶ αὔθωρόν, ἵνα ∾ ὑγιὴς οὖσα κατ., ἔσται γινώσκων πάντα τὰ ἐν τῷ οὐρ. καὶ ἐν τ. γῇ· καὶ ∾ τὰ κλίματα τῆς γῆς καὶ τὰς πόλεις γίν. ∾ ἀνθρώποις· ἔστι δὲ τὸ ἐκ μέλ. σύνθημα τοιοῦτον.

22. Μέλ. κοτ. α' (καὶ om.) μαγνήτου ζῶντος λειοτάτου. — καὶ ἠρ. βοτ. κ. ζ'. Ταῦτα λειώσας μίγνυε τὸ μέλι· ἔχε δὲ καὶ ἕτ. μαγν. εἰς ὃν τὸ ὄ. γλύφεται, ὃν δεῖ ἐν τῷ τοῦ μέλιτος συνθήματι ἐμβρ.

25. προγιν. περὶ οὗ ἂν βουληθῇς, περίθου ∾ τραχήλῳ καὶ προγνώσει...

28. καὶ ἧπαρ ἐμβάλῃς τοῦ ἔπ. ἐν τῷ συνθήματι λειώσας, πωλλῷ κρείττων ἔσῃ κ. ἔ. μνημονικώτερος. Ἵνα...

P. 21, l. 1. τὸ σῶμά σου τοῦτο ποιήσαντος· εἴωθε γὰρ ἐξανθεῖν πλ. φθ.

3. ἐλαίῳ τ.] χρίσματι τούτῳ. (Leçon meilleure.)

4. ταῦτα λειώσας.

5. χρήζῃς, ἀλείφου τοῦτο κοιταζόμενος.

§§ 15-16] omis.

§ 17] Ἐπεὶ δὲ δυσεύρετός ἐστιν ἡ τελευταία ῥίζα τ. ἠρ., τουτέστιν τὸ ἀνθρωπόμορφον μέρος, ὅπερ ἔοικε κεφαλῇ ἀνθρώπου, εἰ θέλεις ἀλ. ταύτης ἐπ., ποίησον οὕτως. Λαβὼν ∾ γῆν ἐν ᾗ πέφυκε φύεσθαι τὸ ἠρύγγιον, βάλλε τὴν γ. καὶ σπεῖρον ἐν αὐτῇ τὸ σπ. τοῦ ἠρυγγίου καὶ πότ. (f. 551 r.) ἐννεάκις, καὶ ὅταν ἀναφυήσῃ καὶ γένηται ὥριμος ∾ τότε ζήτησον εἰς τ. γ. ἀ. ὧν κ. ν. ἐπιμελῶς καὶ εὑρήσεις (κεφ. Γοργ. om.) Ταύτην ἀνελ. ἔχε ἑτοίμην ὅτε χρήζεις.

25. τὰς τρίχας τὰς μεταξὺ τ. ῥ.

26. καὶ ῥίζιον (*sic*) μικρὸν τῆς κεφαλῆς τοῦ ἠρυγγίου καὶ ῥίζιον (*sic*) γλυκ. τῆς καὶ παιων. κ. σπ. περ. β.

27. χρυσανθέμου (*sic*) καὶ τὸ ἄκρον τῆς κ. τ. φ., ἔτι δὲ καὶ τὸν λόφον τοῦ ἔπ., εἰς κρείττονα χρείαν ἕξεις...

P. 22, l. 1. εἰδῶν om. — ἅ τινα ∾ ἔμβαλε] εἰλήσας γὰρ ταῦτα σὺν μ. ὀλ. καὶ θυμ. τετραείδῳ (Leçon de R.)...

3. χρυσώσας. — ἐπιτυγχάνων omis ici.

4. ἀνθρώποις καὶ πάντων ἐπιτυγχάνων.

5. ἡσύχιος. — καὶ θηρία π. — κατὰ σοῦ om.

7. Ἐὰν δὲ λάβῃς τῆς φώκης τὸν δ. ὀφθ. καὶ ἐμβ. ∾ φορῆς.

8. ἐν παντὶ πράγματι ∾ ἐπιτυγχάνων. (Dernier mot du § 19.)

12. Ὁ γὰρ φορῶν ∾ ἐτέλεσεν (l. 17). Ἔστι δὲ τὸ τοιοῦτον φυλακτήριον καὶ προγνωστικὸν ἐκ τῆς δυνάμεως τῶν ἐν αὐτῷ συγκειμένων, ἣν ἐκ τοῦ δημιουργοῦ ἔλαβον. — Suit la lettre Z (ci-dessus, p. 17, l. 13).

19. Θυρσίτης, λίθος ὅμοιος κοραλλίῳ. Θύρσις, βοτάνη. Θύρ, πτηνόν. Θύννος ἰχθύς ἐστι θαλάσσιος.

23. ἤ om. — διονυσιακὴ om. — θαμνώδης ᾗ τινι ἐστέφοντο οἱ τοῦ Διονύσου ὀπαδοί. (ἀγ. ε. π. om.) θὺρ πτ. ἐ.

24. ἱέρακι θαλασσίῳ, δραστικὸν πάνυ.

25. κοραλλίῳ. — ἐδώδ.] βρώσιμος, ὁμ. πηλαμύδι.

26. πᾶσι γνωστός.

§ 3] omis.

P. 23. § 4] Τούτου φυτοῦ, ἤγουν τῆς θυρσίδος ἐάν τις λειώσας < δ' καὶ βάλῃ εἰς κεράμιον οἴνου καὶ ἀπὸ τούτου εἰς ἓν ποτήριον πίωσι πολλοί, πάντες ἀναλύσουσιν ὡς μεθύοντες, καὶ εὐχαριστήσουσι λέγοντες · ηὔφρανας ἡμᾶς, δέσποτα.

7. βάλλῃς. — καὶ εἴπῃς ∾ εὐφραινόμενοι] τὸ ὅμοιον ἔσται.

§ 6] omis.

13. εἰς δὲ τὸν θ. λ. γλ. θὺρ κρατοῦντα θὺρ τὸ πτ., καὶ ὑποκατακλείσας μέρος τῆς βοτάνης φόρει.

15. ἀμέθυσος, καὶ χαρίεις πρὸς πάντας. Ἔστι δὲ τὸ φυλακτήριον τοῦτο καὶ ἀκ. — ἀήττητον, ὡς μηδέποτε τῶν δικαίων σου ἐκπεσεῖν. (Dernier mot de la lettre Θ.)

21. Ἴασπις λίθος χλωρός. Ἰκτῖνος πτηνόν· Ἰούλ. ἰχθύς. Ἰτέα δένδρον πᾶσι γνωστόν, ἄκαρπον.

P. 24, l. 2. Ὁ ἴασπις λ. π. γν. ἐστιν.

3. Ὁ ἰούλ. ἰ. θ. ἐστιν, μικρὸς πάνυ, εὐάλωτος, ὅν φασιν οἱ πολλοὶ βελονίδα.

4. ἁλὸς] ἄλατος καὶ σίμβλου ὀδυνώμενον σπλῆνα.

5. τὸν δὲ φλοιόν.

6. τρία, καὶ ἰάσῃ τὸ τοῦ σπληνὸς πάθος · ἀποτρ. δὲ α. ἐν τῇ ἑψήσει, καὶ δίδου πρὸς δύναμιν.

7. (F. 552 v.) ἑκάστω^ου (*sic*).

8. ἰκτῖνον. — τὸν ὄφιν.

9. τὸν λίθον κατακλείσας τὸν ἐπὶ τῆς κεφ. τὸν ἰούλ. λίθον, δίδου φ.

10. στήθους, καὶ ἔσται ὁ φορῶν παντὸς πόνου στομαχικοῦ ἀπηλ(λ)αγμένος. Ποιεῖ δὲ καὶ πολλὰ ἐσθίειν εὐπέπτως · καὶ ἑτέρας δὲ δυν. ἔχει, ἃς ὁ φορῶν ὄψεται.

§§ 1-2] Κιν. ἰ. · κιναίδοιος λ. · κιναίδοιος πτ. · κιναίδοιος βοτ. ἥ τις καὶ ὑπτία περιστερὰ καλεῖται.

§ 3] Ὁ κιναίδοιος τὸ πτ. καλεῖται καὶ ἴυγξ, παρά τισι δὲ καὶ σεισοπυγίς, διὰ τὸ τὴν ἑαυτῶν οὐρὰν μακροτέραν οὖσαν τοῦ δέοντος συνεχῶς κινεῖν. Ἔστι δὲ στρουθίον ἐδ. πᾶσι γνωστόν. Οὗτος ὁ ὄρνις τρ. λ. ἔχ. ∾ τράχ., γλ. δὲ μικράν.

§ 4] Ὁ κιναίδοιος ἰ. θ. ἐστι τὸ μέγεθος δακτύλων ϛ', κεφαλὴν πλατεῖαν ἔχων ὥσπερ βλέν... τὸ δὲ λοιπὸν στρογγύλον καὶ διαυγὲς ὡς φαίνεσθαι ∾ ὡς δι' ὑέλου · εὑρίσκεται δὲ εἰς πλῆθος ἐν τῇ παραλίᾳ τῆς Συρίας καὶ Π. καὶ Λ. Οὗτος ἔχ. λ. ιβ' · ἕκαστος δὲ τούτων ἰδίαν ἔχει ἐνέργειαν · εἰσὶ δὲ οἱ ιβ' ἐν τῇ τούτου κεφαλῇ. Ἔχ. δὲ καὶ ἕτ. λ. ἐν τῷ γ' σπ. ∾ λίαν.

P. 25. § 5] ὁ δὲ κιναίδοιος λ. ἄγν. ἐστι, γινώσκεται δὲ ἐκ τῆς ἄλλης ἐπωνυμίας, καλεῖται γὰρ καὶ ὀφιανός. Ἔστι δὲ ὁ λίθος οὗτος διττός · ὁ μὲν γάρ ἐστι σκοτεινὸς καὶ μέλας, ὁ δὲ μέλας μέν, διαυγὴς δέ · οὗτός ἐστιν ὃ ζητ. οἱ πολλοὶ καὶ οὐ γιν. αὐτόν · οὗτος γὰρ (l. δέ) ἐστιν ὁ δράκοντος λίθος καλούμενος.

10. ὑποθυμιάσῃ συκήν, φυλλ. εὐθύς.

12. προσκεφάλαιον αὐτοῦ ὑποθῇ τις, ἀκίνητος ἔσται ἐν τοῖς ἀφροδισίοις ἐπὶ ἡμ. ζ'.

14. μ. ἀλφίτων φαγεῖν, οὐ πλησιάσει θηλείαις.

§§ 9-10] (F. 553 r.) Ὁ δὲ ἐν τρ. σπ. τ. ῥ. τοῦ κιναιδοίου ἰχθύος λίθος σὺν ποτῷ ἢ βρ. ληφθεὶς ἀφροδισιαστικός ἐστι, καὶ ἀλεκτρύων φαγὼν αὐτὸν μετὰ ἀλφίτων τοῖς ἄλλοις ἀλεκτρύοσιν ὑποθήσει ἑαυτὸν εἰς ὀχείαν.

§ 11] omis.

22. ἐάν τις ὑπὸ χρ. πετ. ἐνθεὶς φορῇ, ἔσται.

23. πεφιλημένος.

24. λάθρα om. — διδ. ἀρρενικοῖς ζώοις, μαλθακίζει αὐτά, ὥστε ὑφ' ἑτέρων ἀρρένων χρήζειν ὀχεῖσθαι.

26. φορῇ. — σάπφ. ἐγκεκλεισμένον ἐν ᾧ ἐστι γυναικὸς εἴδωλον γεγλυμμένον, ὁ τοιοῦτος ἐπίχαρις ἔσται καὶ παρὰ ἀ. ἐξ.

28. τὸ δ' αὐτὸ καὶ ὁ εὐώνυμος ὀ. ποιεῖ ὑπὸ γυναικὸς φορ.

30. κολλυρίου.

P. 26, l. 1. τῆς om. — σελήνης en signe.

3. ἐν πώματι] ἐν om.

5. ἡπατικοὺς placé après ἐζ. — ἀπαλλάσσει] ἰᾶται.

P. 26, 6 — p. 27, 24. §§ 19-29] omis.

P. 28. §§ 1, 2, 3] Λίϐανος, φυτόν. Λίγγουρις, λίθος. Λώϐηξ, πτηνόν. Λάϐ. ἰ. θ. κ. ποτ. Λιϐ. φυτόν ἐστι θαμνῶδες. Λίγγουρις δὲ λ. ἐστὶν ἐκ τοῦ οὔρου τῆς λίγγης, οὕτως ὀνομ. οἱ δ. λέγ. αἰγύρου δ.

10. ὁ κ. γὺψ λέγεται· ἔστι δὲ ζ. ἰσχ.

11. Λάϐ. δὲ π. γν. ἐστιν ἰχθύς. — κολλύριον ποιοῦν.

21. ἐν τρισὶν] ἐν τισὶν (*sic*).

13. νεφέλας τε, ἀ., μύωπας (*sic*).

14. ξηροφθ. om.

15. καὶ ϐεϐρ.

16. οὕτως] αὕτη. — λιγγούριος.

17. χολὴν γ., χολὴν λ. ὅλην, πέπερι. — μέλιτος οὐγγ. ϛ′.

§ 7] omis.

22. λίγγουριν. — καὶ τὸ ἄκρον τοῦ πτεροῦ τοῦ πτ.

23. Ὠφελεῖ γὰρ πρ. ἀμϐλυωπίας.

26. Μήγερος partout.

P. 29. l. 2. (F. 553 v.) Μόρμορος partout.

3. Μορέα φ. ἐ. πᾶσι γνωστόν, ἡ καὶ συκαμινέα λεγομένη.

4. Μήγερος πτ. ἐ. ὁ λεγόμενος νυκτοκόραξ.

5. Ὁ μηδ. λ. οὐκ ἔστι γνωστὸν τοῖς πολλοῖς.

6. μικρός, ἐδ.

7. Τῆς οὖν ῥίζης τῆς μορ. ὁ ὀπ. — ποτῷ.

8. καθ. τοσοῦτον ὡς δοκεῖν διαρρ. ἐμποιεῖν · ἐὰν δέ τις τοῦ φλοιοῦ τῆς ῥίζης βραχύ τι διαμ. τὸ μὲν σίελον κατ. αὐτὴν δὲ ῥ., ὑπὸ διαρροίας κ.

11. δὲ] γὰρ. (L. meilleure.) — μύλην om. — ποιεῖ· συνθέματα ἐξ αὐτῆς κατασκευαζόμενα τοιαῦτα τοῦ φλοιοῦ τ. ῥ. < β′, κικίδας ἀτρώτους < γ′, ὄξ. κοτ. β′, συγκ. τὰ ξηρὰ ἕψει τῷ ὄξει ἕως ἂν γεν. κοτ. α′ϛ″.

14. Ἰστ. δὲ καὶ τ.] En marge : σηˊ. (*scil.* σημείωσαι.)

15. οὖν om. — βλέπ. πρὸς τὸν οὐρ.

16. καὶ διοειδὲς om.

17. σταθῇ. — πρ. λίϐα ἄνεμον,

18. ἐκτείνας om. — καρδίδιον...] ἰσοκάρδιον (et aussi l. 21), puis : ἡλίου ἀνατέλλοντος τέμῃ καὶ τοῦτο μετὰ π.

19. περιάψῃ.

21. ὡς εἴρηται om.

22. ἐκτίλῃ καὶ περιάψῃ αἱμοπτοϊκοῖς περὶ τὸν τράχηλον, θεραπεύσει ἐπὶ ἡμέρας τρεῖς, σταθείσης τῆς φορᾶς τοῦ αἵματος.

23. Τοιαῦτα ∾ ἀνακάρδια, ὅτι τὰ μὲν ἄνω βλ. ∾ ἡμέραις ἰῶνται.

25. Les mots πρὸς δὲ τὰς αἱμ. ∾ πλανῶνται omis.

27. Πρὸς δὲ τὰς αἱμ. τῶν ἐντέρων, τὰς καλ. ἐσωγάδας ἢ ἐξωγάδας, φ. ἀσ. τοῦτο · ὄμφακος καρποῦ τῆς μορ. < β΄.

29. (F. 554 r.) πτερὸν νυκτικόρακος κεκαυμένον, τὸ ἀκρόπτερον.

30. νυκτικόρακος.

P. 30. § 13] Διὰ τούτου ταῖς ἔσω αἱμορροΐσι ποιοῦμεν κατακλύσματα (L. meilleure), ταῖς δὲ ἔξω καταχρίσματα τῷ δ. ἀν. χρωμένους (l. χρώμενοι).

3. γλύφεται μόρμορος ἰ. καὶ κατακλείεται ἐν αὐτῷ καρδίον τῆς μορ. ἄνω βλέπον, καὶ φορεῖται πρ. τ. αἱμορραγίδας καὶ < τὰ >περὶ τὰς ἕδρας πάθη.

6. ἔσται πάλ (l. πάλιν) τοῦτο φυλ. εἰς αἱμοπτοϊκούς.

8. καὶ αἱμορροϊκὰ ἄνωθεν.

9. τῆς μορέας οὕπως.

§§ 17, 18 et 19] Ὁ τῆς ῥίζης ὀπὸς μιχθεὶς ἴσῳ χυλῷ (Espace blanc pour vingt-cinq lettres.) ῥίζης · ὁμοίως ποιεῖ καὶ τιθυμάλῳ μιχθεὶς καὶ σκαμμωνίας τὸ ἴσον. Ταῦτα πάντα μίξον ἐξίσου, καὶ ἕψει μετὰ μέλιτος τριπλοῦ, ἕως σχῇ ὑγρᾶς κηρωτῆς πάχος · καὶ ἀποτίθει ἐν βυκίῳ (l. βικίῳ) ὑελ. καὶ ἐξ αὐτοῦ δίδου νήστει προδ. ἄκρως <α΄. Ἐὰν δὲ πλεῖον ποθῇ ὡς φασ. μέγ. ∾ οὐ ζήσεται τελείαν ἡμέραν. Δίδου δὲ ἑκάστῳ κατὰ δύναμιν.

19. Νεκύα] Νομία.

23. Νεκύα..,] Ἡ νομία βοτ. ἐστὶν ἡ λεγομένη φλ. — λέγεται δὲ περὶ αὐτῆς ὅτι.

24. φύλλα] τῶν φύλλων. — Les mots τούτου τὰ φ. omis.

25. Ἐπειδὴ ∾ καλεῖται] Διὰ τοῦτο καὶ κατεῖχον αὐτὸ ἐν ταῖς νεκυομαντείαις ∾ γινομέναις οἱ τοιαῦτα πρ. · διὰ τοῦτο καὶ ἐκάλουν τὰ τοιαῦτα φύλλα νεκύδια.

P. 31, l. 3. νηχόμενον τοῖς ὕδασι μέγ. ἀλεκτορίδος ἔχ.

4. ὁ δὲ ναυκρ. ἰ. ἐστι θαλ. ὃς καὶ ἐχ. λέγεται.

5. οὐκ ἐᾷ...] ἐπέχει αὐτὸ τῆς πορείας καὶ οὐκ ἐᾷ κιν. ὅλως ἂν μὴ πρότερον ἀποσπασθῇ ἀπὸ τῆς τρ. τοῦ πλοίου (fol. 554 v.) καθ' ὃ μέρος κεκόλληται.

6. ἕως ἂν κηρ. διηθουμένου τοῦ ἐλαίου καὶ κηρ. πάχ. λαβ. καὶ καταπλασσομένου π. θ.

8. Ὁ δὲ νεμ. λ. ἦν κατεσκευασμένος παρ' Ἕλλησιν ἐν τῷ ναῷ τῆς Νεμ. (λ. κρ. om.)

9. ἐπὶ τούτου λίθου ἡ Νέμ.

10. ἑστῶτα (L. meilleure?). — τῇ μὲν εὐων. χ. κρ. πηγήν, τῇ δὲ δ. ῥαῦδον (*sic*), καὶ κατακλείεται ὑπὸ τὸν λίθον...

§ 7] Ἐὰν οὖν τὴν σφραγίδα ταύτην προσαγάγῃς δαιμ., παραυτίκα ὁ δ. φ.

15. ὑγιάζει. — περὶ] ἐπὶ. — φορούμενον.

§ 9] Ἀποτρέπει δὲ καὶ φ. δαιμόνων · καὶ τοὺς ἐν ὕπνοις ἐξαλωμένους μετὰ φόβου ὑπὸ νυκτ. συμπτωμάτων ἀπαλλάττει τοῦ τοιούτου πάθους.

18. καὶ τὴν ποσ. τοῦ χρόνου τῆς ζωῆς καὶ τὸν τόπον ποῦ (Lire ὅπου) τεθνήξεται.

20. Δέον] Δεῖ.

§ 12] Τῆς δὲ ἐχ. ἐὰν βραχὺ ∾ ὀστέων κατ. εἰς δ. ἴ. καὶ ἔχῃς παρὰ σεαυτῷ καὶ ἐπ. εἰς πλεῖον (*sic*) κατακρύψῃς αὐτό, οὐκ ἀποπλεύσει τ. πλ. εἰ μὴ κεκρυμμένον τοῦ πλοίου ἐκβληθῇ.

24. τὴν π. ζ.] τοῦ π. ζ. — Les mots ὡς ∾ εἶπον omis. — χρῶ τῷ τοῦ ἰ. ἀπογευματίσματι.

P. 32, l. 2. Ξίφος.

4. Ξίφος.

§ 2] Τὸ ξίφος ἡ βοτ. πεπληθυσμένως εὑρίσκεται · ἔχ. δὲ φ. ὅμ. σίτῳ, πλὴν ἐπ. φύεται δὲ ἐν τ. ἀρ. ∾ φάσγανον. Αὐτὴ ἀναβαίνει ὀ. ∾ πῆχυν ἕνα · καὶ ἔστι μον., ἄνθος ἔχουσα κυαν., εὔοσμον, ὑποπορφυρίζον. Ἐκ ταύτης οἱ π. στ. πλέκοντες φοροῦσι, τοῦ ἔ. εἶναι λέγοντες.

12. (F. 555 r.) § 3] Ὁ δὲ ξ. λ. ἐν πάσῃ τῇ γῇ κατὰ πλάτος εὑρίσκεται κάχληκι ἐοικώς · ἐξαιρέτως δὲ ἐν τῇ Καππαδοκίᾳ καὶ ἐν τῇ Ναζιανζῷ. (Cp. le ms. R.) Τοῦτον ἐν τῇ Ἀσσυρίων χώρᾳ τρίβουσιν εἰς λεπτά, καὶ ὑποθυμιῶντες τὰ ἑαυτῶν ὀρεσίτροφα ζῶα ἐκπέμπουσι.

15. Ὁ δὲ ξ. πτ. ἐ. ὁ καλ. ἱέραξ ἢ κίρκος.

16. Ὁ δὲ ξ. ἰ. ἐ. ὅμ. ἰουλίδι, ποικίλος μ. καὶ οὗτος, μικρότερος...

§ 6] Τῆς οὖν βοτ. ∾ ῥίζαν ἐν ἐλαίῳ πλείονι ἐμβάλλουσιν, ἃ καὶ ἐπὶ πολὺν χρόνον ἐν αὐτῷ διαμείναντα μύρον ἀπεργάζονται χρήσιμον, ὃ ἐν τοῖς ἱερατικοῖς βίβλοις (l. βιβλίοις) καλ. εὑρίσκεται σούσινον. Τοῦτο κατὰ μὲν τὴν Μελανδίαν γῆν καλεῖται σοῦνον, κατὰ δὲ τ. τῶν Ἀσσ. χ. σουσιανόν.

22. τὴν μίαν ἐπὶ τὴν ἄλλην ἐπωχουμένην (*sic*). Τὴν μὲν οὖν ἐπ. ῥ. ∾ λειώσας δῷ σ. ο. τινὶ π. εἰς ἀφροδίσια παρορμήσει · τὴν δ' ὑπ. τοὐναντίον ἠλίθιον π. Addition : Εἰ δὲ γυνὴ ταύτην πίῃ (*sic*), οὐδέποτε συλλήψεται.

§ 8] Ἐν δὲ τῷ λίθῳ γλυφόμενος ἱέραξ καὶ ὑπὸ τοὺς π. α. ὁ ἰχθύς, ὑπὸ δὲ τὸν λίθον ἡ ῥίζα τῆς βοτ. κατακλειομένη φυλακτήριον γίνεται. Τοῦτον τὸν δακτύλιον ὁ φορῶν ἁγνὸς (*sic*) ὀφείλει εἶναι ὡς καὶ ὁ πρὸ αὐτοῦ.

28. αὐτὸ. — χρηματισθήσει.

P. 33. § 10] Καὶ ἐὰν θῇς αὐτὸ ἐν ζ., μαθήσῃ παρ' αὐτοῦ ὃ ἂν βούλει (*sic*).

3. σμύρνου.

5. σου om.

10. ὀρφὸς partout, comme dans les autres mss.

11. γνωστὸς πᾶσι om.

12. Les mots οἱ δὲ ὀνοθ. καλ. omis.

13. αὕτη δὲ ἡ ποιοῦσα τὸ ῥόδον. — ἔπλεκον οἱ Ἕλλ. αὐτῇ φύλλα.

14. ἡμέρῳ μαλάχῃ.

§ 3] (F. 555 v.) Ὁ. πτ. ἐστι π. γν. · ἡ μέντοι γένεσις αὐτοῦ πόθεν τέ ἐστι καὶ ἐν ποίῳ τόπῳ γίνεται σχεδὸν παρὰ πᾶσιν ἀγνοεῖται. Ἔστι δὲ ἡ γέν. αὐτοῦ ὡς παρὰ τῶν εἰδότων ἀκριβῶς ἐφρήσαμεν (*sic; lire* εὑρήκαμεν), αὕτη. Ὅταν χειμῶνες μ. γέν. κατὰ τὴν Λιβύην ἐν τοῖς πρὸς τὸν αἰγιαλὸν ἠρεμικωτέροις μέρεσι κατ' αὐτὴν τὴν Λιβύην ἡ θάλ. τὰ ἐν αὐτῇ μέγιστα κήτη ἀπορρίπτει, ταῦτα σκώληκας ποιοῦσιν ἐπὶ ἡμέρας ιϐ'· οἱ δὲ σκώληκες ἀμείϐονται εἰς μύας (l. μυίας), εἶτα εἰς ἀκρίδας· αὗται δὲ ∾ ἀνέμου γινομένου ἢ λιϐ. διαπεραιοῦνται τ. θ. καὶ ἔρχονται εἰς τὴν Π. καὶ Κιλ. κ. Καρ. (κ. Λυκ. om.)· ἀλλὰ δὴ καὶ τὴν Θρᾴκην· ∾ βορέου πνεύσαντος, ἀφίστανται πρὸς τοὺς π. τ. ∾ χώρας καὶ τῆς Μελανίτιδος γῆς. Διὰ γοῦν δυσδιάγνωστον τῆς γενέσεως αὐτῶν ἀγνόουντες αὐτὴν οἱ τῆς σοφίας ἀμύητοι παντάπασιν ἀγνοεῖσθα ταύτην φασίν.

P. 34. § 4] omis.

§ 5] Ὁ ὀν. λ. ἐστὶν ὁ καλούμενος σαρδώνυξ, γνωστὸς τοῖς πᾶσι.

3. Τῆς οὖν ὀνοθύρσιδος βοτ. ἡ ῥ. ἑψουμ. μετ' ἐλ. καὶ στ. ὄρτ., εἶτα κ. μιγν. π. πρ. τὰ σκλ. τῆς μ. καὶ τὰς φλ. κ. τὰς νομὰς καὶ ὅσα ∾ κόλπον· μίγνυται δὲ καὶ ῥοδ. ἐλαίῳ, κ. ποιεῖ πρ. χειρώνια.

7. τύπους] πυρετοὺς κ. τρ. ἰῶνται. (Fin du paragraphe.)

10. ἔχε. — ἑπτὰ] ζ'. — προσεπίϐαλε. — βραχύ· καὶ εἴπερ ἐκ τούτου εἰς τὸν λίθον ἐμϐάλῃς, ἢ τὴν θρυαλλίδα βάψας ἐν αὐτῷ ἅψεις, βλέψουσιν οἱ ἀνακείμενοι ἑαυτοὺς μέλανας ὡ. δαίμ. καὶ ἀναστάντες φεύξονται ἅπαντες.

14. πόδας αὐτοῦ, τὸν ὀρφόν.

§ 9] Εἰς δὲ τὸν ὀν. λ. ∾ πόδας αὐτοῦ, τὸν ὀρφόν· ἐκ δὲ τοῦ ῥηθέντος συνθ. ὑπόϐαλε ὑπὸ τ. λ., καὶ φοροῦντα δὲ τὸν δακτύλιον οὐδεὶς ὄψ. οὐδὲ ἐὰν βαστάζῃς τι τῶν ὄντων. Τὸ δὲ αὐτὸ ἔσται σοι καὶ (f. 556 r.) εἰ τὴν ὄψιν χρήσαις (l. χρίσαις) ἐκ τοῦ εἰρημένου συνθήματος (*sic*).

19. § 1] Πολύγονος βοτ. Πορφύρα θαλ. Πορφυρίτης λ. Πορφύριον πτ. (Même ordre aux §§ 2-5.)

23. βοτ. ἥν φασί τινες χαμ. Πορφύρα θαλ. ἡ καὶ κογχύλη, ὁμ. ἐστι κοχλίᾳ.

§ 3] Πορφύριον πτ. ποτ. εἰς πλῆθος ὂν ἐν τ. ποταμοῖς.

27. αἱρουμένη ἐν ἀποκρούσει] λαμϐανομένη ληξιφωτούσης τῆς σελήνης (en signe) καὶ φορ.

28. ποιεῖ...] πρὸς πολλὰ πάθη τὰ ἐν ὀφθ. θεραπευτικός ἐστιν· ὑπὸ πολλῶν γὰρ παθῶν πηρ. οἱ ὀφθ., ἅ τινά εἰσι ταῦτα· κνέφος...

P. 35, l. 4. ἀτριχία] ἀποιχίασις (*sic*).

5. βλεφαρία (*sic*). — γίν. πάθη ια'] ταῦτά εἰσιν ια'. — περὶ δὲ τὰ ἐπ. δ'. (γίν. δ' om.)

6. ἕλκωσις. — ψωρ.] τραχοφθαλμία, ἄργεμον, ξηροφθ.

7. αἰγίλωψ, ἀγχίλωψ (σύριγξ om.)

8. γίν. η'] ὁμοῦ καὶ ταῦτα η'. — βολϐὸν] ὀφθαλμόν. — ἐρίζῃ.

9. μυοκέφαλον. — πρόσχυσις.

10. δικορία] συκορροιά, ὑπόριον.

11. γίνεται ιβ΄] εἰσὶ καὶ ταῦτα ιη΄.

12. σύγχυσις om. — γίν. ιβ΄] εἰσὶ καὶ ταῦτα η΄.

13. ῥευμάτων ταῦτα · λαῦρος.

14. ἁλμῶδες. (L. meilleure.) — γίν. ῥ. ια΄] εἰσὶ δὲ καὶ ταῦτα ι΄.

15. πάντα δὲ τὰ πάθη ξ΄. — ἡ σκευασία.

16. σύμπαντα] ταῦτα αὕτη · χυλοῦ τοῦ τῆς βοτ.

17. σμύρνης < α΄ (ἰνδικῆς om. avant ἀλόης), κρόκου < α΄.

18. ἐν ὑελ. ἀγγείῳ. (Derniers mots de la lettre Π.)

P. 36, l. 2. Ῥάμνος, φυτόν.

§ 2] (F. 556 v.) Ῥάμνος φυτόν ἐστιν ἀκ., ἐν π. κλ. τῆς γῆς φυόμενον, πᾶσι γνωστόν.

§ 3] Ῥομφαία πτ. ἐ. πᾶσι γνωστὸν ἡ λεγομένη νυκτ.

8. ὡς ῥαφ. ∾ στόμα] ῥαφίδα ἔχων ἐν τῷ στόματι. (L. meilleure.)

§ 5] Ῥινόκερως λ. ἐ. ἐπ᾽ ἄκρας τ. ῥ. τοῦ λεγομένου μονοκέρωτος · ἔστι γὰρ τὸ τοιοῦτον ζῶον ἀγριώτατον ἓν κέρας ἐπὶ τοῦ μετώπου προβαλλόμενον.

§ 6] Τῆς ο. βοτ. εἷς κλάδος ἐναποκείμενος ἐν οἴκῳ πάντα πν. ἀπ.

§ 7] Ὁ δὲ χ. τοῦ καρποῦ τῆς τοιαύτης βοτ. μετὰ μέλ. χριόμ. ὀξ. παρέχει · ἐὰν δὲ μόνος, λευκώματα ἰᾶται. Ἕψει δὲ ἕως ἂν ἔλθῃ εἰς σύστασιν.

§ 8] Χολὴν δὲ τῆς νυκτ. ∾ μέλιτος εἰ χρίσαις τοὺς ὀφθαλμούς, ὀξ. παρέξεις. (ὑποχ. δ. ἀπ. om.) — Addition : Γλύφεται οὖν ἡ νυκτερὶς εἰς τὸν λίθον καὶ παρὰ τοὺς πόδας αὐτῆς ἡ ῥαφίς, καὶ ὑπὸ τὸν λίθον ῥιζίον τῆς βοτάνης καὶ τοῦτο φορούμενον (*sic*) δαίμονας ἀποδιώκει. Ἐὰν δὲ θῇς αὐτὸ λάθρα ὑπὸ προσκεφαλαίαν (*sic*) τινός, οὐ κοιμηθήσεται. Ὁμοίως καὶ τὴν τῆς νυκτερίδος κεφαλὴν εἰ κόψεις ζώσης, καὶ ἐνδύσεις ἐν μελανῷ δέρματι, καὶ περιάψεις βραχίονι τινός, οὐδόλως κοιμηθήσεται ἕως ἂν ἄρῃς ἐξ αὐτοῦ τὸ τοιοῦτον · ἀλλὰ καὶ τὰς τρίχας ἃς ἔχει περὶ τὸν τράχηλον ἡ νυκτερίς, ἐὰν περιάψῃς ἱματ (l. ἱματίῳ) ἢ κλίνῃ, οὐδόλως κοιμηθήσεται ὁ φορῶν ἢ ὁ ἀνακείμενος ἐν τῇ κλίνῃ ἄνθρωπος.

18. Σάτυρος βοτάνη.

20. Σάλπιξ ἰχθύς.

21. Σάμφειρος λ.

§ 2] Σάτυρος β. ἐ. ἧς ὁ καυλὸς ἀκανθώδης ἀνέρχεται ἀπὸ τ. γ. · ἔχει δὲ μ. παλαιστῶν β΄, καὶ μεστός ἐστι σπ., τὴν δὲ χρόαν ὡς κνῆκος.

25. Ὁ στρ. πτ. ἐστι. — γινοσκομένη (*sic*).

26. Ὁ δὲ σάλπιξ ἰ. θαλ. ἐστιν · εὐ. δέ ἐστι καὶ ἐδ.

§ 5] Ὁ δὲ σάμφειρος λ. ἐστὶν ἠεράνεος (l. ἀέρινος) ἔχων φλεβία (*sic*) χρυσᾶ · διὰ τοῦτο καὶ χρυσοσάμφειρος (f. 557 r.) παρά τισιν ὀνομάζεται, ἀφ᾽ οὗ ποιοῦσιν οἱ ζωγράφοι τὸ λαζοῦριν τὸ ἄριστον, ὃ καλοῦσι φυσικόν.

P. 37. § 6] (Cp. l'addition du vieil interprète latin.) Ἐκ τῆς βοτ. οὖν γίνεται σκευασία, ἣν μέλλω ἐρεῖν, καὶ ἔστι χρησίμη πρὸς τὰς παρειμένας ὑπὸ πολλοῦ (l. πολλῆς) ὑγρότητος γυναῖκας καὶ μὴ δυναμένας συλλαμβάνειν, καὶ ποιεῖ αὐτὰς στρυφνὰς καὶ καταξήρους ἔχειν τὰς φύσεις. Ἐὰν οὖν τις πρὸ τῆς συνουσίας πάσῃ τὸ αἰδοῖον ἐκ τοῦ γινομένου ξηρίου ἀπὸ τῆς βοτάνης, εἶθ' οὕτως συνέλθῃ τῇ γυναικί, συλλαβεῖν αὐτὴν ἐργάσεται · πλὴν πρὸ τοῦ πάσαι τὸ αἰδοῖον, ὀφείλει χρίσαι τοῦτο μέλιτι · εἰ γὰρ μὴ χρίσαις, ὀγκοῦται ὑπὸ τοῦ ξηρίου σφόδρα, καὶ ὑπερεκτείνεται εἰς μέγεθος ἀσύμμετρον. Ὁμοίως καὶ ἡ γυνή, ἐὰν χρίσῃ ἀπὸ τούτου κροκύδιον καὶ θῇ περὶ τὸ αἰδοῖον, εὔλημιος (l. εὐσύλληπτος?) ἔσται · ἀναξηραίνει γὰρ τὰς φύσεις τῶν γυναικῶν ὥστε καὶ τὰς ἀγόνους καὶ στείρας γονίμους ποιεῖν. Ἡ δὲ σκευασία τοῦ ξηρίου ἐστὶν αὕτη · σπ. σατ. οὐγγ. β' (comme le v. i.), πεπ. οὐγγ. α', στυπτ. οὐγγ. β', μύρου ξηροῦ οὐγγ. α'ς'', καρποβαλσάμου οὐγγ. δ', ὀποβαλσάμου οὐγγ. α'ς''. Ταῦτα τρίψας ἀπόθου ἐν ἀγγείῳ ὑελίνῳ.

§ 7] (A cp. avec le v. i.) Τοῦ δὲ ξηροῦ μύρου ἡ σκευασία ἐστὶν αὕτη. Κόστου οὐγγ. γ', ναρδοστάχυος οὐγγ. ς'', καρποβαλσάμου οὐγγ. δ', ὀποβαλσάμου οὐγγ. ς'', ῥόδων ἐξωνυχισμένων οὐγγ. δ', μόσχου καλοῦ ςγ. (*scil.* ἐξάγια) ς'. Τὰ ξηρὰ κόψον καὶ σεῖσον καλῶς · τὰ δὲ ῥόδα ὀλμοκοπήσας καὶ λειώσας σὺν κρόκῳ χώρησον ἐξ αὐτῶν ὀλίγον · καὶ ἐν τούτῳ ἔμβαλε στύρακα, καὶ ταῦτα κόψας ἐπιμελῶς ἕως ἂν καὶ ὁ στύραξ λειωθῇ, ἐπίβαλλε τὰ ξηρὰ σὺν τοῖς λοιποῖς ῥόδοις · καὶ συνθεὶς καλῶς ποίει τροχίσκους ὑποθυμιάσας ἶριν καὶ μαστίχην καὶ στύρακα καὶ ὄνυχα καστορίου, καὶ ἀναξηράνας ἀπόθου ἐν βικίῳ, καὶ ὅτε χρείαν ἔχεις, κόπτε καὶ σῆθε καὶ ποίει ξηρὸν μύρον.

9. Τῆς δὲ στρουθοκαμήλου τὸ λεγ. φουσκίον (fumier, en néo-grec) ξηρόν.

10. ἡδονικὸν ∾ κόρην] τῷ τε ἀνδρὶ καὶ τῇ γυναικὶ πρὸς ἀλλήλους.

§§ 9-13] omis.

P. 38. § 1] omis.

8. πᾶσι γνώριμος (ἀγ. om.).

9. πτ. ἐ. — εὔγνωστον] καί.

§ 4] Ἡ τρ. ἰ. ἐ. θαλ. ἐδώδιμος, πλὴν ἰοβόλος.

§ 5] (F. 557 v.) Ὁ ταίτης λ. ἐστὶν ὅμοιος ταῶνι · ἔστι γὰρ εὐανθὴς καὶ ποικίλος.

13. ἐπὶ τούτου τοῦ λίθου.

14. ὡς] ἤ. — καὶ ὑποκατακλ.] ὑποκλείσας οὖν.

15. ἔστι γὰρ μ. τοῦτο καὶ θαυμ. φυλακτήριον ἐπί τε ν.

16. καὶ πρὸς ∾ ἔχειν] εἰς πάντας, ὥστε τούτους εὐηκ. ἔχειν.

17. βούλοιτο.

§ 7] Ἐὰν πρὸς τῇ κεφαλῇ ὑποτεθῇ τοῦ ὑπνοῦντος · πλὴν ἁγνοῦ (*sic*) ὄντος. καὶ ἐάν τις βούληταί τι κατὰ σοῦ ἢ ὑπὲρ σοῦ, γνώσῃ τοῦτο καθ' ὕπνους.

25. θαλάσσιος om.

P. 39, l. 1. βοτ. ἐστὶν ἀγ. — καλ. αὐτήν.

3. Ἡ δὲ ὑπερωνίς. — Les mots ὥσπερ ∾ ὑπάρχει omis.

5. Ὁ δὲ ὕ. θαλ. ἐστιν ἰχθύς, ἐδ., πλὴν πον. ἰχθύς.

6. Ὁ δὲ ὑ. λ. ἐ. ποτ. · ψ. γάρ ἐστι αἱμ. τ. χρ.

§ 6] Εἰς τοῦτον οὖν τὸν λίθον γλύφεται ἀετὸς διασπαράττων τὸν ἰχθύν · ὑπὸ δ. τ. λ. κατακλείεται μικρὸν ῥ. τ. βοτ. καὶ ἀκρόπτερον τοῦ ἀετοῦ · ἐὰν δὲ ∾ ὑπερωνίδος πτερὸν θὲς ἱέρακος · καὶ κατ. ἔχε φυλ. καὶ τοῖς ἀνδράσι καὶ ταῖς γυν., πᾶσι χρήσιμον. Ποιεῖ γὰρ πρός τε ἀναδρομὰς ∾ σκοτασμούς, αἱμορραγίας, ∾ καὶ ἁπλῶς εἰπεῖν εἰς πάντα τὰ τοιαῦτα ὠφέλιμόν ἐστι, χωρὶς πτ. καὶ καταπτώσεως καὶ ἀναϐ. Δίδου οὖν φ. ταῖς ὑπὸ τῶν τοιούτων παθῶν ἀναγκ. γυν., καὶ ἔσται φυλακτήριον ἄκρως ἀσφαλέστατον.

21. § 2] Φρύνη βοτ. ἐστὶν ἣν καὶ βατρ. καλοῦσιν ἢ βατραχῖτιν. Ἔστι δὲ πον. φ. τῇ ἰδέᾳ ὡς σέληνον (l. σέλινον). Φύεται δὲ ἐν ὑδατώδεσι τόποις · ἔστι δὲ καυσ. καὶ ἔμπυρον τῇ δυν.

§ 3] Ὁ φρῦνος πτ. ἔστι · τινὲς δὲ ἴκτερον τοῦτό φασιν · (f. 558 r.) ἄλλοι δὲ χλ. ἔστι δὲ τῷ μεγ. σύμμετρον οἷα στρουθίον.

§ 4] Ἡ φώκη ζῶον θαλάσσιόν ἐστι, πᾶσι γνωστόν, κάλλιστον, ἀνθρωπίνας μὲν ἔχον χεῖρας, πρόσωπον δὲ βοὸς μικρᾶς.

27. Ὁ δὲ φρ. λ. ἐστὶ παρά τισι βατραχίτης λεγόμενος.

§ 6] Τῆς οὖν βοτ. ἡ δύν. ἐστιν αὕτη · τὰ ἀπ. τέμνει ὥσπερ μάχαιρα · κατεσθίει δοθιῆνας, χοιράδας καὶ ὅσα τοιαῦτα οἷς φλεγμονὴ [οὐχ] ὑπάρχει.

P. 40, l. 3. τὸ μὲν πλάτος. — τὸ δὲ μῆκος πρὸς τὸ ὑποκείμενον πάθος ὃ βούλει τέμνειν. (ὡς ἡμιδ. om.)

4. φαρμάκῳ] ἐμπλάστρῳ.

5. ἢ τὸ πλεῖστον ϛ´ ἀπολύσας, εὑρήσεις τὸ πάθος τετμ. ὡς διὰ ξηροῦ (l. ξυροῦ). Χρῆσαι οὖν μετὰ ταῦτα.

6. καὶ om.

7. ναρκοῦσι, ἐπὶ δὲ τούτοις καὶ κόλπους παρακολλᾶ (l. παρακόλλα?).

8. Ἔστι δὲ τὸ ἐξ αὐτοῦ συντιθέμενον ἔμπλαστρον τοῦτο · τοῦ χυλοῦ...

9. ἀρσ. καὶ σανδ.

9-10. λεπ. ἐρ. < α´ (comme R). — λαθυρίδος. — θωράκων (comme le v. i.). — Après ἀσϐ. < η´] γαλλικοῦ < δ´, κεδρ. καὶ ῥητίνης τὸ ἴκ.

11. λειώσας ταῦτα ἀπ. ἐν ὑ. ἀ. καὶ παρ. μὴ ἐπὶ νεῦρον.

12. ἐπιθῇς] θῇς. — εἰς] πρός.

13. ἐπιτιθέμενον.

14. θώρακας βάλλε · τὴν δὲ ἄσϐ. ζ. κόπτε, μάλασσέ τε καὶ λ. καὶ ποίει.

16. καὶ οὕτως ἐπιτίθει.

17. τῆς δὲ φώκης.

18. Τῆς φώκης καὶ τοῦ ἄκρου τῆς καρδίας τοῦ ἥπατος (l. ἔποπος comme l'éd.) καὶ ὀλ. ἐκ τοῦ ἥπ.

19. τὸ μυρμήκιον καὶ ῥύπος τῆς γλ. τῆς στρουθοκαμήλου καὶ ὀλίγου μόσχου, μετὰ δεξιοῦ ὀφθαλμοῦ τοῦ λύκου εἰς δ. ἐλαφ. συνδ., ἔχε μέγ. φυλ. πρ. π. φιλικὴν κ. ν.

23. (F. 558 v.) καὶ ῥύεται ἀπό... — περιστάσεις.

25. δὲ καὶ] γὰρ. — καὶ εὐημ.

26. καὶ ἀληθῶς χρησιμώτατον φυλ. ἐστι τὸ τοιοῦτον · ἔστι δὲ καὶ φιλητ. καὶ μάλ. ἐὰν ἔχῃ καὶ ῥ. ἢ κ. ἀλφ.

28. φορ. ἢ βαστ.

P. 41, l. 1. Οὐδὲν ∾ ἐστιν.] Διὰ τοῦτο καὶ τῶν ἀναγκαιοτάτων εἶναι δοκεῖ ἐμβάλλεσθαι εἰς τὸ προειρημένον φυλ. ὄνυχας ἐκ τῆς δ. χ. · ἐνδυναμώτερον γὰρ τοῦτο ποιήσεις.

7. ἐπὶ δὲ τοὺς πόδας ὥσπερ σανδ. φορούμενον ποδαλγίαν ἰᾶται καὶ δυσεντερίαν.

8. δὲ om. — κηρωτῇ ἐκ ῥητίνης ποδαλγικοὺς.

10. εἰς κατ. πλ.] ἐν ἱστῷ πλ., οὐ ν. τὸ πλοῖον.

12. δὲ om. — εἰς τὸ ἀκρόπρωρον (Leçon meilleure ?) τοῦ πλοίου, οὐ βλαβήσεται τὸ πλ. ἀπὸ κεραυνοῦ.

§ 16] Τὸ δὲ πτ. ὁ φρῦνος βρ. ἴκτερον ἰᾶται · διὰ τοῦτο καὶ ἴκτερος ἐκλήθη τὸ ὄρνεον.

15. περ. ἐν ῥάκει τρ. ῥίγος καὶ αὐθημερινὸν ἰῶνται.

17. ἐν βρ.] ἐν om. — τρ. καὶ τετ. ῥίγος, πρὸς δὲ καὶ αὐθημερινὸν ἰῶνται (*sic*). [Ὁμοίως καὶ ἡ καρδία αὐτοῦ.]

19. Εἰς δὲ τὸν βατραχῖτιν λ. — πόδας αὐτοῦ.

20. κατάκλεισον.

21. δὲ] οὖν.

23. (F. 559 r.) Ποιεῖ δὲ καὶ πρὸς τοὺς αἷμα ἀνάγοντας καὶ πρὸς τὰς μήτρας αἱμορραγίας.

24. ὀργῆς τῆς κατὰ τῶν ἐχθρῶν, καὶ μάλ. ἐὰν καὶ τ. τρ. κατακλείσῃς τ. φ.

25. Ἔχει δὲ καὶ ἄ. δυνάμεις ὁ λ. οὗτος, αἵ εἰσιν αὗται.

§§ 21-24] omis.

P. 42, l. 19. Λαβὼν κοινὸν ἱέρ. τὸν λεγόμενον κίρκον. ὡσεί.

20. ἕως ἂν ἀποπνιγῇ. Les mots τουτέστιν ∾ ἀποθάνῃ omis.

21. ἔασον...] βάστασον ἕως ὥρας ϛʹ, καὶ ταρίχευσον αὐτὸν ἕως ἡμέρας ζʹ · μετὰ δὲ ταῦτα...

23. καρδίαν λαβὼν ἕνωσον (*sic*). — ζῶντος ἐκκοπείσης καὶ βʹ λίθων, μαγνίτου τε κ. ἱερ.

25. διὰ τὸ τὸν μαγνίτην ἐνδύναμον γίνεσθαι τῇ παραθέσει τοῦ σιδήρου, καὶ ταῦτα συνδ. ἕξεις μ. φυλ. · πλὴν ἔστωσαν ταῦτα π.

27. ὡς] πλέξας σπ. κλωστὸν λεπτόν τε καὶ ἐπ.

28. τοῦ τραχήλου φθάνῃ ἄχρι καὶ τοῦ στήθους — καρδίας τὸ μέσον · καὶ προγνώσῃ πάντα.

29. Les mots τοῦτο ∾ δίδασκε omis.

P. 43. §§ 26-27] Γίνεται καὶ ἀπόγ. τόδε, ὅμοιον τῷ τοιούτῳ φυλακτηρίῳ. Βαλὼν εἰς ἀγγ. ὀ. προπ. τὸ ὕδωρ ἐν ᾧ ἀπεπνίγη ὁ ἰ. ∾ λιβανωτίδος βοτ. ῥ. <δ′, καὶ κρ. βεβρ. ὕδ. ποτίμῳ κη′ ἕως ἂν βλ. καὶ τὰς γλ. ἔξω προΐσχωσι, λειώσας πρότερον αὐτὰς καὶ βατρ. βοτ. <δ′, λιβ. <δ′, χαμ. βοτ. ἐλ. γ′. Ταῦτα ∾ μετὰ τοῦ ἄνω εἰρημένου συνθ. ἕως ἂν γέν. εἰλίγματος (comme A et R) σύστασις · ∾ φίμωσας. Καὶ ὅταν ἐκ τούτου μέλλῃς πιεῖν, ἔμβαλε ἐν τῇ πόσει καρδίαν ἔποπος ἔτι θ. κ. σπ., καὶ ἐπὶ τούτῳ πίε ὑδρ. καὶ γάλα βοός · ἡ δὲ πόσις ἔστω ἐκ τοῦ συνθήματος (*sic*) δακτύλου α′ · φόρει δὲ καὶ τὸ πρ. φυλ. (f. 559 v.) ἐπὶ τὸν τρ., καὶ ἔσῃ πάντων γινώσκων, ὡς προείρηται.

§ 28] omis.

P. 44, l. 2 et 6. Χρυσάνθεμις (comme R).

4. Χρύσοφρυς.

§ 2] omis. — §§ 3, 4, 5] placés après le § 6, 1re partie.

§ 6, 1re partie] Ἡ χρυσάνθεμις βοτάνη ἐστὶν ἄνθος χρυσίζον ἔχουσα ὡσεὶ καλληκοειδὲς (*sic*) · κατὰ μέσον δὲ τοῦ ἄνθους ἔχει ζωύφιά τινα μέλανα πάνυ σμικρότατα ὡσεὶ μυρμήκια ὑπόπτερα. Ταῦτά τινες αἷμα κοσμικὸν καλοῦσι.

§ 3] Τὸ χρυσόπτερον ὄρνις ἐστὶ μέγ. ὄρτυγος ἔχων.

§ 4] Ὁ δὲ χρύσοφρυς ἰ. ἐστι θαλ. ἐδ. καὶ πᾶσι γνωστός.

§ 5] Ὁ δὲ χρυσίτης λ. π. ἐστὶ καὶ ὑποχρυσίζων.

§ 6, 2e partie] (Τοῦτο ὁρᾶται...) Τῆς οὖν χρυσανθέμιδος βοτάνης τὰ εἰρημένα μυρμήκια λαβὼν πρὸ ἀν. ἡλ. ὄντος ἐν κριῷ (ἡλ. et κρ. en signes), ἀποτίθει ∾ μετὰ ῥοδ. ἐλαίου καὶ ὀλ. ἄνθους τῆς β. · καὶ ὅταν παρέρχῃ ἐπὶ τῆς ἀγορᾶς βραχὺ λαμβάνων ἐξ αὐτοῦ ἄλειφε τὰς ὄψεις καὶ π. θ. · ποιεῖ γάρ σε πρ. καὶ ἐπίχαριν καὶ εὐσ. πρ. π. Ἐὰν δὲ ἅμα τῷ ἡλίῳ (en signe) ἀνατέλλοντι τοῦτο ποιῇς, ἤγουν τὸ χρίεσθαι ἐξ αὐτοῦ πολλῷ βέλτιον ποιήσεις.

§ 7] omis.

§ 8] Ταύτην τὴν βοτάνην μετὰ τοῦ ἐν τῇ κεφαλῇ τοῦ ἰ. λίθου ∾ πρὸς ὀδύνην τῶν ὀδ. βρεφῶν.

21. ὄρνιθος] ὀρνέου. — Les mots τριταΐζοντας ∾ περιαπτόμενοι (l. 23) omis. (Lacune par homœotéleuton, comme dans R.)

27. Ποιεῖ γὰρ πρὸς τὰς ἀλγ. τ. στ. καὶ τὰς τῆς μήτρας, ἔτι τε τῶν νεφρῶν ἀναδρομὰς (puis § 12 omis) καὶ πρὸς πυρέσσοντας, ἐὰν εἰς ἔλ. βλ. καὶ χρίσῃ τὸ ἔλαιον ∾ ἡλίου (§ 13).

P. 45. § 14] Ἐὰν δὲ κ. λ. ἔχῃ ∾ φθισικοὺς σφ. ὠφελήσει.

8. ψίλλος.

9. ψίλλος.

11. ᾀδόμενος] λεγόμενος.

12. Ὁ ψίλλος β. ἐ. (ψιλλίου, l. 26).

§ 3] (F. 560 r.) Ψίλλος ὁ θαλ. μ. ἰχθύδιόν ἐστιν ἐν αἰγιαλοῖς, ᾧ χρ. οἱ ἁλ. δελεάματι ἐν ἀγγίστροις (l. ἀγκίστροις).

15. ὁ ψάρος πτ. ἐστι π. γν.

16. ὁ ψωρ. λ.

17. τὸ σπέρμα, μεθ' ὕδ. κοτύλας β' ἕψει.

18. εἰλήσας] διυλίσας.

19. ἐπίβαλε. — ἕψει.

20. κηρός · καὶ τότε κένωσον αὐτὸ εἰς θ. εὖ μάλα λίσας (l. λύσας) · καὶ ἔσται σοι κηρωτὴ χρησιμωτάτη εἰς ποδαλγίας καὶ ἐν τοῖς ὅλ. ἔχ. πυρώδη.

§ 7] Ἐπὶ δὲ τοῦ αἵματος τοῦ πτηνοῦ εἰ προσβάλεις (l. προσβαλεῖς) τ. λ. ∾ τριταϊκοὺς καὶ τεταρταϊκούς, ἴασῃ.

24. ἐνήσεις] ἐμβάψης, κατὰ τὸ μέτ., ἀπαλλαγήσονται τῆς ὀδύνης.

26. ψίλλους. — μετὰ ψιλλίου (*sic*). — ἐν ἄλλῳ ∾ η' om.

27. περίαπτε (leçon qui rend inutile l'addition conjecturale λαβὼν), καὶ ἀπαλλάξεις τριταίου καὶ ῥιγοπυρέτου.

P. 46, l. 1. ἕψησον. — ῥᾶνον ὅπου εἰσὶ ψίλλαι πολλαί, καὶ οὐκέτι ὑπ.

3. καὶ om.

4. ἐστ. χλ.

5. παιδία κατὰ τὴν νύκτα.

6. ἀγρυπνῶν om. — ἐπὶ ποτάμου ἢ λίμνης (Leçon meilleure), ἀγρεύων (L. m.), μεγάλης ἐπιτεύξεται ἁλείας.

10. ὠκύπτερον partout.

11. ὠμὶς (partout).

§ 2] Τὸ ὤκ. βοτάνη ἐστὶν εὐ., πᾶσι γνωστή · αὕτη δέ ἐστιν ἡ λεγομένη βασιλικόν.

§ 3] Τὸ ὠκ. πτ. ἐστιν ἡ λεγομένη χελιδών.

§ 4] Ἡ ὠμὶς θαλάσσιός ἐ. ἰχθύς, ζῶον λεπτὸν ἐδώδιμον, τὸ καλούμενον μαινίς.

§ 5] Ὁ ὠκυτόκιος λ. ἐ. ἐοικὼς τῷ ἀετίτῃ, μικρότερος δὲ ἐκείνου · πλὴν ἀπηχῶν ὡς ἐκεῖνος ἐν τῷ κινεῖσθαι παρὰ τὸ οὖς · ἔστι δὲ καὶ λεῖος τῇ θέᾳ.

§ 6] Περὶ τοῦ φ. τῆς ὠκίμου μεγ. πρ. ἴδομεν (l. εἴδομεν) (f. 560 v.) ἱστορηθείσας καὶ ἡμεῖς ἐπειράθημεν. Ἐάν τις τοῦτο τ. φ. ἄπλυτον ὂν μασήσηται νῆστις καὶ θῇ ∾ ἑπτά, ὥστε μηδαμῶς ὑπὸ τοῦ ἡλίου (en signe) θεωρηθῆναι, ἡμέρας μὲν συστελλόμενον, ν. δ. αἰθριαζόμενον, μετὰ τὴν ζ ἡμέραν εὑρ. αὐτὸ σχ. ἑπτασπ. χλ. πάνυ ἰοβόλον. Ἐὰν γὰρ τρώσῃ τινά, τριταῖος ὁ τρωθεὶς φυσ. τεθν.

§ 7] omis.

26. βοτάνης om.

P. 47, l. 1. καταπότια, καὶ ταῦτα ξηρ. ἀποθῇ. — καὶ δ. ἐπιληπτικοῖς, ἀπαλλάξεις τῆς νόσου · δίδου.

2. ἀνὰ καταπ. γ′ νήστει (εἰς εὔκρας om.).

3. οὐκέτι σωθ.] ἀνίατος διαμενεῖ. Puis ce § additionnel : Ἐὰν δὲ τὸν σκορπίον ὕδατι ἢ οἴνῳ ἀποπλύνας δῴης τινὶ πιεῖν τὸ ὕδωρ δηλαδὴ τὸν οἶνον, ὁ πιὼν ἐξ αὐτοῦ φλύκταίνας (à rapprocher des signes cryptographiques du ms. R, signalés dans l'éd., p. 46, l. 24.) ἕξει περὶ ὅλον τὸ σῶμα καὶ ἐν ταύτ (l. ἐν ταὐτῷ) ἕλκη ἀνίατα ἔσονται.

5. χυλοῦ] τὸν χυλόν.

6. ἀπαλλ. τῆς νόσου.

8. παραυτίκα.

9. μύρον, καὶ χρίεις τοῦτο, μεγ. τύχην ἕξεις ἀπὸ πάντων (κ. πασῶν om.). — Addition ou plutôt interpolation : Τὴν δὲ καρδίαν τῆς χελιδόνος (*sic*) περιαπτομένην <λαβὼν> ἐλαφείῳ δέρματι, ἀπαλλάξ (εις) σεληνιαζομένοις <πάθος>.

§ 12] Περὶ δὲ τοῦ κ. σκ. οὐκ ἀποκρ. τὰ ἱστορούμενα διὰ τὸ παρὰ πολλοῖς ἀγνοεῖσθαι. Ἐὰν γὰρ βάλης ∾ κοτ. α′, τῆς σελήνης (en signe) ἀποκρουστικῆς οὔσης, καὶ ἐχ. ἀπ., ἀπὸ τούτου δὲ χρίῃς ῥᾶχιν (*sic*) τινός ἄνωθεν ἐκ τοῦ αὐχένος ἕως κάτω, ἔτι τε τὸ μέτ. ∾ τεταρταῖον καὶ αὐθημερινὸν ἰάσῃ πάνυ θαυμαστῶς · κουφίζει δὲ καὶ τοῖς σεληνιαζομένοις τὸ πάθος.

§ 13] Ἐὰν δὲ πάλιν πτερὸν τοῦ πτ. βάλης εἰς ἕτερον ἔλαιον καὶ ἀπὸ τούτου χρίσῃς τὸν ἀπαλλαγέντα τοῦ σεληνιασμοῦ, ἐπαν. ∾ οὐ σωθήσεται.

§ 14] Ὀπτὸς δὲ ὁ τοιοῦτος ἐσθ. (f. 561) ὑπο λιθ. ∾ τὸν λίθον ἀνωδύνως.

23. καρδίαν ἐν ἐλαφίνῳ (*sic*) δέρμ. συνδήσας περίαπτε σεληνιαζομένοις, καὶ τῆς μ. ἀπ.

§ 16] Τὸν δὲ λίθον ὃν ἔφημεν ὠκυτόκιον εἰ λειώσαις μετὰ χ. ∾ πτηνοῦ, καὶ μιᾶς κεφαλῆς τῆς ὠμίδος (*sic*) καὶ μίξας ὀλίγῳ ὕδατι, ἔχοις ἀποκ. ∾ θέλεις ἐπιδείξασθαι, χρίσαις τὴν χεῖρά σου ἀπὸ τούτου, καὶ ἅψαιο λίθου σκληροτάτου ἢ ξ. ἢ ὄ. θραυθήσεται (*sic*) παραυτίκα ὥστε ∾ μάγον εἶναί σε.

P. 48. §§ 17 et 18] Καὶ ταύτην δὲ τὴν ἐπιδεικτικὴν πρ. εἶδον ἐγὼ γενομένην ἐν μητρ. τ. B. χ. Τῆς γὰρ κεφαλῆς τῆς ὠμίδος ἐπιτεθείσης ἐπ᾽ ἀ. νυκτὸς οὔσης καὶ αἰθρίας ἐν ἀέρι ὤφθησαν ἐπὶ τοῦ ὀρώφου (*sic*) δώματος πλήθη ἀστέρων, ὡς δοκεῖν οὐρανὸν εἶναι σὺν τοῖς ἄστροις.

§ 19] Ἐὰν δὲ τῆς σελήνης (en signe) πλήρης (*sic*) οὔσης τὴν κεφ. τῆς ὠμίδος βάλῃ τις ἐ. ἰ. καὶ ἐπιθῇ ἐν πυρὶ νυκτὸς οὔσης καὶ αἰθρίας ἐν ἀέρι, φανήσεται ὁ δίσκος τῆς σελ. ὑπερμεγέτης ὡς ∾ οὐρανοῦ διήκων.

9. μετ᾽ αὐτῶν...] αὐτῷ τι τοῦ τῆς θαλάττης ἀστέρος.

10. τὸ στ. γενόμενον.

11. πυρ. ἐπιθήσης (l. ἐπιθήσεις) λελ. βρ.

12. συνεπιθῇς τῷ πυρί.

13. Ὤμιδα ∾ δύναμιν] Τοῦτο τὸ ζῷον ὠμίδα ἐκάλεσαν διὰ τὸ ἐν τ. ὠ. μεγ. δύν. ἔχειν. (L. meilleure.)

14. Ἔχεις...] Γίνεται γὰρ ἐκ τούτων σκευασία κατ. αὕτη : τῶν ἐ. τ. ὠ. ὀστ. τῶν μαιν. οὐγγ. α′, μανδραγόρας μ. οὐγγ. δ′, ὀπίου οὐγγ. α′, κολοφωνίας, θείου ἀνὰ οὐγγ. α′, νίτρου οὐγγ. α′. Ταῦτα σκεύαζε ὡς ἐπ. καὶ κατ. ἐπὶ νοσήματι τοῖς κάτωθεν ῥηθησομένοις καὶ ταχέως ἀπ. τ. ν.

19. (Fol. 561 v.) ποιήσῃ. — καὶ] εἶτα.

20. βοηθῆσαι τῷ πάσχοντι. — ἔστι δὲ τοῦτο ἴ. τῶν ὑποτεταγμένων νοσημάτων. (L. meilleure.)

§ 25] Μαινίδα δὲ ἐκάλεσαν διὰ τὸ σκευασίαν ἐκ ταύτης ἐπὶ μανίας γίνεσθαι· καὶ ἔστιν ἡ σκευασία αὕτη. Λαβὼν τῆς μ. ∾ οἶνον ∾ σούσινον ἔλαιον ∾ μανδραγόρας <ιδ′, ὑοσκυάμου κόκκους δ′, ∾ σπ. <δ′ · ταῦτα ἕψει ἕως ἂν γένηται τὸ ἥμισυ, καὶ ἀποθ. χρῶ οὕτως.

§ 26] Ἐὰν ἴδῃς τινὰ κατεχόμενον μανίᾳ, δίδου αὐτῷ ἐκ τούτου (lire ἐκ τοῦ οἴνου ?) ὅσον < α′ ∾ καὶ ἀπαλλαγήσεται τοῦ πάθους.

29. πεπτωκότι μὲν, μὴ μαινομένῳ δὲ.

P. 49, l. 1. κολλυρίου. — ἑνώσας δῴης ἐγχρ. τοῖς ὀφθαλμοῖς...

§ 29] Ὠταλγοῦντα δὲ ἐὰν ἐξ α. χρίσῃς τὰ ὦτα, τὴν μὲν ἀλγηδόνα παύσει, κωφὸς δὲ διαμενεῖ.

4. καὶ om. — ἀλέβητος μέλανος.

5. ἐγχρ. τοῖς ὀφθαλμοῖς. — φαίν. ὡς ἐν ἡμέρᾳ. (κ. βλ. om.)

6. μαγνήτιδος ζώσης.

7. ἐγχρ.] καὶ ἐγχρίσῃς τοῖς ὀφθαλμοῖς. — καὶ ἀέρι θεωρήσεις.

8. τὸν om. (L. meilleure.) — τῆς μαινίδος, (L. meilleure.) — καὶ ὑπὸ τοὺς πόδας κατάκλ.

11. παντοῖον ἰοβόλον ζῷον ἑρπετόν τε καὶ τετράπουν, ἔτι δὲ καὶ κύνας λισσῶντας καὶ πάντας ἐχθροὺς καὶ ἐπιβούλους. (ταπ. om.)

13. ἀπὸ] ὑπὸ. (L. meilleure.) — καὶ σφρ. ταύτῃ σφρ. τὴν πληγήν, ἀπαλλάξεις τὸν πληγέντα τοῦ κινδύνου.

§ 33] Ἐὰν δέ τις ὑπὸ κυνὸς λυσσῶντος δηχθῇ καὶ γεν. ὑδρ. τὸ π. μὴ λ., βαλὼν τὸ δακτύλιον εἰς ὕδωρ καὶ δοὺς πιεῖν, ὁ πιὼν οὐ μανήσεται.

§ 35] omis.

19. (F. 562 r.) νεαρὰς οὔσης] προσφάτως ληφθείσης. — λειωθεῖσαν (comme R) ἐν ὕδατι, ἐμβάψας καὶ τὸν δακτ. ἐν αὐτῷ, εἰ μὲν μαινόμενος εἴη ὁ πιών, ἰαθήσεται · εἰ δὲ νήφων, μανήσεται. Πάλιν δὲ μ. ὁ. δοὺς φ. θεραπεύσεις. Derniers mots du

l. Iᵉʳ, suivis de 7 lignes en blanc; puis texte intitulé : Ἕτερον περὶ βοτανῶν κατὰ στοιχεῖον ἐκ τοῦ Ἀετίου. (Fol. 562 r.-565 r.)

P. 81, l. 1. (F. 565 v.) Titre du l. III des *Cyranides* : Περὶ πτηνῶν, ὁποίαν ἕκαστον ἐνέργειαν κέκτηται. Et en titre courant : Τοῦ αὐτοῦ (*scil.* Ἀετίου) περὶ πτηνῶν φύλλ ι΄. — Les mots ἀρχὴ τοῦ et le nom de la lettre sont toujours omis dans les livres suivants.

§ 1] ΑΕΤΟΣ μέγιστόν ἐστιν ὄρνεον, βασιλεὺς ἅπαντων τῶν πτηνῶν ἔχων ἐνέργειαν τοιάνδε.

P. 83, l. 5. § inédit, conservé en partie par le vieil interprète latin : Τούτου ἡ χολὴ σὺν χυλῷ πρασίου καὶ ὀποβαλσάμου καὶ μέλιτι λειωθεῖσα καὶ ἐπιχρισθεῖσα πᾶσαν ἀμαύρωσιν καὶ ἀχλὺν καὶ ὑπόχυσιν ὀφθαλμῶν ἰᾶται.

§§ inédits : Τὰ δὲ πτερὰ αὐτοῦ θυμιώμενα ληθαργικοὺς καὶ ὑστερικὸν πνιγάδα καὶ φρενιτικὴν ἰᾶται.

Οἱ δὲ ὄνυχες αὐτοῦ καέντες καὶ λειωθέντες καὶ σὺν οἴνῳ παλαιῷ ἐπιχριόμενοι σταφυλῆς πόνον θεραπεύουσι. Πινόμενοι δὲ τοὺς δεδεμένους ἐν φαρμακείαις λύουσιν.

Ἐὰν δὲ γυνὴ μυελὸν τοῦ ζώου πίῃ καὶ ὀλίγον τούτου ἐπιθῇ τῷ τῆς μήτρας στομίῳ, ἀσύλληπτος γίνεται.

Τὰ δὲ ὀστᾶ αὐτοῦ καέντα ἔχε ὡς ξηρίον · ἰᾶται γὰρ ὠτίων ἕλκη ἐπιπασσόμενον, καὶ εἰς ὀδονταλγίας ὠφέλιμον γίνεται σὺν οἴνῳ κλυζόμενον.

Ἡ τοῦ ἀετοῦ δὲ καρδία ἑψηθεῖσα καὶ δοθεῖσα ἐν βρώματι λάθρα ἢ ξηρὰ ἐν πότῳ γυναιξὶ μεγάλην φιλίαν καὶ πόθον ἐρωτικὸν πρὸς τοὺς ἑαυτῶν ἄνδρας ἐμποιεῖ.

Οἱ δὲ πόδες αὐτοῦ βασταζόμενοι πρὸς τὴν κατ' ἐχθρῶν νίκην μεγάλως συνεργοῦσιν.

P. 85, l. 13. Article inédit conservé par le v. i. : ΑΛΚΥΩΝ ἐστι στρουθίον πάνυ ὡραῖον, ὑπολαζουρίζον, χροιὰν ἔχον ποικίλην παρ' αἰγιαλοῖς καὶ λίμναις διατρίβον. Καὶ ἐντὸς τοῦ ὕδατος τίκτει. Ὅτε οὖν τέξει τὰ ἑαυτῆς ὠά, γίνεται ὑπὸ τῆς προνοίας μεγάλη γαλήνη εἰς τὴν θάλασσαν, ὥστε μὴ ἐγείρεσθαι κύματα · παρὰ γὰρ τὸ χεῖλος τῆς θαλάσσης γεννᾷ, ὅπου μάλιστα κλύζουσι (l. βλύζουσι) τὰ κύματα. Ἐσθίει δὲ τὰ μικρὰ ἰχθύδια. Ὅτε οὖν νεοττοποιήσῃ καὶ πετάσουσι (*sic*); l. πετήσονται τὰ νόσσια, πάλιν ἡ θάλασσα κατὰ τὸ εἰωθὸς κλύζεται (l. βλύζεται).

Τοῦτο τὸ πτηνὸν ἐάν τις ἀγρεύσῃ καὶ διὰ ῥάκους πρὸς τῇ κεφαλῇ δίσῃ (l. δήσῃ) ὁ πολλὰ (f. 566 r.) κοιμώμενος ἐκδιώξει τὸν ὕπνον ἀφ' ἑαυτοῦ.

Κυβερνήτης δὲ πλοίου, ἐὰν βαστάζῃ τὰ ὠὰ αὐτοῦ ἀσφαλῶς καὶ ἀκυμάστως (l. ἀκυμάντως ?) κυβερνήσει τὸ πλοῖον.

P. 81, l. 15. §§ 3, 4 et 5 de l'article relatif à l'aigle, appliqués à l'alcyon comme dans le v. i. (P. 85, l. 25-33.) Ἐὰν δὲ ἁλιεὺς κ. τ. λ. Variantes : P. 81, l. 15 : ἢ κυνηγὸς om. — ἢ τὰ ἄκρα τῶν πτ.] ἢ τὰ πτερὰ αὐτοῦ. — ἢ τοῦ κυνηγίου om. L. 17. ὀπτὸν] ἑφθόν. — σὺν τοῖς πτ. ∾ στρέφει] ἀποπληξίαν καὶ μανίαν ἰᾶται.

P. 84, l. 18. Article inédit. § conservé par le v. i. : ΑΛΕΚΤΩΡ πτηνόν ἐστι κατοικίδιον πᾶσι γνωστόν.

§§ inédits : Τούτου ἡ κοιλία καυθεῖσα, τριφθεῖσά τε καὶ ποθεῖσα δυσεντερικοὺς ἰᾶται.

P. 85, l. 1-2. § conservé par le v. i : Ἐὰν δὲ τοὺς ὄρχεις καὶ τὸ ὀρθοπύγιον συνεχῶς τις ἐσθίει (*sic*), ἔντασιν καὶ πρὸς συνουσίαν τὴν ὁρμὴν ἐγείρει.

Article inédit : ΒΟΡΟΣ ὀρνεόν ἐστι μέλαν πᾶσι γνωστόν · τοῦτο γάρ ἐστιν ὃ κορώνην ὀνομάζουσι πάντες. Τούτου ἡ κόπρος σὺν οἴνῳ ποθεῖσα δύσπνοιαν καὶ βῆχα ἰᾶται. Τὸ δὲ αἷμα ξηρὸν ὅσον κοτύλην α' σὺν οἴνῳ ποθὲν ὑδρωπικοὺς ἰᾶται. Ἡ δὲ καρδία ὀπτηθεῖσα, ἐὰν γυναικὶ λάθρα δοθῇ ἐν βρώσει ἢ ἐν ποτῷ, φίλτρον ἐργάσεται αὐτῇ πρὸς τὸν ἄνδρα. Καὶ γυνὴ δὲ καὶ ἀνὴρ ἑτεροφρονοῦντες ἀλλήλοις ἢ ὁ ἕτερος πρὸς τὸν ἕτερον, ἐὰν λάβωσιν αὐτὴν ἐν βρώσει ἢ πόσει, ὡς εἴρηται, εἰς ὁμόνοιαν τρέψουσι τὸ μῖσος. Ὁ δὲ ἐγκέφαλος τοῦ ὀρνέου σὺν μέλιτι καὶ σατωρίῳ (*sic*) περιχριόμενον τὸ αἰδοῖον μεγίστην ἡδονὴν παρέξει τῷ συνουσιάζοντι πρὸς τὴν γυναῖκα, καὶ πάνυ ἀγαπήσει αὐτὸν καὶ οὐδενὶ ἑτέρῳ κολληθήσεται πλὴν αὐτοῦ. (Cp. p. 90, l. 15-26.)

P. 89. § 1] ΖΗΝ πτηνόν ἐστι μικρὸν ὅμοιον καλλιγάρῳ ἔχον ἐν τ. κεφ. πτερύφια ἐρ. κ. χρ., ὅπερ καλοῦσί τινες ἀστρόγλινον.

§ 2] Τοῦτο βρ., ὀ. ἢ λεῖον ποθὲν κωλ. καὶ κοιλ. θεραπεύει.

Article inédit : ΘΗΡΑΤΗΣ πτηνόν ἐστιν ὃς καὶ πάνθηρ καλεῖται. Τούτου τὸ στέαρ σὺν χαλκάνθῳ ἐνιέμενον γαγγραίνας ἰᾶται · σὺν δὲ κηρῷ καὶ λιθαργύρῳ μιγνύμενον τραύματα παλαιὰ καὶ σύριγγας θεραπεύει.

Ἡ δὲ κόπρος σὺν ὄξει καὶ ῥοδίνῳ καταχριομένη ἡμικρανίας ἰᾶται.

23. § 1] ΙΕΡΑΞ πτηνόν ἐστι θηρατικόν. Τοῦτο τὸ ζῷον δύναται ὅσα ὁ γύψ. Τούτου τὸ ἀφ. μετὰ γλ. οἴνου πιν. ἐπιπλεῖστον ὠκυτ. γίνεται.

§ inédit : Ἡ δὲ χολὴ αὐτοῦ γλυκεῖ καὶ κροκολύτῳ (f. 566 v.) μιγνυμένη καὶ ἐπιχριομένη πᾶσαν ἀμβλυωπίαν ἰᾶται.

§ 2] omis. — A partir d'ici, les omissions du ms. ne sont plus indiquées.

P. 90, l. 4. § 3] Ἐσθ. δὲ τὸ ὄρνεον ὀπτὸν ἰ. ν. θεραπεύει.

Suivent deux articles inédits :

ΙΚΤΙΝΟΣ πτηνόν ἐστιν ἱερόν. Τούτου ἡ κεφαλὴ ξηρανθεῖσα ἄνευ τῶν πτερῶν καὶ λειωθεῖσα καὶ πινομένη σὺν ὕδατι ὅσον ϛγ (*scil.* ἑξάγιον) α' ποδαγρικοὺς ὠφελεῖ καὶ χειραγρικούς.

ΚΟΡΥΔΑΛΟΣ (l. κορύδαλλος, alouette huppée) στρουθίον ἐστὶ πᾶσι γνωστὸν λόφον ἔχων ἐν τῇ κεφαλῇ. Οὗτος ἑψηθεὶς καὶ ἐσθιόμενος συνεχῶς σὺν τῷ ζωμῷ κοιλιακοὺς ὠφελεῖ καὶ δυσεντερικούς.

P. 92, l. 3. §§ 1-4] ΜΕΡΟΨ στρουθίον ἐστὶν ὅλον πράσινον · ἔστι δὲ καὶ φρονιμώτατον, ποιοῦν ὅσα καὶ ἡ ἀλκυών. Τοῦτο ὅταν τέξῃ καὶ θέλῃ μὴ ἀγρευθῆναι τὰ νοσσία αὐτοῦ, πολλοὺς ἀμείβει τόπους, ἵνα μηδεὶς γνῷ τὸ ποῦ αὐτὰ τρέφει. Μέροψ δὲ ἐκλήθη διὰ τὸ ἡμεροῦσθαι τῷ ἀνθρώπῳ τάχιστα. Τούτου ἡ χολὴ σὺν μέλιτι καὶ χυλῷ πηγάνου περιχριομένη τοῖς ὀφθαλμοῖς ὑπ. ἴαται.

§ inédit : Ἡ δὲ κόπρος σὺν οἴνῳ καταχριομένη καρδιακοὺς ὠφελεῖ. Ἡ δὲ καρδία αὐτοῦ λεῖα (l. λεία) ποθεῖσα ἰκτερικοῖς βοηθεῖ καὶ φιλίας περιποιεῖ.

P. 90, l. 9. § 1] ΜΑΜΥΓΕΡΟΣ πτηνόν ἐστι πᾶσι γνωστόν, ὁ λεγόμενος κόραξ. Οὗτος ∾ ἑ. ἡμ. μ', ἔπειτα καυθεὶς καὶ γεγονὸς κόνις καὶ σκευασθεὶς εἰς κηρωτὴν σὺν ἐλαίῳ παλαιῷ καὶ ῥοδίνῳ καὶ κηρῷ ποδ. θερ.

§ 2] Ἡ δὲ κ. α. διαχριομένη ἀλφοὺς ἴαται.

§ 3] Τὰ δὲ ὠὰ αὐτοῦ σὺν στυπτηρίᾳ ἐπιχριόμενα καὶ διατριβόμενα ταῖς θριξὶ ταῖς λευκαῖς μελαίνουσιν αὐτάς.

P. 92, l. 19. §§ 1 et 2] ΝΗΣΣΑ ποτ. ἐστι κ. λ. ὅ. πᾶσι γνωστόν · γίνεται γὰρ (lire δὲ?) κατοικίδιον. Ταύτης τὸ α. θ. ἔτι ἢ ξηρανθὲν καὶ ποθὲν δηλητηρίων βλάβας ἀποκρούεται καὶ τοὺς ∾ δηχθ. ἴαται.

§§ inédits : Ὁμοίως δὲ καὶ ἐπαλειφόμενον θηριοδήκτους ὠφελεῖ.

Τὸ δὲ στέαρ αὐτοῦ ἡγείσθω σοι χρήσιμον εἰς πολλὰς χρείας ἀλειμμάτων.

P. 93. § inédit : ΟΡΝΙΣ ΚΑΤΟΙΚΙΔΙΟΣ ἡ καὶ ἀλεκτορὶς λεγομένη πᾶσίν ἐστι γνωστή.

§ 7] Ταύτης ἡ κόπρος σὺν ὀξυμέλιτι πινομένης αὕτη καὶ τοῖς κωλικοῖς ἁρμόζει (f. 567 r.), καταχριομένη δὲ μυρμηκίας καὶ μελάνθρακας ἴαται.

§ inédit : Τὸ δὲ στέαρ μετὰ σταφίδος ἀγρίας καταχριόμενον κεφαλῆς ἰχῶρας καὶ πίτυρα θεραπεύει ἄκρως.

§§ 8 et 9] <Ο>ΡΤΥΞ πτηνόν ἐστι πᾶσι γνωστόν. Τούτου ἑψομένου ὁ ζωμὸς πινόμενος κοιλίαν μαλάσσει · ∾ θεραπεύει.

P. 68, l. 20. § 1] ΟΦΕΑ πτηνόν ἐστιν ἡ λεγομένη νυκτερίς · τουτὸ πτερωτὸν μέν ἐστι, πλὴν καὶ τετράπουν, καὶ ἵπταται ὥσπερ χελίδων, τίκτει δὲ ὡς τετράπουν, καὶ θηλάζει.

§ 2] Ταύτης τὸ αἷμα ἐὰν ἐπιχρίσῃς εἰς τόπον ἔνθα πεφύκασι τρίχες φύεσθαι, οὐδαμῶς φυήσονται.

P. 69, l. 1. § 3] Ἡ καρδία φορουμένη ∾ ποιεῖ.

§ inédit : Ἐὰν δέ τις τὸ αἷμα αὐτῆς δέξηται κροκίδια καὶ ἐν πεσσῷ προστεθῇ σὺν σατωρίῳ (*sic*) βοτάνῃ τῷ στομίῳ τῆς μήτρας, συλληπτικὸν ἔσται.

P. 95, l. 20. §§ 14 et 15] ΠΕΡΙΣΤΕΡΑ πτηνόν ἐστι πᾶσι γνωστὸν ἧς τὸ αἷμα θερμότατόν ἐστι. Διὸ καὶ ἐνσταζόμενον τὰς ἐκ πληγῆς ῥήξεις τῶν ὀφθαλμῶν ἴαται.

P. 96, l. 1. § 16] Τὸ δὲ ἀφόδευμα σὺν κριθίνῳ ἀλ. καὶ νίτρῳ καὶ στέατι χοιρείῳ γαγγρ. παραχ., καὶ χοιρ. ῥ. ∾ σπίλους καὶ ῥήγματα ὄψεως αἴρει. Σὺν κεδρίᾳ δὲ λευκὰς ἀλφὰς (*sic*) καὶ λειχῆνας καὶ λέπρας θεραπεύει.

§§ 18 et 19] ΠΕΡΔΙΞ πτηνόν ἐστι δόλιον. Ταύτης ἡ χολὴ σὺν μέλιτι καὶ ὀπῷ βαλσάμου καὶ χυλῷ μαράθρου περιχριομένη τοῖς ὀφθαλμοῖς ὀξυωπίαν παρέχει.

§ inédit : Ἑψομένη δὲ ἡ σὰρξ αὐτῆς σὺν κηδωνίῳ (*sic;* l. κυδωνίῳ) μετ' οἴνου στύφοντος τοῦ ζωμοῦ ἐπιρροφουμένου κοιλίαν ῥέουσαν ἵστησι.

§ 20] Τὰ δὲ ᾠὰ αὐτοῦ ἐσθ. εἰς ἀφροδίσια παρορμῶσι. Μετὰ δὲ χρ. ∾ πολὺ φέρει. Τὰ δὲ τῶν ᾠῶν λέπη σὺν κηρῷ ἑνωθέντα καὶ καταπλασθέντα γυναικῶν μασθοὺς νενευκότας ἀνορθεῖ (*sic*).

Article inédit : ΤΡΩΓΛΙΤΗΣ στρουθίον ἐστὶ πᾶσι γνωστόν. Τούτου τὸ ἀφόδευμα σὺν οἴνῳ πινόμενον ἔντασιν ποιεῖ· μετὰ δὲ χοιρείου στέατος λειωθὲν καὶ χρισθὲν ἀλωπεκίας δασύνει. Τὸ δὲ στέαρ αὐτοῦ ἐπὶ κατακαύμασι σὺν ἀδιάντῳ καταπλασσόμενα (*sic*) δὶς τῆς ἡμέρας (f. 567 v.) ὠφελεῖ.

P. 98, l. 2. § 8] ΤΡΥΓΩΝ πτηνόν ἐστι μονογαμίαν ἀσκοῦν.

§ 9] Ταύτης ἡ κόπρος σὺν γάλακτι γυναικείῳ ἢ μέλιτι χριομένη λευκώματα καθαίρει.

§ inédit : Τὸ δὲ αἷμα αὐτῆς ἐν τοῖς τῶν ὀφθαλμῶν ὑποσφάγμασιν ἰᾶται θερμὸν ἐνσταζόμενον. Τὸ δὲ ἀφόδευμα σὺν ῥοδίνῳ χριόμενον ὑστέρας ἄλγημα παύει.

Article inédit : ΦΑΣΣΑ πτηνόν ἐστι πᾶσι γνωστόν.

Ταύτης τὸ αἷμα θερμὸν ἐνσταζόμενον ὀφθαλμῶν αἱμάτωσιν ἰᾶται.

Ἡ δὲ κοιλία αὐτοῦ λεία πινομένη λίθους τοὺς ἐν νεφροῖς ἐκκρίνει.

P. 99, l. 13. § 1] ΧΕΛΙΔΩΝ στρουθίον ἐστὶ πᾶσι γνωστὸν ἔχων (*sic*) δυνάμεις τοιαύτας· ἐάν τις ∾ αὐτῆς ἐμβάλῃ εἰς χ. καὶ προπηλώσας ὀπτήσῃ, ἔπειτ' ἀν. τ. χ. κατ., τοὺς μὲν β' νεοσσοὺς εὑρήσει καταφιλοῦντας, τοὺς δὲ β' ἐκστρεφομένους ἀλλήλων.

§ 2] Οἱ οὖν φιλούμενον (l. φιλούμενοι) νεοσσοὶ καιόμενοι καὶ κόνις (κόχοι et νις au-dessus de κοι, de première main) γινόμενοι καὶ μετὰ βρώσεως ἢ πόσεως διδόμενοι λάθρα γυναικί, διεγείρουσιν εἰς τὸ πρὸς τὸν ἄνδρα φίλτρον.

§ 4] Σὺν μέλιτι δὲ ἡ κόνις διαχριομένη συναγχ. ἰᾶται· σὺν δὲ μελικράτῳ πινομένη βράγχους ἰᾶται.

§ 6] Οἱ δὲ ἐντὸς ∾ περιαπτόμενοι ἠπ. ἰ. καὶ ὠκυτοκίαν παρέχουσιν.

§ inédit : Ὁ δὲ ἐγκέφαλος αὐτῶν μετὰ μέλιτος πρὸς ὑπόχυσιν ποιεῖ ὡσαύτως.

P. 100, l. 1. §§ 8 et 9] Καὶ ἡ τέφρα σὺν μ. χρ. ὀξ. παρέχει, καὶ ἕλκη τὰ ἑ. φ. καὶ γαγγραίνας θεραπεύει. Ὁ δὲ χοῦς τοῦ φωλοῦ ἑαυτοῦ (l. αὐτοῦ) σὺν ὀπίῳ καὶ ὄξει κεφαλαλγίας παύει.

P. 101, l. 18. § 4] ΨΑΡΟΣ στρουθίον ἐστὶ πᾶσι γνωστόν.

§ inédit : Τοῦτο ὅταν ὄρυζαν φάγῃ, γίνεται ἡ κόπρος αὐτοῦ ῥυπτική, ὥστε καὶ (espace blanc pour 6 ou 7 lettres.) ἀποσμήχειν καὶ φάκους καὶ ψύδρακας ὄψεως.

Article inédit : ΩΤΙΣ πτηνόν ἐστι μέγιστον πᾶσι γνωστόν.

Τούτου τὸ στέαρ σὺν λιβάνῳ καὶ σμύρνῃ ψωριῶντας θεραπεύει.

Ἐὰν δέ τις συνεχῶς ἐσθίει νῆστις ὠτίδος νεφρούς, οὐδέποτε νεφροὺς ἀλγήσει.

P. 51, l. 2. (Livre II des Cyranides.) Titre : ΠΕΡΙ ΖΩΩΝ ΤΕΤΡΑΠΟΔΩΝ. — Le titre courant du livre précédent est continué pour celui-ci.

§ 1] ἌΡΚΤΟΣ ζῶόν ἐστι τετράπουν θηριῶδες πᾶσι γνωστόν, τοῦτο πολλάκις μιμούμενον τὸν ἄνθρωπον ἵσταται ὀρθόν, καὶ ἐπ' ὀλίγον τοῖς δυσὶ ποσὶ περιπατεῖ · (f. 568 r.) ἔστι δὲ καὶ συνετόν.

§ 2] Τούτου ὁ ἐγκέφαλος ἐν βρώσει δοθεὶς ἐπιλ. ἰ.

Τὸ δὲ ἧπαρ ξ., ἐπισπασθὲν (l. ἐπιπ.) ἡπ. ὠφελεῖ.

P. 52, l. 8. § 4] Ἡ δέ χολὴ σὺν μελ. πιν. τὸ αὐτὸ ποιεῖ · καταχριομένη δὲ ὀξυωπίαν παρέχει.

§ 3] Τὸ δὲ στέαρ αὐτοῦ σὺν κηκῖδι καὶ κεδρίᾳ καὶ πολυτρίχῳ καταχριόμενον ἀλοπ. δασ. καὶ ὀφρύων καὶ γενείων λειποτριχιάσει · μόνον δὲ τὸ στέαρ παρ. καὶ χοιράδας καὶ φύγεθλα ἰᾶται.

§ 5] ΑΛΩΠΗΞ τετράπουν ἐστὶ πᾶσι γνωστόν, ὅ. τε καὶ παν. καὶ σοφόν · ἔστι δὲ καὶ ὀρνεοβόρον.

§ 6] Ἐὰν οὖν τις ἀγρ. αὐτὴν ζ. καὶ ἐμβάλῃ ∾ ἑψήσῃ ἕως οὗ εἰς τέλος τακῇ, καὶ διηθ. τὸ ἔλ. ἐν ἀγγείῳ ἔχῃ, καὶ ἐξ αὐτοῦ ἀλείψῃ, ποδ., ἀρθρ., ἰσχ. καὶ παρειμένους, ∾ πολλὰ ἐν τῷ πάθει, θεραπεύσεις παρ. (En marge : σῆ.)

§ inédit : Τὸ δὲ στέαρ αὐτοῦ χλιαινόμενον καὶ ἐνσταζόμενον ταῖς ὠσὶν ὠταλγίαν ἰᾶται.

§ 8] Ὁ δὲ δεξιὸς αὐτοῦ ὄρχις ξηρανθεὶς καὶ λεῖος ἐν πόσει δοθεὶς φίλτρου γίνεται πρόξενον <γυναιξί>, ὁ δὲ εὐών. τοῖς ἀνδράσι.

P. 53, l. 4. § 13] Τὸ δὲ ἄκρον τοῦ αἰδοίου αὐτοῦ ἐν κύστει ἢ δέρματι ἐμβαλλόμενον, ἐν ᾧ ἐπιγέγραπται διὰ σμυρνομέλανος ΤΙΝ. ΒΙΒ. ΗΛΙΘΙ, καὶ περιαπτόμενον ἀνδράσιν, ἐντατικὸν γίνεται. Ὁμοίως καὶ λεῖον ἐν πόσει διδόμενον λάθρα (cp. le § 9.)

P. 52. §§ 10 et 12] Καὶ οἱ ὄ. δὲ πιν. ὅσον κοχλιάριον ∾ δρῶσι · τοῦτο γὰρ τὸ ποσὸν καὶ ἀβλ. ποιοῦσι τὴν ἔντασιν καὶ ἀδ. τηρ.

P. 53. §§ 26 et 27] Ἡ δὲ κόπρος ∾ θεραπεύει. Σὺν δὲ στέατι καταπλασσομένη ἀλ. δασ.

P. 54, l. 2. § 28] ΑΣΦΑΛΑΞ ζῶόν ἐστι ἀόμ$^{\tau\nu}$ (l. ἀνόμματον ?) ὑπὸ γῆν βαδ. καὶ φωλ. Εἰ δὲ συμβῇ (*sic*) τῆς γῆς ἐξελθεῖν, εἰ μέν ἐστι νύξ, πάλιν εἰ ἐντύχοι τῇ ὀπῇ δι' ἧς ἐξῆλθεν, εἰσέρχεται εἰς τὰς διατριβὰς αὐτοῦ (l. αὑτοῦ), ἢ ὀρύττων <εἰς> ἄλλην εἰσέρχεται. Εἰ δ' ἔστιν ἡμέρα, ἅμα τῷ προσβαλεῖν αὐτῷ τὴν τοῦ ἡλίου (en signe) θέρμην, θνήσκει.

§ 29] Τούτου ἡ καρδιὰ ∾ ἰᾶται. Ἐν δέρματι ∾ ὀφθαλμοῖς περιαπτομένη, προγινώσκειν ποιεῖ τὸν φοροῦντα πάντα τὰ ἐπερχόμενα ἐφ' ὅσον χρόνον φορεῖ αὐτά.

§ 32] (F. 568 v.) Σκευάζεται δ'ἐκ τούτου γευστόν, μεγάλην ἐνέργειαν ἐμποιοῦν τῷ γευομένῳ. Καὶ ἔστιν ἡ σκευασία αὕτη · λαβὼν ζῶντα τὸν ἀσφάλακα ἀπόπνιξον ∾ κοτ. γ', καὶ ἕψησον αὐτὸν ἕως οὗ τακῇ καὶ κηρωτῇ · καὶ διυλ. τὸ ὕδ. ἔμβαλε εἰς ἀγγεῖον χαλκοῦν καὶ σὺν αὐτῷ τάδε · ἀρτ. μ. οὐγγ. δ', λιβανωτοῦ ἄρρενος οὐγγ. η', σμ. τρογλ. οὐγγ. δ', σφ. οὐγγ. δ', βδ. οὐγγ. δ'. Ταῦτα κόψας καὶ σείσας καὶ ἑνώσας τῷ ἑψηθέντι ἀσφάλακι ἐπίβαλε μέλιτος πρώτου (l. πρωτείου) κοτ. α', καὶ ἕψει ἕως ἂν παχυνθῇ, καὶ ἀνελ. ἔνθου ἐν ὑ. ἀγγείῳ.

§ 34] Ἐκ τούτου ὁ γευόμενος ἀνατ. τοῦ ἡλίου (en signe) προγνώσεται τὰ γενησόμενα ἄχρι τῆς τοῦ ἡλίου (en signe) δύσεως.

§ 35] Τὸ δὲ στέαρ αὐτοῦ (τακὲν om.) ὠταλγίαν ἰᾶται.

P. 55, l. 5. § 38] ΑΙΞ θήλεια πᾶσι γνωστή.

§§ inédits : Ταύτης τὸ γάλα ἔτι θερμὸν πινόμενον φθισικοὺς καὶ ἰκτερικοὺς ὠφελεῖ.

Τὸ δὲ αἷμα σὺν μέλιτι πινόμενον ἀποστήματα πεπαίνει.

Τοῦ δὲ ἥπατος αὐτοῦ (*sic*) ὀπτωμένου, ὁ ἀποστάζων ἰχὼρ ἐνσταζόμενος εἰς αἰγίλωπας ὠφέλιμος γίνεται · καὶ ὁ ἀτμὸς δὲ αὐτοῦ ὁμοίως τοῖς ὀφθαλμοῖς ἐμπίπτων.

Τὸ δὲ κέρας αὐτοῦ κεκαυμένον ὀδόντας λαμπρύνει, καὶ οὖλα πλαδῶντα ἰᾶται.

Ἡ δὲ κόπρος καταπλασσομένη σκληρώδεις ὄγκους διαφορεῖ, καὶ ὑδρωπικοὺς καὶ στομαχικοὺς σὺν μέλιτι.

§ 40] Ἡ δὲ χολὴ ∾ ἐπιχριομένη ἀχλὺν καὶ πτερύγια τῶν ὀφθαλμῶν θεραπεύει.

§ 41] Ὁ δὲ σπλὴν ἔναιμος ἔτι ὢν καὶ πρόσφατος ἐν πυρὶ ὀπτηθεὶς καὶ βρωθεὶς δυσεντερικοὺς ἰᾶται.

§ 42] Καὶ ἡ κόπρος σὺν ἀλφίτῳ ἐπιπλασθεῖσα φαλαγγιοδήκτους καὶ ἐχεοδήκτους καὶ τοὺς ἀπὸ βουπρήστεως πληγέντας ἰᾶται · σὺν οἴνῳ δὲ π. ἑψ. ἡ κόπρος καὶ καταπλασσομένη οἰδήματα ∾ μασθῶν ἰᾶται · σὺν μελ. δὲ καταπλασσομένη ἄνθρακας ἰᾶται.

§ 44] Τοῦ δὲ ἐρίφου τὸ δέρμα ὅσον ἡμικοτύλ. σὺν ὄξει πινόμενον τοὺς ἐκ θώρακος αἷμα ἀνάγοντας ἰᾶται.

P. 56, l. 17. ΒΑΤΡΑΧΟΣ ∾ γνωστόν. (Début du § 6.)

§ 7] Τούτου ἡ τέφρα ∾ προστιθεμένη ἡ τέφρα εἰς πᾶσαν αἱμ. ῥινῶν τε καὶ ἑλκῶν καὶ (f. 569 r.) ῥήξεις φλεβῶν τε καὶ ἀρτηρίων ἵστησι, καὶ τὰ πυρίκαυστα ἰᾶται.

§§ inédits : Βατράχου δὲ αἷμα ἐπιχριόμενον τῇ κεφαλῇ ἀπορρέειν ποιεῖ τὰς τρίχας.

Ὁ δὲ χερσαῖος βάτραχος ὁ λεγόμενος σάκκος, ὃς καὶ ἰοβόλον ἆσθμα προΐησιν, ἔχει ἐν τῷ μυελῷ τῆς κεφαλῆς λίθον ἐπικείμενον. Τοῦτον ἐὰν ἀγρεύσῃς σελήνης (en signe) ληγούσης, κατάκλυσον (l. -κλεισον) εἰς βύσσαν ἕως ἡμερῶν μ', καὶ μετὰ ταῦτα ἐκβαλὼν αὐτὸν τῆς βύσσης καὶ ἀνατεμών, λάβε τὸν εἰρημένον λίθον, καὶ ἔχεις τοῦτον μέγα φυλακτήριον · ἰᾶται γὰρ σπληνικοὺς καὶ ὑδρωπικοὺς περὶ τὴν ζώνην περιαπτόμενος, ὡς ἐγὼ διὰ πείρας εἶδον.

3. § 1] ΒΟΥΣ θήλεια γνωστὴ πᾶσίν ἐστι. Ταύτης ∾ σείσας βάλε ἐκ ταύτης λίτραν α΄, κηροῦ οὐγγ. γ΄, θείου οὐγγ. γ΄, ἐλαίου καλοῦ λ. α΄, κράμβης χυλὸν οὐγγ. γ΄, ὠὰ ὠμὰ γ΄ · λείωσον τὰ ξ., καὶ τὰ τηκτὰ τήξας βάλε τὰ ὠὰ καὶ λείου καλῶς. Καὶ ἐκ τούτου κατ. ∾ σπλ. καὶ ὑδρ. καὶ ὑδροκήλους καὶ ποδαλγικούς, καὶ μεγάλως ὠφελήσει. (Ponctué comme le ms. R.)

§ 2] Ἐὰν δὲ λειώσας ταύτην σὺν ὄξει χρ. στέλεχος δένδρου ἢ ἀγγ. μελ., μυρμ. οὐχ ὑπ.

§ 3] Ὄνυχες δὲ βοῶν ἐκζεστοὶ ∾ ἐσθιόμενοι πᾶσαν φαρμ. ἀποτρέπονται.

§ 4] Ἡ δὲ βοεία χολὴ ἰόνθωνας ῥήγνυσιν, ὀροβίνῳ δὲ ἀλεύρῳ μιγεῖσα καὶ χρισθεῖσα στ. πρόσωπον.

§ 5] Καπνιζομένη δὲ ἡ κ. ὑπὸ τὸν δ. τῆς τεκούσης ὠκυτόκιον γίνεται καὶ τὰ δεύτερα ταχέως ἐκβάλλει.

§§ inédits : Τοῦ δὲ ἄρρενος βοὸς αἱ ἐνέργειαί εἰσιν αὗται · οἱ ἀστράγαλοι τούτον κεκαύμενοι καὶ ἐπιτριβόμενοι τοῖς ὀδοῦσι λευκοὺς αὐτοὺς διαφυλάττουσιν.

Ἡ δὲ χολὴ αὐτοῦ μεμυκυῖαν ὑστέραν διανοίγει πεσσοῦ γινομένου καὶ ἐμβαλλομένου πρὸς τὸ στόμα.

Τὸν δὲ λωβὸν τοῦ ἥπατος αὐτοῦ ἐμβαλὼν εἰς χύτραν καινὴν καὶ πωμάσας ἀσφαλῶς, ἵνα μηδαμῶς ἀναπνέῃ, καὶ ὑποκαύσας ἐν θερμοσποδίᾳ καμίνου ἡμέρας ἑπτά · εἶθ᾽ οὕτως λειοτριβήσας δίδου ἐν πότῳ (*sic*) μετ᾽ ὑδρομέλιτος ἢ μετ᾽ οἴνου θερμοῦ, καὶ ἰᾶται ὑδερικούς. Ὑποκαπνιζόμενον δὲ καὶ καταχριόμενον μελισσῶν καὶ σφηκῶν δήγματα ἰᾶται.

P. 105, l. 18. § 1] ΓΗΣ ΕΝΤΕΡΑ πᾶσι γνωστά εἰσι. Ταῦτα ἁρμόζουσι τοῖς νευροτρώτοις ἐπιτιθέμενα · (f. 569 v.) παραχρῆμα γὰρ θαυμαστῶς ὀνίνησι (*sic*).

§ 2] Μετὰ δὲ ἀλφίτων συλληφθέντα λεῖα τὰ ἐν τοῖς μαστοῖς ἀποστήματα ἰᾶται.

§ 3] Σὺν δὲ ναρδίνῳ ἐλαίῳ χλιανθέντα ἢ βουτύρῳ καὶ ἐνσταζόμενα τοῖς ὠσὶν ὠταλγίας ἰῶνται. Καυθέντων δὲ ἡ τέφρα λειωθεῖσα σὺν οὔρῳ παρθένου καὶ ἐπιχρισθεῖσα ταῖς θριξὶν οὐκ ἐᾷ λευκανθῆναι αὐτάς.

§§ inédits : Ξηρὰ δὲ μετὰ ἀρτεμισίας λεῖα ἐπιτιθέμενα τῷ ὀμφαλῷ ἕλμινθας κατάγουσι.

Σὺν δὲ ἀφεψήματι ἠρυγγίου καὶ δικτάμου λεῖα πινόμενα δυσουρίαν ἰῶνται. (Cp. le § 3 de l'édition.)

P. 57, l. 10. § 1] ΓΑΛΗ ζῶόν ἐστι κατοικίδιον πᾶσι γνωστόν.

28. § 8] Τούτου τὸ αἷμα καὶ ὁ ἐγκέφαλος ξηρανθεὶς πινόμενος μετ᾽ ὄξους ἐπιληπτικοῖς βοηθεῖ.

12. § 2] Νεκρὰν δὲ τὴν γαλῆν ἀνελόμενος ἕψει σὺν ἐλαίου ∾ καὶ διαλύσας

(l. διυλίσας) τὸ ἐλ. ἐμϐ. κηρόν, καὶ ποιήσας κηρ. ἔχε μέγα φάρμακον πρὸς ἀρθρ. καὶ π. ν. ἀρρωστίαν καὶ φλεγμονὴν τῶν ἄρθρων καὶ ῥευμ.

§ 3] Ἴαται δὲ χοιράδας ∾ ἀπόστημα.

§ 5] Τῶν δὲ ὄρχεων αὐτοῦ ὁ μὲν δεξιὸς συλληπτικός ἐστι· ξηρανθεὶς γὰρ καὶ λειωθεὶς σὺν μύρῳ καὶ σὺν ἐρίῳ γεγονότος πεσσοῦ, προστεθεὶς τῷ στόματι τῆς μήτρας, ἅμα τῷ συνουσιασθῆναι τὴν γυναῖκα εὐθὺς συλλήψεται.

§ 6] Ὁ δὲ εὐών. σὺν δορᾷ ἡμιόνου περ. ἀσύλλ. ποιεῖ τὴν φοροῦσαν γυναῖκα.

§ 7] Τοὺς δ. ὄ., ἀποκρουστικῆς τῆς σελήνης (en signe), ἤγουν ληξιφωτούσης, ἀπότεμε. Τὸ δὲ ζῶον ἄφες ἀπελθεῖν ζῶν.

P. 58, l. 3. § 1] ΔΟΡΚΑΣ ζῶόν ἐστι τετράπουν τὸ λεγόμενον ζορκάς, καὶ ἔχει δύναμιν ἀπεργαστικὴν συλλήψεως. Γίνεται οὖν ἐξ αὐτοῦ σκευασία τοιαύτη· σατωρίου (*sic*) ∾ δορκάδος ὅλον τὸ ὑγρόν, μέλι οὐγγ. δ'· ταῦτα λειώσας καὶ θεὶς ἐν ἀγγ., καὶ ὅταν χρεία γένηται, ποίει ἐξ αὐτοῦ πεσσὸν ἐν κροκύδι καὶ τιθέτω τοῦτον εἰς τὸ στόμιον τῆς μήτρας ἡ γυνή, καὶ ἅμα τῷ συνουσιασθῆναι συλλήψεται.

§ 2] Καὶ εἰ ἔστι ξηροτέρα ἡ σκευασία αὕτη, ἔμϐαλε καὶ ἕτερον μέλι τὸ ἀρκοῦν.

12. § 1, en grande partie inédit] ΕΧΙΔΝΑ ἑρπετόν ἐστιν ἰοϐόλον καὶ σφόδρα κάκιστον, πᾶσι δὲ γνώριμον. Τοῦτο ζῶν ἀγρευόμενον παρὰ τῶν εἰδότων διαιρούμενον, μέρους τινὸς τοῦ πρὸς τῇ (f. 570 r.) κεφαλῇ καὶ μέρους τινὸς τοῦ πρὸς τῇ οὐρᾷ, ὡς μὴ ἀπομεῖναι τὸ τυχὸν ἀπὸ τοῦ ἰοῦ ἐν τῷ μέσῳ, τὸ λοιπὸν ἐκζέσαντες καὶ διελόντες τὰς σάρκας τῆς ἀκάνθης ἐμϐάλλουσιν αὐτὰς αὖθις εἰς χύτραν καινὴν σὺν ἅλατι, καὶ ὑποκαίουσιν ἐν καμίνῳ νυχθ. ὥστε φρυγῆναι καὶ οὕτω μίξ. ἀρώμασιν ἔχουσι φάρμακον πρὸς νόσους μεγάλας· ἴαται γὰρ ἐλεφαντίας καὶ λέπρας καὶ ἕτερα δυσίατα πάθη.

§ 2] Τὸ στέαρ δὲ ταύτης ὀξ. τε παρ. καὶ π. ἀ. ἰ.

§ 4] Διώκει ∾ πινόμενος· ἀλλὰ καὶ τὰ ἐξ αὐτῆς δ. ἰ. ∾ μυελῷ.

P. 59. § inédit : ΕΛΑΦΟΣ ζῶόν ἐστι πᾶσι γνωστόν· ἔχει δὲ δύναμιν τοιαύτην.

P. 60, l. 7. § 17] Ἐάν τις ἐκ τῶν κεράτων ῥίνισμα ὅσον κοχλ. α' δῷ τινι πιεῖν μεθ' ὑδρομέλιτος ἐπὶ ἡμ. ζ' τῷ ἔχοντι κωλικήν, τελείως ἀπαλλάξει τοῦ πάθους.

§ inédit : Ὁμοίως καὶ σὺν ὀξυμέλιτι πινόμενον σπλῆνα τήκει καὶ ἕλμινθας κτείνει.

§ 18] Ἡ δὲ χολὴ σ. μ. συλλ. ποιεῖ.

§§ inédits : Σὺν δὲ σατωρίῳ λυομένη (l. λειουμένη ?) καὶ ἐν κροκύδι τιθεμένη, πεσσοῦ γινομένου, καὶ τιθεμένου <ἐν> τῷ στόματι τῆς μήτρας συλλήψεως γίνεται πρόξενος.

Κέρας δὲ ἐλάφου κεκαυμένον καὶ σὺν οἴνῳ λειούμενον καὶ περιπλασσόμενον ὀδόντας ἵστησι σειομένους. Μετὰ δὲ τὸ καυθῆναι καὶ πλυθῆναι πινόμενον ὡσεὶ κοχλιάρια β', δυσεντερικούς τε καὶ κοιλιακοὺς καὶ αἱμοπτοϊκοὺς ὠφελεῖ. Σὺν δὲ γάλακτι γυναικείῳ καὶ ὀφθαλμῶν αἴρει τραχώματα.

Τὸ δὲ ἧπαρ αὐτοῦ ξηρὸν λεῖον μετὰ ἀρσενίκεως ἐν πόσει δοθὲν σὺν οἴνῳ ἐν βαλανείῳ βῆχα καὶ κυνάγχην ἄκρως ἰᾶται.

Ὁ δὲ μυελὸς αὐτοῦ σὺν τῷ ἀπὸ ὀφθαλμῶν ἐκρεουμένῳ ῥύπῳ πινόμενος θηριοδήκτοις βοηθεῖ καὶ πάσῃ φαρμακείᾳ ἀντιτάσσεται.

Ἐπὶ δὲ δέρματος ἐλάφου ἐάν τις καθεύδῃ, οὐ βλαβήσεται ὑπὸ ἑρπετοῦ ἰοβόλου.

P. 58, l. 24. § 5] ΕΧΙΝΟΣ χ. ὁ καὶ ἀκανθόχειρος (*sic*) λεγόμενος ζῷόν ἐστι σμικρόν, πάνυ πονηρόν. Τοῦτον ∾ ἔχε μέγα φάρμακον πλὴν τῆς χολῆς.

P. 59, l. 1. § 6] Ῥίψον γὰρ (lire δὲ?) αὐτήν, ὅτι πάνυ ἐστὶ βλαβερά.

§ 8] Τούτου τὸ ταριχευθὲν σῶμα διδόμενον ξηρὸν ἐν πόσει (f. 570 v.) ἐπιλ., τρόμον, σκ. καὶ ὅσα τοιαῦτα ἰᾶται. Νεφρικοῖς δὲ καὶ ἰσχιαδικοῖς δίδου οὐγγ. α'.

§ 7] Ἡ δὲ κεφ. α. μόνη καυθεῖσα καὶ λειωθεῖσα καὶ ἐπιχρ. τῇ κεφαλῇ ἀλ. δασ.

§ 10] Τὸ δὲ ὅλον σῶμα μετὰ τῶν σπλ. χωρὶς τῶν ἐντέρων καὶ τῆς χ. καρυκευθὲν καὶ ξηρανθέν, εἶτα λειωθὲν καλῶς ἔνθου ἐν ἀγγείῳ ὑελίνῳ, καὶ δίδου μετ' ὀξυμέλιτος οὐγγ. α' ἐλεφαντιῶσι καὶ ὑδρωπικοῖς τοῖς ἀνὰ σάρκα, καὶ ἰαθήσονται.

§ 11] Τὸ δὲ ἧπαρ αὐτοῦ ὀπτὸν σὺν τῷ πνεύμονι ἐσθιόμενον ἢ ξηρὸν λεῖον ἐν βαλανείῳ σὺν οἴνῳ πινόμενον συνάγχας ἰᾶται.

P. 61. § inédit : ΗΜΙΟΝΟΣ ζῷόν ἐστιν ἐξ ὄνου καὶ ἵππου θηλείας κυοφορούμενον.

§ 1] Τούτου ὁ ἐν ὠτίῳ ῥύπος ἐν πότῳ λάθρα γυναικὶ δοθεὶς σὺν οἴνῳ, οὐδέποτε συλλήψεται.

§ inédit : Ὁμοίως καὶ οἱ ὄνυχες αὐτοῦ κεκαυμένοι τὸ αὐτὸ ποιοῦσι.

§ 4] Ταῦτα δ' εἰσὶ τοῦ θήλεως ἡμιόνου τὰ ἀποτελέσματα. Τοῦ μέντοι ἄρρενος τὸ οὖρον εἰ συνεψήσεις ∾ λιθαργύρῳ, καὶ καταπλάσεις, ποδ. μεγάλως ὠφελήσεις · καὶ ἐπὶ μὲν ἀνδρῶν τοῦτο, ἐπὶ δὲ γυναικῶν τὸ τοῦ θήλεως.

P. 62, l. 3. § 1] ΘΗΡΑΘΟΣ (*sic*), ἣν καὶ φαλάγγιον καὶ ἀράχνην προσαγορεύουσι, ζῷόν ἐστι σμικρὸν ἑξάπουν, πᾶσι γνώριμον. Αὕτη ληφθεῖσα καὶ συντριβεῖσα καὶ σὺν ἐλαίῳ καταπλασθεῖσα μετώπῳ καὶ κροτάφοις τριταϊκὰς περιόδους ἰᾶται.

§ 3] Ἐν ὀλίγῳ ∾ συνεψηθεῖσα ὠτ. ἰ. ∾ ποσί.

§ 4] Ταύτης δὲ τὸ ὕφασμα ἐπιτιθέμενον αἱμ. ἵστ. πᾶσαν καὶ φλεβῶν τὰς ῥήξεις ἵστησί τε καὶ ἀφλεγμάντους διατηρεῖ.

§ inédit : Ἐν ἐλαίῳ δὲ ταύτην ἀποπνίξας, ἐκ τοῦ ἐλαίου κατάχριε τοῖς ἀσπιδοδήκτοις καὶ εὐθέως ἰάσῃ τοὺς πάσχοντας.

22. § 1] ΙΠΠΟΣ ζῷόν ἐστιν ὠκύτατον. Τοῦτο γεννώμενον ἔχει ἐν τῷ μετ. ἐπιδερμίδος ὡς νεφ. ὅπερ ∾ λέγουσι. Τὸ τοιοῦτον νεφ. ὁ φορῶν φιλοτήσιον (*sic*) ἕξει μέγ. Εἰ γὰρ μόνον δι' αὐτοῦ ἅψεταί τινος, σφόδρα ἀγαπήσει αὐτόν · κἂν ξηράνας δέ, κόψας ἐξ (f. 571 r.) αὐτοῦ καὶ τρίψας δῷς τινι πιεῖν, τὸ αὐτὸ δράσεις. Ὁμοίως δὲ καὶ ἐν βρώσει · φιλητήσῃ γὰρ ὑπ' αὐτοῦ σφόδρα.

P. 63, l. 6. § 3] Τῆς δὲ θηλείας ἵππου τὸ γάλα σὺν μέλιτι ἐγχριόμενον λευκ. λεπτύνει.

§ 5] Ἡ δὲ χολὴ μετὰ μέλιτος χριομένη ὀξ. παρ.

§ 4] Ὁ δὲ ὄνυξ α. θυμ. ὠκυτόκιόν ἐστι.

§ inédit : Ἡ δὲ κόπρος τοῦ ἵππου ἐπιτιθεμένη αἱμορραγίαν ἵστησι.

P. 64, l. 26. § 21] ΚΥΝΟΠΟΤΑΜΟΣ ὁ καὶ κάστωρ λεγόμενος γνωστός ἐστι. Τούτου οἱ ὄρχεις καστόρεον κέκληνται · (cp. le v. i.) ὅπερ λεῖον ∾ ἄγει · πιν. δὲ σὺν ῥ. ὠτίου θηλείας ἡμιόνου λαθραίως ἀτοκιόν ἐ. Σὺν ἀνηθίνῳ δὲ ἐλαίῳ ἑψηθὲν καὶ ἀλειφθὲν νεῦρα χ. καὶ ψ. ἀποσοβεῖ · σὺν οἴνῳ ὑστερικὰς πνιγμονὰς ἰᾶται · σὺν δὲ πηγ. ∾ ἄκρως ἰᾶται καὶ ἐπιληπτικοὺς καὶ ὀπισθοτονικούς.

§ inédit : Εἰς δὲ τὰ κατὰ τὸ ἐγκέφαλον (*sic*) πάθη καὶ τὸν πνεύμονα δι' εἰσπνοῆς θυμιώμενον μεγάλως ὀνίνησι.

P. 65, l. 5. § 22] Τὸ δὲ δέρμα ∾ φορ. ἐν ὑποδήματι, ποδαλγίαν ἰᾶται.

§ inédit : Ἡ δὲ κόπρος αὐτοῦ αἱμόρροιαν ἵστησι γυναικός · θυμιαθεῖσα δὲ ἑρπετὰ διώκει.

P. 63, l. 10. § 1] ΚΑΜΗΛΟΣ ζῶόν ἐστι μέγιστον.

§ inédit : Ταύτης ὁ ἐγκέφαλος ξηρὸς μετ' ὄξους πινόμενος ἐπιληπτικοὺς ἰᾶται.

§ 4] Ἡ δὲ ἄφοδος καυθεῖσα κ. σ. ἐλ. λειωθεῖσα ἀλ. κ. τρ. ἰᾶται ἀκριβῶς τὰς ἐκ νόσου ῥυείσας καταχριομένη.

§ 5] ὑδρωπικοὺς δι' οὔρων κενοῖ. Manque le mode d'application, qui est indiqué dans les mss. A (καταπλασσομένη) et R (ἐπιπλασσομένη).

§§ 6 et 7] Ξηρὰ δὲ λ. ἐν ὕδ. ποθ. ∾ διώκει.

§ 2] Τὸ δὲ γάλα αὐτῆς οὐ πήγνυται.

§ inédit : Καὶ εἰ καταμιχθείη δὲ ἑτέρῳ γάλακτι κἀκεῖνο ἄπηκτον ποιεῖ · καὶ πινόμενον θερμὸν ἱερὰν νόσον θεραπεύει. Τὰ δὲ κρέατα ἑφθὰ ἐσθιόμενα ὁμοίως τὸ αὐτὸ δρῶσι.

24. § 9] ΚΡΟΤΩΝ κύων μικρός ἐστι οἱονεὶ νεογέννητος.

P. 64, l. 5 et 9. §§ 11 et 13] Τούτου ἔτι θηλάζοντος ἡ κόπρος ξηρὰ λειωθεῖσα καὶ δοθεῖσα ἐν πότῳ ἰκτ. κ. δυσ. ἰᾶται · καὶ ὑδρωπικοὺς τοὺς ἀνὰ σάρκα ὠφελεῖ.

§ 14] Μετὰ ὄξους δὲ συγχριομένη φλεγμονὰς αἰδοίων ἰᾶται.

§ 12] Σὺν δὲ μέλιτι (f. 571 v.) ἐγχρ. τ. λ. καὶ τῷ στήθει συναγχ. ἄ. ἰ.

§ 15] Καυθεῖσα δὲ ∾ ἐκριζοῖ.

§ 16] Σὺν τερ. δὲ ἐπ. κονδ. ἰᾶται.

§ 17] Μετὰ δὲ κηρωτῆς καὶ ῥοδ. ποιεῖ πρὸς ἕλκη ῥ. καὶ δυσαπούλωτα · σὺν ἐλ. μελισσῶν κ. σφ. δήγματα ἰᾶται.

§ 22, en grande partie inédit] Ζῶντος δὲ τοῦ κρότωνος ἀνατμηθέντος καὶ ἔτι ὄντος θερμοῦ ἐπιτεθέντος τραχήλῳ καὶ λαιμῷ συναγχικῶν, θαυμασίως θεραπεύει, ὡς ἐγὼ πεπείραμαι. Ἐὰν δέ τις ἀσθενῶν καὶ θέλῃ γνῶναι πότερον ζήσεται ἢ ἀποθανεῖται, λαβὼν ψύχαν (l. ψίχα) ἄρτου ζέοντος, ἐκμαζάτω τὸ πρόσωπον καὶ τὰς μασχάλας, ἔτι τε τὰς χεῖρας καὶ τοὺς πόδας ἑαυτοῦ καὶ δότω κύνα (l. κυνὶ) φαγεῖν · καὶ ἐὰν μὲν φάγῃ, ζήσεται · εἰδ' οὖν (l. εἰ δ' οὔ), ἀποθανεῖται.

Article inédit : ΚΥΩΝ ζῶόν ἐστι ταχύτατόν τε καὶ πονηρόν, καὶ μάλιστα ὁ θηρατικός. Οὗτος ὅταν ὀστοφαγήσῃ, γίνεται ἡ κόπρος αὐτοῦ θηραπευτικὴ συναγχικοῖς. Ξηρὰ δὲ λεῖα (*sic*) μετὰ γάλακτος πινομένη δυσεντερικοὺς ἰᾶται, ἕλκη τε παλαιὰ τοῖς πρὸς ταῦτα μιγνυμένη φαρμάκοις, οἷον κηρῷ, μυρσίνῳ ἐλαίῳ καὶ τερεβινθίνῃ. Σὺν δὲ μέλιτι ἀναληφθεῖσα καὶ χριομένη συναγχικοὺς θεραπεύει καὶ φλεγμονὰς παρισθμίων.

Ἡ πιτύα δὲ τοῦ ἄρτι γεννητοῦ κυνὸς βοηθεῖ λυσσοδήκτοις. Ὁμοίως καὶ γάλα ἐν κλίνῃ πινόμενον ἐφ' ἡμέρας ζ', ὅσον κεράτια ιη', κωλυομένου τοῦ πάσχοντος ὥστε μὴ ὑπνοῦν.

Χλιαρὸν δὲ τὸ γάλα ἐνσταζόμενον τοῖς ὠσὶ δυσηκοίαν θεραπεύει.

P. 65, l. 8. § 23] ΚΡΟΚΟΔΕΙΛΟΣ ὁ χ. ζῶόν ἐστι πλατυκέφαλον οὐρὰν ἔχον μακράν.

§ 24] Τούτου ∾ ποιήσῃ ξηρίον, ὅταν γένηται χρεία χειρουργίας ἢ καύσεως, καὶ ἐπιπάσσῃ τῷ τόπῳ τῷ μέλλοντι τ. ἢ κ. ἄνευ ὀδύνης ποιήσει δέξασθαι τὴν τομήν.

§ 28] Ἡ δὲ κόπρος σὺν ὄξει καταχριομένη ἀλφοὺς ἀπορρίπτει · σὺν δὲ μέλιτι ἐγχριομένη λευκώματα αἴρει · σὺν ἐλαίῳ δὲ πρόσωπα στίλβει.

§ 29] Τὸ δὲ αἷμα αὐτοῦ χριόμενον ἀμβλυωπίαν (f. 572 r.) ἰᾶται καὶ ὀξυδορκίαν παρέχει.

§ inédit : Ὅλος δὲ ὁ κροκόδειλος κεκαυμένος ἕως οὗ τεφρωθῇ καὶ παραμιγνύμενος κριθίνῳ ἀλεύρῳ καὶ παντοίοις ἀλόγοις, ἵπποις τε καὶ βουσὶ καὶ τοῖς λοιποῖς πάχος ἐμποιεῖ, τινὲς δὲ καὶ ἀνθρώποις < ὡς > παχύνεσθαι οὕτω σκευάζουσι · κροκοδείλου τὴν τέφραν ἀλεύρῳ καὶ μέλιτι φωράσαντες διατρέφουσιν ἐξ αὐτοῦ ὄρνιν, μηδενὸς ἄλλου γευομένην. Εἶτα θύσαντες καὶ ὀπτήσαντες διδόασιν ἐσθίειν τῷ μέλλοντι παχυνθῆναι, καὶ γίνεται παχὺς πλὴν μηδὲ (lire μηδὲν ?) τῶν τῆς ὄρνιθος καταλειπτέον, μόνον δὲ τὰ ἔνδοθεν αὐτῆς σὺν τοῖς ἐντέροις ῥιπτέον, ἵνα μὴ βλάβης γένωνται πρόξενα.

23. § 1] ΛΥΚΟΣ ζ. ἐστι τετράπουν, ἄγ. καὶ πον.

§ inédit : Τούτου ἡ κόπρος λευκοτάτη ἐστίν, ἐπί τινων εὑρισκομένη θάμνων · αὕτη πινομένη κωλικοὺς θαυμασίως ὀνίνησι.

P. 66. § 5] Τὸ δὲ ἧπαρ αὐτοῦ ξ. λ. ἐπ. ἠπ. ἄκρως ἰᾶται.

§ inédit : Μίγνυται δὲ καὶ τῷ δι' εὐπατωρίου φαρμάκῳ, καὶ δίδοται εἰς πόσιν. Τὸ δὲ στέαρ αὐτοῦ λεῖον καταχριόμενον νεῦρα καὶ ἄρθρα διαλύει καὶ ὀπισθοτονικοὺς ἰᾶται.

§ 7, conservé en partie par le v. i.] Ἡ δὲ χολὴ αὐτοῦ ἐν δέρματι χρισθεῖσα σὺν ἐλατηρίῳ καὶ ἐπιχρισθεῖσα (τε au-dessus de χρις, de première main) τῷ ὀφθαλμῷ (corrigé de première main en ὀμφάλῳ) καθαίρει τὴν γαστέρα πλέον παντὸς καθαρσίου.

§ inédit : Ἡ δὲ καρδία αὐτοῦ ὀπτὴ ἐσθιομένη νῆστις λυκανθρώπους τοὺς καὶ βαβουτζικαρίους λεγομένους θεραπεύει ἐπινηστεύοντας ἕως ἡμέρας γʹ. Τὸ δὲ δέρμα αὐτοῦ ἐάν τις ἐργάσηται ὑποδήματα καὶ φορῇ, οὐκέτι ἀλγήσει πόδα ποτέ.

8. §§ 3 et 6, en grande partie inédits] Ὁ δὲ δεξιὸς αὐτοῦ ὀφθ. λάθρα φορούμενος σὺν τῷ πρώτῳ τῆς οὐρᾶς σπονδύλῳ ὁμοῦ καὶ ἰδίως ἐν χρυσῷ ἀγγείῳ θαυμασίας ἐνεργείας ποιεῖ. Πᾶν γὰρ τετράποδον ἥμερόν τε καὶ ἄγριον φεύξεται ἀπὸ τοῦ φοροῦντος, καὶ εἰ διέρχεται ἀνὰ μέσων (l. μέσον) ἐχθρῶν ὁ φορῶν, πάντες φιμωθήσονται · ἔτι τε ποιεῖ τὸν φοροῦντα ἔνδοξον καὶ ἐπιτευκτικὸν καὶ νικητὴν καὶ τῷ εἴδει εὐάρεστον καὶ ταῖς γυναιξὶ φιλητὸν καὶ ἐρωτικόν, καὶ οὔτε ὀφθαλμιᾶν ἐᾷ · περιαπτόμενον δὲ καὶ τοὺς ἑλκωθέντας ὀφθαλμοὺς ἰᾶται.

14. Article inédit, conservé par le v. i. (incomplet dans le ms.) :

§ 8] ΛΑΓΩΟΣ ζῶόν ἐστι πᾶσι γνωστόν.

P. 67, § 18] Ὁ ἐγκέφαλος ἑφθὸς παρατριβόμενός τε καὶ (f. 572 v.) ἐσθιόμενος ἐπὶ τῶν ἐκφυομένων τοῖς παιδίοις ὀδόντων ὠφελιμώτατός ἐστι · ἀνωδύνως γὰρ ποιεῖ φύεσθαι τοὺς ὀδόντας.

§ inédit : Ὀπτὸς δὲ ὁ ἐγκέφαλος ἐσθιόμενος τρομικοὺς ἰᾶται, καὶ τοὺς ἐνουροῦντας ἀπαλλάττει τοῦ πάθους.

P. 66. § 10] Ὁ δὲ πνεύμων αὐτοῦ εἰς λεπτὰ τμηθεὶς καὶ τοῖς βλεφάροις ἐπιτεθεὶς ὀφθαλμῶν οἰδήματα παύει.

§ 12] Οἱ δὲ νεφροὶ ξηρανθέντες καὶ τριβέντες καὶ σὺν πεπέρει ἐν μελικράτῳ ἐπιπασθέντες καὶ ποθέντες νεφρικοὺς ἰῶνται.

P. 67. § 13] Ἡ δὲ χολὴ αὐτοῦ σὺν νάρδῳ ἐνσταζομένη κώφωσιν ἰᾶται.

§§ inédits : Ἡ δὲ πιτύα αὐτοῦ ξηρὰ λεία πινομένη μετὰ λημνίας σφραγῖδος αἱμοπτοϊκοῖς βοηθεῖ.

Σὺν δὲ σατωρίῳ (*sic*) ἥ τε χολή, ἡ πιτύα καὶ ὁ ἐγκέφαλος προστιθέμενα ἐν πεσσῷ σύλληψιν ἐμποιεῖ. (Cp. le § 13.)

Τὸ δὲ στέαρ καὶ ἡ πιτύα ἐπιτιθέμενα ἰοβόλα ἕλκη ἰᾶται.

§ 16] Αἱ δὲ τρίχες αὐτοῦ καυθεῖσαι καὶ λειωθεῖσαι καὶ ἐπιπασθεῖσαι τοῖς πυρικαύστοις ἕλκεσι καθαρὰν οὐλὴν ἐμποιοῦσι καὶ τριχοποιοῦσι. Μετὰ δὲ λευκοῦ τοῦ ἐν τῷ ᾠῷ ἐπιτεθεῖσαι πᾶσαν αἱμορραγίαν συστέλλουσιν.

P. 68. Article inédit conservé en partie par le v. i. : ΜΥΡΜΗΞ γνωστόν ἐστι πᾶσι.

6. § 1] Τῶν δὲ μυρμήκων εἴδη εἰσὶν ἑπτά, καὶ γνώριμοι μὲν οἱ κοινοί, οἱ δὲ ἀνδροκέφαλοι (l. ἀδροκέφαλοι) καλοῦνται, οἵ τινες καὶ τῇ χροιᾷ εἰσι μέλανες · ἄλλοι δὲ μεγάλοι καὶ πτερωτοί, καὶ ἕτεροι ἀρουραῖοι, καὶ ἄλλοι ἐνόδιοι μικροί, καὶ

ἄλλοι οἳ καὶ μυρμηκολέοντες λέγονται, μείζονές τε ὄντες τῶν ἄλλων καὶ ποικίλοι · φυσικῶς δέ εἰσιν οὗτοι σαρκοφάγοι, τάχιον ἀποθνήσκοντες.

§ 2] Οἱ οὖν κοινοὶ μύρμηκες ἀποτεμνόμενοι τὰς κεφαλὰς καὶ προστριβόμενοι τοῖς βλεφάροις τὰς ἐν αὐτοῖς κριθὰς θεραπεύουσιν. Ὁμοίως καὶ σιτοφόροι ἀρουραῖοι τὸ αὐτὸ ποιοῦσιν.

§ 4] Ἐὰν δέ τις μύρμηκας σὺν ὕδατι ἑψήσας ἕως ἐκτριτώσεως ὕδατος καὶ καταντλήσῃ τοὺς πόδας ἢ τὰς χεῖρας τὰς ἐν αὐτοῖς μυρμηκίας ἀποπίπτειν ποιήσει.

§ 3] Ἐὰν δέ τις μύρμηκας ἑψήσας μετὰ χολοῦ ἀσφοδέλου δώῃ τινὶ πιεῖν, ἀνέντατος ἔσται ὅσον ἂν ζῇ χρόνον.

P. 67, l. 23. § 1] ΜΥΣ κατοικίδιος πᾶσι γνωστός ἐστι. Τούτου ∾ καύσας καὶ τεφρώσας καὶ σὺν στέατι χοιρείῳ ἢ ἀ. λειώσας περίχρισον, ἀλωπεκίας καὶ ἰάσῃ.

P. 68, l. 1. § 4 en partie inédit] Ἡ κόπρος δὲ (f. 573 r.) αὐτοῦ ὁμοίως τὸ αὐτὸ ποιεῖ, καὶ ταῖς τῶν παιδίων δὲ ἕδραις προστιθεμένη πρὸς ἔκκρισιν προτρέπει. Λεία δὲ σὺν ὕδατι ἐγχριομένη μαστῶν σκληρότητα καὶ ὀδύνας ἴαται τὰς μετὰ φλεγμονῆς.

§ 5, avec la deuxième addition du v. i.] Ἐπιπασσομένη δὲ ξηρὰ ἐπὶ ἡμέρας γ´ ἐξοχάδας αἴρει · χρὴ δὲ προκλύζειν αὐτὰς οἴνῳ. Σὺν ὕδατι δὲ περιχριομένη λέπρας καὶ λειχῆνας θεραπεύει.

P. 67, § 3] Ζῶντος ∾ μυός, ἐὰν κόψῃς τὴν οὐρὰν καὶ τοὺς πόδας, τὰ ὦτα καὶ τὰς ῥίνας καὶ ἐνδήσας περιάψῃ, πάντα τύπον ἰάσῃ ῥιγοπυρέτων χρονίων θαυμασίως.

29. § inédit, conservé en partie par le v. i., première addition : Ἐὰν δὲ μετὰ βελόνης διὰ στόματος τούτου διαπεράσῃς ῥάμμα καὶ ἐκβάλλῃς ἐπὶ τὴν ἕδραν καὶ τὸ ῥάμμα δήσῃς, κωλικοὺς ἴαται.

Articles inédits :

ΝΕΒΡΟΣ ἐστι τὸ τῆς ἐλάφου γέννημα. Τούτου ὁ ἐν τοῖς ὀφθαλμοις εὑρισκόμενος ἔνδοθεν ῥύπος μέγιστόν ἐστιν ἀντιφάρμακον τοῖς πίνουσι δηλητήριον διδόμενος μετὰ ὕδατος.

Τὸ δὲ στέαρ αὐτοῦ καταχριόμενον κεφαλῆς ἕλκη καὶ ἰχῶρας καὶ πίτυρα καθαίρει μετὰ σταφίδος ἀγρίας. Τὸ δὲ αἰδοῖον τοῦ ἄρρενος ἐλάφου λεῖον ξηρὸν σὺν οἴνῳ ἐχεοδήκτους βοηθεῖ. Μίγνυται δὲ συνθέτοις βοηθήμασι τοῖς τοῦτ᾽ αὐτὸ δυναμένοις.

Ὄφις θηρίον ἐστὶ πονηρόν, ἄπνουν (lire ἄπουν), συρόμενον δέ, πᾶσι γνωστόν. Οὗτος, ὅταν γηράσῃ καὶ οἱ ὀφθαλμοὶ αὐτοῦ ἀμβλυθῶσι, θέλει πάλιν νέος φανῆναι. Διὸ καὶ πολιτεύεται ἡμέρας μ´ καὶ νύκτας μ´ ἕως οὗ τὸ δέρμα αὐτοῦ χαυνωθῇ, καὶ ζητήσας ἐν πέτρᾳ στενὴν ὀπὴν ἑαυτὸν εἰς ταύτην ἐμβάλλει, καὶ τὸ σῶμα ἐκθλίψας ἀποβάλλει τὸ δέρμα καὶ ἀνανεοῦται.

Τούτου ἡ δορὰ αὕτη καυθεῖσα καὶ λειωθεῖσα μετὰ ἅλατος καὶ τοῖς ὀδοῦσι χρισθεῖσα ὀδονταλγίας παύει. Ὑποθυμιωμένη δὲ λάθρα πρὸ τῆς ἐλεύσεως ῥίγη χρόνια λύει.

Σὺν δὲ ὀστοῖς ἐλαιῶν γ' ἢ ε' ἢ ζ' τὸν ἀριθμὸν ὑποθυμιωμένη ἐσοχάδας καὶ ἐξοχάδας θεραπεύει ὡς οὐδὲν ἕτερον.

Περιαπτομένη δὲ ἡ δορὰ ἡμικρανίας ἰᾶται.

Τὰ δὲ ὑπ' αὐτῶν ὄφεων γινόμενα δήγματα ἰᾶται βάτραχος ὑδρίτης ζῶν σχισθεὶς καὶ τεθεὶς καὶ δεθείς · ἐκβάλλει γὰρ εὐθὺς τὸ ἰὸν ἐκτός.

P. 69, l. 16. § 1] ΟΝΟΣ τετράπουν ἐστὶ (f. 573 v.) ζῶον πᾶσι γνωστόν.

§ 2] Τούτου ἡ κόπρος λεία σὺν ἅλατι ἐπιτιθεμένη πᾶσαν αἱμορραγίαν ἀρτηριῶν καὶ φλεβῶν ἵστησιν.

20. §§ 3 et 4] Εἰ δέ τις πτύει αἷμα καὶ δώσει λάθρα σὺν ἀρώματι ἐκ τοῦ χυλοῦ τῆς κόπρου πιεῖν, ἄκρως ἴαση. Καὶ σκορπιοδήκτοις ὁμοίως τὸ αὐτὸ βοηθεῖ.

§§ inédits : Τὸ δὲ γάλα τῆς ὄνου σὺν μέλιτι ἀκάπνῳ ἐγχριόμενον τὰ γινόμενα κατὰ τοὺς ὀφθαλμοὺς δριμέα ῥεύματα θεραπεύει.

Ὄνυξ δὲ ὄνου κεκαυμένος λεῖος σὺν γάλακτι γυναικείῳ (lire γυναικὸς) ἀρρενοτόκου κατενσταζόμενος ὀφθαλμῶν αἴρει τραχώματα.

P. 70. § 1] ΠΡΟΒΑΤΟΝ ζῶόν ἐστι πᾶσι γν.

§ inédit : Τούτου ἡ κόπρος σὺν ὄξει καταχριομένη ἡμικράνου πόνον παύει, καὶ μυρμηκίας καὶ ἀκροχορδόνας καὶ δοθῆνας (l. δοθιῆνας) καὶ ἥλους ἰᾶται.

§ 6] Ὁ δὲ πνεύμων ἐσθ. ν. ἀμέθυσον ποιεῖ τὸν ἐσθ. καὶ ὅσον <ἂν> οἶνον πίει (l. πίῃ), τὴν ἡμέραν ἐκείνην οὐ μεθυσθήσεται.

§§ inédits : Τοῦ γάλακτος αὐτοῦ τὸ ἄνθισμα καταχριόμενον λοιμικὰ νοσήματα ἀποκαθαίρει.

Ὁ δὲ ἐγκέφαλος αὐτοῦ ἑφθὸς ἐσθιόμενος καὶ παρατριβόμενος ταῖς τῶν παίδων ὀδοντοφυίαις ἀκριβῶς βοηθεῖ, σύντομόν τε ποιῶν τὴν ἔκφυσιν καὶ ἄνευ πόνου.

Τὸ δὲ ἔριον αὐτοῦ μὴ ἐκπληθὲν (l. ἐκπλυθὲν?) τοῦ ῥύπου ἀποκρουστικὸν γίνεται φλεγμονῶν τῶν ἐπὶ τραύμασιν ἐκ βελῶν ἢ πετρῶν γινομένων. Σὺν οἰνελαίῳ χλιαρῷ πυριαζόμενον καὶ ἐπιτιθέμενον, καυθὲν δὲ ξηραντικὸν γίνεται, ὥστε καὶ πλαδαρὰς σάρκας ἀπὸ τῶν ἑλκῶν ἀποτήκειν.

Τὸ δὲ στέαρ αὐτοῦ ἡγείσθω σοι χρήσιμον.

Πνεύμων δὲ ἀρνίου νεαρὸς καταπλασθεὶς φύγεθλα ποδῶν καὶ χειρῶν ἰᾶται.

P. 71, l. 1. § 9] Ξηρὸς δὲ ὁ πνεύμων λεῖος ~ φαρμάκων κινδυνεύουσιν βοηθεῖ μεγάλως.

§ 10] Τὸ δὲ αἷμα αὐτοῦ ξηρὸν ποθὲν ἐπιληπτικοῖς βοηθεῖ.

P. 60, l. 13. § inédit : ΣΑΥΡΟΣ (ταῦρος ms., faute du rubricateur) ζῶόν ἐστι συρόμενον μέν, πλὴν ἔχον καὶ πόδας.

§ 1] Γένη δέ εἰσι σαύρων γ' · καὶ ὁ μὲν ἡλιακὸς λέγεται, ὁ δὲ χαλκοῦς, ὁ δὲ χλωρός.

§§ inédits : Τούτου ἡ κεφαλὴ κεκαυμένη καὶ ἐπιτιθεμένη σκόλοπας ἐξάγει καὶ μυρμηκίας καὶ ἀκροχορδόνας καὶ ἥλους.

Τὸ δὲ ἧπαρ αὐτῆς (*sic*) κεκαυμένον, ἐπιπασσόμενον ὀδοῦσι βεβρωμένοις (f. 574 r.) ἀνωδυνίαν ποιεῖ.

Ὅλος δὲ ὁ σαῦρος ἀνατμηθεὶς καὶ ἐπιτεθεὶς σκορπιοδήκτους ἰᾶται.

P. 71, l. 15. § 1] ΣΥΑΓΡΟΣ ἐστιν ὁ ἀγ. χ. ∾ ἀφροδίσια παρ.

§§ inédits : Οἱ δὲ ὄνυχες αὐτοῦ κεκαυμένοι καὶ σὺν οἴνῳ λειωθέντες καὶ πινόμενοι νῆστις κοιλιακοὺς ἰῶνται.

Ὁ δὲ ἐγκέφαλος αὐτοῦ σὺν ἀμύλῳ καὶ ῥοδίνῳ λειούμενος καὶ ἐπιχριόμενος ποδαλγικὰς ὀδύνας παραμυθεῖται.

Τοῦ δὲ ἥπατος αὐτοῦ τὸ ἄκρον τεμνόμενον καὶ σὺν ὕδατι ὀλίγῳ λειούμενον καὶ καταχριόμενον μετὰ πτεροῦ ἐρυσιπέλατα καὶ ἕρπητας θεραπεύει.

Ἡ δὲ κόπρος αὐτοῦ θυμιωμένη τριταϊκοὺς ἀπαλλάσσει καὶ ὑστερικὰς πνιγάδας ἰᾶται.

Τῆς δὲ θηλείας ἡ κόπρος σὺν μέλιτι λεία καταχριομένη χοιράδας ἰᾶται καὶ πᾶσαν σκληρίαν μαστῶν.

§ 3] Ἡ δὲ χολὴ καὶ ἡ πιτύα αὐτοῦ πινομένη πρὸς π. θ. φάρμακα ἀλεξητήριον γίνεται.

P. 72, l. 4. § 6] ΣΑΛΑΜΑΝΔΡΑ ∾ σαύρου χλωροῦ, ἐν. θ. δὲ καὶ ὕ. δ.

16. § 12] Τούτου ἡ τέφρα σὺν ἐλαίῳ ἐπιχριομένη μυρμηκίας χειρῶν καὶ ποδῶν ἀνασπᾶν πέφυκεν.

§ inédit : Ἔνιοι δὲ καὶ πρὸς ψωρικὰ βοηθήματα, ἔτι δὲ καὶ λεπρικὰ καὶ σηπεδονώδη τὴν τοιαύτην κόνιν μιγνύουσιν.

20. § 1] ΤΑΥΡΟΣ ζῶόν ἐστι π. γνώριμος.

§ 2] Τούτου ἡ χολὴ σὺν ψιμμιθίῳ καὶ ᾠοῦ λεπτῷ (lire λέπει?) καταχριομένη οὐλὰς ὁμοχρόους (leçon meilleure) τῷ λοιπῷ σώματι ποιεῖ.

§ 3] Σὺν ὄξ. δὲ σμ. καὶ κιμωλίᾳ ἀλφοὺς καὶ λεύκας ἰᾶται καὶ φακοὺς ὄψεως.

§ inédit : Σὺν δὲ χυλῷ σεύτλου καὶ ὀξελαίῳ πίτυρα κεφαλῆς καθαίρει.

P. 73. § 9] Σὺν μέλιτι δὲ ἀνατριβομένη νῆστις στομαχικοῖς βοηθεῖ.

§ 10] Σὺν δὲ ἰρ. μ. ἐν πεσσῷ προστεθεῖσα ἔμμ. ἄγει.

§ 11] Σὺν δὲ ἀμ. μ. καὶ ἐλλεβόρῳ προστεθεῖσα ἔ. ν. ἕλκει.

§ 12] Σὺν ἐλατηρίῳ δὲ περιχρισθεῖσα τῷ δακτύλῳ (l. δακτυλίῳ) ἢ τῷ ὀμφ. πλέον ∾ γαστέρα.

§ 13] Σὺν δὲ ἀρτεμισίᾳ καταπλασσομένη τῷ ὀ. ἕλμ. κτείνει.

§ 14] Ἡ δὲ κόπρος αὐτοῦ ∾ αἱμορραγίας ἀναστέλλει.

§§ inédits : Τὸ δὲ αἷμα αὐτοῦ ξηρὸν πινόμενον ἀποστήματα πεπαίνει καὶ δυσεντερίαν ἰᾶται.

Τὸ δὲ κέρας αὐτοῦ κεκαυμένον μεθ' ὕδατος (f. 574 v.) πινόμενον ῥοῦν γυναίκειον ἵστησι. Καυθὲν δὲ καὶ λειωθὲν σὺν ὀμφακίνῳ ἐλαίῳ καὶ ἀλειφόμενον πολιὰς τρίχας μελάνας (lire μελαίνας?) ποιεῖ.

§§ inédits : ΤΡΑΓΟΣ πᾶσι γνωστός. Τούτου ἥπατος ὀπτωμένου ὁ ἀποστάζων ἰχὼρ νυκτάλωπας ἰᾶται ἐνσταζόμενος.

Τὸ δὲ αἷμα αὐτοῦ ξηρὸν ποθὲν πεπαίνει ἀποστήματα.

Τὸ δὲ δέρμα τοῦ τράγου καὶ τοῦ προβάτου νεωστὶ δαρὲν καὶ ἔτι θερμὸν ὂν περιτεθὲν ἐν τραύμασι θαυμαστῶς ἰᾶται, ὡς οὐκ ἄλλο τι.

P. 74. § 20] Ὁ δὲ ἐκ τοῦ πώγωνος αὐτοῦ ἐκκρινόμενος ῥύπος ποιεῖ ∾ καὶ ὀμφ. ἐλ. καταχριόμενος · σὺν ὄ. δὲ χριόμενος κεφ. παύει.

§ 21, en partie inédit] Τὸ δὲ στέαρ ∾ λεῖον ἐπιπασθὲν ὄνυξι ψωριώντων ἐκριζοῖ. Τὸ δὲ στέαρ τούτου ἐν πολλοῖς ἔστω (lire ἔσται?) σοι χρήσιμον.

14. § 1] ΥΑΙΝΑ ζῶόν ἐστι τετρ. πάνυ ἄγριον.

P. 75. § 6] Ταύτην ἐὰν θύσῃς σελήνης (en signe) ληγούσης ἐν παρθένῳ (en signe) καὶ ἐκ τοῦ πνεύμονος αὐτῆς ξηράνας δῷς ἐν πότῳ, σελ. θεραπεύσεις. Τοῦτο εἶδον κἀγὼ διὰ πείρας καὶ ἐθαύμασα · πυκνὸς γάρ τις ἐπιληπτικὸς τοῦτο λαμβάνων οὐκέτι τῷ πάθει κατέπιπτε. Δίδου δὲ ἀπὸ τούτου οὐγγ. β′ ἢ γ′.

§§ 7 et 8] Σκευάζεται δὲ ἡ χολὴ τῆς ὑαίνης καὶ σὺν ἑτέροις εἴδεσι ταύτῃ (ταύτ ms.) · καὶ ἔστιν ἡ σκευασία αὕτη · χολῆς ὑαίνης οὐγγ. ς′ ∾ σμύρνης οὐγγ. γ′, χυλὸν ἀειθαλοῦς οὐγγ. ι′, πεπ. ϛγ (*scil.* ἑξαγία) γ′, μέλ. οὐγγ. ς′. Ταῦτα λ. εὖ μ. καὶ ἑψήσας ἀπόθου ∾ χρῶ. Ποιεῖ δὲ πρὸς ἀμβλυωπίαν καὶ ἀ. ὑποχ. καὶ νεφ. ἀχλύν, καὶ ὀξυωπίαν παρέχει.

§ 9] Ἐὰν δὲ ὑδροφοβικῷ ἢ λυσσ. δῷς φαγεῖν βραχὺ ἐκ τοῦ στέατος τῆς ὑαίνης λάθρα ἐν βρώματι, σωθήσεται.

P. 76, § 13] Τὸ δὲ ἧπαρ α. ξηρὸν πινόμενον τεταρταϊκοὺς ἰᾶται καὶ τρομικούς.

§ 16] Ὁ δὲ μυελὸς τῆς ῥάχεως ἐπαλειφόμενος ψοαλγικοὺς (ψοιαλγ. ms.) καὶ ἰσχιαδικοὺς ἰᾶται.

§ 19] Τὸ δὲ δέρμα ταύτης ἐάν τις ἐργάσηται ὑποδήματα καὶ φορῇ, οὐ μόνον οὐκ ἀλγήσει ποτὲ τοὺς πόδας, ἀλλὰ καὶ ἀλγήσας, εἰ φορέσῃ (l. φορήσει), ἰαθήσεται, ἀλλ᾽ οὐδὲ κυνόδηκτος ἔσται.

§ 20] Ἡ δὲ χολὴ τῷ μετώπῳ καὶ τοῖς βλεφάροις περιχριομένη σὺν μέλιτι πάντα ῥ. ὀφθαλμῶν (f. 575 r.) ἵστησι καὶ ὀφθαλμίαν παύει.

24. § 1, en partie inédit] ΦΩΚΗ ζ. μὲν ἐ. τετράποδον ἐν θαλάσσῃ δὲ διάγον · ἀμφίβιον γάρ ἐστι. Τοὺς ἐμπροσθίους πόδας ὁμοίους ἔχει χερσὶν ἀνθρώπου, τὸ πρόσωπον δὲ μόσχου βοός. (Cp. l. Ier, § 4, p. 39, l. 25 de l'édition.) Ζωοτοκεῖ καθάπερ τὰ τετράποδα τῶν ζώων.

§ inédit : Τούτου ἡ πιτύα καστορίου δύναμιν ἔχει.

P. 77. § 13] Ὁ δὲ ἐγκέφαλος πιν. σεληνιαζομένους ἰᾶται καὶ ἱερὰν ν. θ.

P. 76, l. 27. § 2] Ἡ δὲ κεφαλὴ καυθεῖσα καὶ μ. κ. λειωθεῖσα ἀλ. ἰᾶται.

Ὁ δὲ πνεύμων ξηρὸς σὺν οἴνῳ πινόμενος πᾶσαν μανίαν καὶ ἐπιληψίαν ἰᾶται. (Cp. les §§ 9 et 10.)

P. 77, l. 9. § 7, en partie inédit] Τὸ δὲ στέαρ π. φλ. καὶ ὀδ. ἄ. αἴρει, καὶ παῖδας τοὺς εἰς τὸ φώκιον συνωθουμένους καταχριόμενον θεραπεύει.

§ 12] Ἡ δὲ χολὴ ∾ ὀφθ. ἰᾶται.

§ 11] Καὶ τὰ ὀστᾶ ὑποθυμιώμενα ὠκυτοκίαν παρέχουσιν.

8. § 6] Ἡ δὲ γλῶσσα ὑπὸ τοῖς ὑποδήμασι φορ. φιμοκάτοχός ἐστι.

§§ inédits : Τὸ δὲ δέρμα ἐάν τις ἐργάσηται ὑποδήματα καὶ φορῇ, οὐκ ἀλγήσει ποτὲ τοὺς πόδας. (Cp. livre I, lettre Φ, § 12, p. 41, l. 6 de l'édition.)

Ἡ δὲ κόπρος αὐτοῦ καὶ περισσοσαρκίαν ἀποτήκει.

Article inédit : ΧΟΙΡΟΣ ὁ καὶ ὗς καλούμενος πᾶσι γνωστός.

Τούτου ὁ πνεύμων τὰ ἐξ ὑποδημάτων παρατρήματα (l. παρατρίμματα comme le ms. D) θεραπεύει.

Τὸ οὖρον τῶν εὐνούχων ὑῶν ῥυπτικὸν ὑπάρχει· ὃ καί τινες ἐν λοιμῷ πιόντες ἐσώθησαν· λέπρας τε καὶ τὰ σηπεδονώδη τῶν ἑλκῶν καὶ ἰχῶρας καὶ πίτυρα θεραπεύει, καὶ τὰ προσπαίσματα (lire καὶ πρὸς τὰ πταίσματα?) τῶν ποδῶν ποιεῖ, ὥστε μὴ φλεγμαίνειν.

Ἡ δὲ χολὴ καὶ τὸ στέαρ σὺν ἀμυγδαλίνῳ ἐλαίῳ ἐνσταζόμενον ὠταλγίαν παύει.

Ὁ δὲ ἐγκέφαλος αὐτοῦ σὺν μέλιτι ἐφθὸς λεῖος ἐπιπλασθεὶς ἄνθρακας μαραίνει. Σὺν δὲ ἀμύλῳ καταπλασσόμενος ποδάγρας παρηγορεῖ. (En marge ση.)

Τὸ δὲ στέαρ τοῦ κάπρου σὺν ῥοδίνῳ ἐλαίῳ λειωθὲν ἐπινυκτίδας καὶ ἰχῶρας θεραπεύει.

Τὸ δὲ ἧπαρ τοῦ κάπρου ξηρὸν λεῖον σὺν οἴνῳ πινόμενον ἑρπετῶν δήγματα ἰᾶται.

P. 79, §§ inédits : ΩΩΝ ὀρνίθων τὰ ὄστρακα κεκαυμένα λεῖα σὺν ὀξυμέλιτι πινόμενα κύστιν αἱμορραγοῦσαν ἵστησιν.

Ὁλόκληρον δὲ τὸ ὠὸν κεκαυμένον ἕως οὗ τεφρωθῇ καὶ σὺν ἀρσενίκῳ λειούμενον καὶ ἐμφυσώμενον τοῖς μυκτῆρσι ῥινῶν (f. 575 v.) αἱμορραγίαν ἀναστέλλει.

Τὸ δὲ λευκὸν τοῦ ὠοῦ σὺν ψιμμιθίῳ καὶ ἀλεύρῳ (corrigé de première main en ἀμύλῳ) καταχριόμενον φλεγμονὰς παρηγορεῖ.

P. 101, l. 24. § 1] Νεαροῦ δε ὠοῦ τὸ λευκὸν μετὰ πτεροῦ καταχριόμενον κατακαύματα ἰᾶται· σὺν δὲ ψιμμιθίῳ καταχριόμενον οὐλὰς μελαίνας λευκαίνει.

§§ inédits : Ὠμὸν δὲ τὸ ὠὸν νῆστις ἐπιρροφώμενον τοῖς ὁδοιποροῦσιν ἀδίψους διατηρεῖ.

Ὠὰ δὲ (τε)τηγασμένα σὺν νίτρῳ λειοτάτῳ καὶ κηρῷ ἐσθιόμενα νῆστις κοιλίαν ῥέουσαν ἵστησιν.

Τὸ δὲ ἐκ τῶν ὠῶν ἐκθλιβόμενον ἔλαιον ὠφέλιμόν ἐστιν ἐπὶ παντοίαις φλεγμοναῖς. Ἀποκρουστικόν ἐστι τὸ τοιοῦτον τούτων, ὡς οὐκ ἄλλο τι.

Τοῖς δὲ καθ' ἕδραν βιασμὸν πάσχουσιν ὠῶν οἱ κρόκοι χωρὶς τῶν λευκῶν λειωθέντες σὺν πίσσῃ ξηρᾷ καὶ ἑψηθέντες πυρὶ καὶ ἐπιρροφώμενοι πολλὴν ὠφελίαν προξενοῦσι.

P. 79. § 2] Τὰ δὲ ἀράχνια ᾠὰ ὑποθυμιώμενα ὠκυτόκια γίνεται. — Cp. les pages 101, 102 et 124 de l'édition.

P. 103. Titre du livre IV : ΠΕΡΙ ΖΩΩΝ ΕΝΥΔΡΩΝ. Titre courant : même texte.

P. 104. § 15, en partie inédit] ΑΣΤΑΚΟΣ θαλάσσιός ἐστι καὶ ὄστραχ. Τούτου ∾ κεκ. λεῖον σὺν χυλῷ ὀρύζης διδ. κοιλ. καὶ δυσεντερικοὺς ἴαται καὶ αἱμ. ζ'. σὺν οἴνῳ στύφῳ (*sic*) πινόμενον.

§ inédit : Ἡ δὲ σὰρξ ἐσθιομένη πέψιν ἐργάζεται.

§ 1, en partie inédit] ΒΑΤΟΣ ἰχθύς ἐστι θαλάσσιος. Οὗτος ἑψηθεὶς νεαρὸς ὢν διὰ τοῦ ζωμοῦ κοιλίας ἐπαγωγὸς γίνεται, καθ' αὑτόν τε καὶ μετ' οἴνου πινόμενος. Ἐσθιόμενος δὲ πυκνῶς εὐστόμαχός ἐστι καὶ εἰς ἀφροδίσια τοὺς ἐσθίοντας παρορμᾷ.

§ 3, en partie inédit] ΒΟΥΓΛΩΣΣΟΝ μικρὸς ἰχθύς ἐστι πᾶσι γνωστός. Τοῦτο ἐπιτεθὲν σπληνικοῖς καὶ ἰσχυρῶς δεσμευθὲν σπλῆνα τήκει φυσικῇ τινι δυνάμει ἐπὶ ἡμέρας τρεῖς φορούμενον καὶ μετὰ τὸ ἀρθῆναι κρεμάμενον εἰς τὸν καπνὸν καὶ ξηραινόμενον.

P. 105. § 10, inédit, conservé en partie par le v. i.] (Β)ΟΩΠΙΣ ἰχθύς ἐστι μικρὸς πᾶσι γνωστός. Αὕτη ζωμιστὴ ἐσθιομένη νεφρικοὺς (*sic*) ὠφελεῖ. Ἡ δὲ χολὴ αὐτοῦ σὺν γυναικείῳ γάλακτι ἐγχεομένη ὀξυωπίαν παρέχει.

P. 106. § 6] ΓΑΛΕΟΣ (l. meilleure) ἰχθύς ἐ. ποτ.

§ 7] Τούτου ἡ. χ. σὺν ὀποβαλσάμῳ ἐγχρ. λευκ. ἀποκαθαίρει.

§ 8] Τὸ δὲ ἧπαρ αὐτοῦ ἐσθ. μανίας καὶ ἐπιληψίας παύει.

§ 9] Ὅλος δὲ ὁ ἰ. ἐσθιόμενος (f. 576 r.) εὐστ. ἐ.

§ 5, en partie inédit] ΓΟΓΓΡΟΣ ἰ. ἐ. θαλάττιος ἐγχέλει (*sic*) ὅμοιος. Οὗτος σὺν ἐλ. ἑψ. καὶ τακεὶς καὶ διηθεὶς (l. διηθηθεὶς) τοῦ ἐλαίου ποιεῖ σκευασίαν τοιαύτην · ἐξ αὐτῆς τῆς γόγγρου οὐγγ. γ', κηροῦ οὐγγ. β', ἀμύλου οὐγγ. ις'. Οὕτω σκευασθεὶς καὶ ἐπιπλασσόμενος ῥαγάδας χειρῶν καὶ ποδῶν καὶ ἀρθριτικὰς καὶ ποδαγρικὰς ὀδύνας ὀνίνησιν. (Cp. la rédaction du ms. de Paris 2510 = S, p. 106 de l'édition, l. 8, note.)

Article conservé en partie dans le ms. S (*ibid.*) :

ΓΟΜΦΟΣ ἰ. ἐ. θαλάττιος π. γν. Οὗτος νεαρὸς ὢν ζωμιστὸς ἐσθιόμενος καὶ πινόμενος κοιλίαν μαλάσσει, καθ' αὑτόν τε καὶ μετ' οἴνου πινόμενος.

P. 107, l. 15. § 5] ΔΡΑΚΟΝΤΙΣ ἰχθύδιόν ἐστιν ἄκανθαν ἔχον δι' ἧς πλήττει ἀφόρητον ὀδύνην ἐμποιοῦν (ἐμπίουν ms.). Τούτου ἡ κεφαλὴ θλασθεῖσα καὶ ἐπιτεθεῖσα τῇ πληγῇ θεραπεύει αὐτήν.

§§ inédits : Ὅλος δὲ ὁ ἰχθὺς καεὶς καὶ τεφρωθεὶς καὶ ποθεὶς τοὺς ἐν τοῖς νεφροῖς λίθους θρύπτει καὶ στραγγουρίαν ἴαται.

Αἱ δὲ κεφαλαὶ μόναι τῶν τοιούτων ἰχθύων καυθεῖσαι καὶ τεφρωθεῖσαι καὶ λεῖαι ποθεῖσαι ῥίγη λύουσι.

Σὺν δὲ χυλῷ δρακοντέας (*sic*) βοτάνης ἡ τέφρα ἐγχριομένη λειχῆνας καὶ λέπρας ἰᾶται.

P. 108, l. 3. Article en partie inédit : ΕΓΧΕΛΥΣ ἰχθὺς μακρότατος ὄφει ἐοικώς (-κός ms.). Γίνεται δ' ὡς ἐπὶ τὸ πλεῖστον ἐν λίμναις θαλασσομίκτοις. Τούτου ἡ χολὴ σὺν οἴνῳ λάθρα ποθεῖσα τοὺς ἀκορέστως ἔχοντας ἀοίνους ποιεῖ. Αὐτὴν δὲ τὴν ἔγχελυν ὅλην ζῶσαν εἰς οἶνον ἐμβληθεῖσαν καὶ ἐν τούτῳ ἀποπνιγεῖσαν τὸ αὐτὸ ποιεῖ, εἴ τις οἰνόφλυξ ἐκ τοῦ οἴνου πίει (lire πίνει). Ἔγχελυς δὲ ἀνασχισθεῖσα καὶ ἀσπιδοδήκτοις ἐπιτεθεῖσα θεραπεύει αὐτούς. (Cp. les §§ 1 et 2, ainsi que la rédaction du ms. S, p. 108 de l'édition, l. 2-6 et les notes.)

Articles inédits :

ΖΥΓΑΙΝΑ ἰχθύς ἐστι θαλάττιος παμμεγέθης πλατεῖαν ἔχων κεφαλήν · τὸ δὲ λοιπὸν σῶμα ὅμοιον κυνογαλέῳ.

Ταύτης ἡ χολὴ σὺν ὀποβαλσάμῳ ἐγχριομένη ὀξυωπίαν παρέχει.

ΗΔΟΝΙΑ θαλάττιος ἰχθύς ἐστιν, ὃν καὶ ἀβίδιν φασί. Τοῦτο ἐσθιόμενον καὶ ζωμιστὸν πινόμενον ἔντασιν ποιεῖ καὶ νεφρικοὺς ἰᾶται.

P. 110, § inédit : ΘΡΙΣΣΑ ἰχθύς ἐστι θαλάττιος μικρός.

§ 7] Αὕτη ὀπτὴ ἐσθιομένη κωλικοὺς καὶ στομαχικοὺς καὶ νεφρικοὺς ὀνίνησι.

§ 6] Καυθεῖσα δὲ ἡ τέφρα μετ' ἱρ. μ. καταχριομένη τρίχας ῥεούσας ἵστησιν.

§ inédit : ΘΥΝΝΑ (*sic*) ἰχθύς ἐστι θαλάσσιος πᾶσι γνωστός. Τούτου ἡ χολὴ σὺν ὀπῷ ἀειθαλοῦς βοτάνης ἐγχεομένη λευκώματα ὀφθαλμῶν αἴρει.

§ 1] Ὀφθαλμοὺς δὲ θύννης ἐὰν (f. 576 v.) λειώσας μετὰ πνεύμονος θαλαττίου ῥάνῃς τὴν στέγην σκότους ὄντος ἐν νυκτί, δόξουσιν ὡς ἀστέρες ἐν τῷ οἴκῳ φαίνεσθαι. (Cp. la rédaction du ms. S.)

§ 2] Ἐὰν δὲ ῥαῦδον (l. ῥάβδον) χρίσῃς ἀπὸ τούτου καὶ ταύτην κρατῶν ὁδεύῃ νυκτὸς οὔσης ἀσελήνου, δόξει ἡ ῥᾶβδος (*sic*) φωστὴρ εἶναι. (Cp. le ms. S.)

§ 3] Ἐὰν δὲ δι' αὐτοῦ γράμματα ἐγχαράξῃς εἰς χάρτην, ἢ ἐν τοίχῳ ζωγραφήσῃς ζῶον, ἡμέρας μὲν οὔσης οὐχ ὁρῶνται, νυκτὸς δὲ καταλαβούσης ὀφθήσονται τὰ γραφόμενα · τὸ αὐτὸ δὲ καταπλασσόμενον καὶ χίμεθλα ἰᾶται. (Cp. le ms. S.)

P. 111, l. 3. §§ 3 et 4, inédits, conservés par le v. i.] ΙΠΠΟΚΑΜΠΟΣ ζῶόν ἐστι θαλάσσιον. Οὗ καυθέντος ἡ τέφρα σὺν πίσσῃ ὑγρᾷ καὶ στέατι ἄρκου ἀλωπεκίας δασύνει.

Τὸ αὐτὸ δρᾷ καὶ τοῦ θαλαττίου ἐχίνου τὸ ὄστρακον κεκαυμένον.

§ inédit : ΚΕΦΑΛΟΣ ἰχθύς ἐστι θαλάσσιος πᾶσι γνωστός. Τούτου νεαροῦ ὁ ζωμὸς πινόμενος κοιλίαν πέττει.

15. § 1] Ἡ δὲ κεφαλὴ ταριχευθεῖσα, εἶτα καυθεῖσα καὶ σὺν μέλιτι λεία ἐπιχρισθεῖσα συκάμινα αἴρει καὶ ἐξοχάδας, καὶ ὅσα ἄλλα περὶ τὴν ἕδραν συνίστανται διαφορεῖ καὶ θεραπεύει.

P. 113. § inédit : ΚΑΡΑΒΙΣ ὀστρακόδερμόν ἐστι λιμναῖον, σμικρότατον (l. σμικρότερον) μὲν τὸ μέγεθος, ἐοικὸς δ' ἀστάκῳ.

§ 16] Αὕτη ὀπτὴ ἐσθιομένη στομ. ὠφ.

§ 17] Τὸ δὲ ἀπόζ. ταύτης πιν. κοιλίαν ἄγει καὶ νεφρικοὺς ὠφελεῖ καὶ οὖρα κινεῖ.

P. 112. § 11, inédit conservé par le v. i.] Ἡ δὲ θαλαττία ΚΑΡΙΣ σκορπιοπλήκτοις βοηθεῖ λεία καταπλασθεῖσα.

§ 12] ΚΑΡΚΙΝΟΣ, ποτάμιος.

P. 113. § 15] Τούτου καυθέντος ἡ τέφρα λυσσοδήκτοις ὠφελεῖ πινόμενον (*sic*).

P. 112. § 13] Θυμιώμενος δὲ γυναιξὶ δυστ. εὔτοκον γίνεται.

§ 14] Λεῖος δὲ ἐπιτιθέμενος ἀκίδας καὶ σκόλ. καὶ ἀκ. ἀνάγει.

P. 113. l. 2. § 14 *bis*] Ὁ δὲ θαλ. καρκ. ζωμιστὸς πινόμενος καὶ ἐσθιόμενος οὖρα προτρέπει καὶ καρκινώματα ἰᾶται.

§ 19, inédit, conservé par le v. i.] ΚΗΡΥΚΕΣ θαλάττιοι περιαφθέντες ὀδύνας μαστῶν παύουσι.

§§ inédits : Τὸ δὲ ὄστρακον αὐτῶν ξηραντικῆς δυνάμεως ὂν τοῖς κακοήθεσι τῶν ἑλκῶν ἁρμόζει. Πρὸς δὲ τὰ σεπηδονώδη μετ' ὄξους ἢ οἴνου ἢ ὀξυμέλιτος χριστέον αὐτό.

Αἱ δὲ σάρκες αὐτῶν ἔτι ζώντων ἐν ἐλαίῳ ἑψηθεῖσαι ὠταλγίαν ἰῶνται, τῶν μὲν σαρκῶν καταπλασσομένων, τοῦ δὲ ἐλαίου χεομένου.

§ inédit : ΚΩΒΙΟΣ ἰχθύς ἐστι θαλάττιος.

P. 112. § 9, en partie inédit] Τούτου σὺν ὑδρελαίῳ καὶ ἅλατι καθεψηθέντος ἕως ἂν τακῇ πινόμενος ὁ ζωμὸς κοιλίαν μαλάσσει καὶ ὑπάγει, ἐσθιόμενος δὲ εὐστόμαχός (f. 577 r.) ἐστι.

P. 111. § inédit : ΚΥΩΝ ἰχθύς ἐστι θαλάσσιος, οὗ καυθέντος ἡ τέφρα σὺν ὀστράκῳ σηπίας οὐλὰς ὀδόντων θεραπεύει.

25. § 4] Τὸ δὲ δέρμα αὐτοῦ λεῖον τιθέμενον (l. ἐπιτιθέμενον?) κυνοδήκτους ἰᾶται.

Article inédit : ΚΟΧΛΑΙΑΙ γῆς τε καὶ θαλάττης μικροὶ μέν εἰσι τὸ μέγεθος, μεγίστων δὲ παθῶν θεραπευταί. Καυθέντες γὰρ δυσεντερικοὺς ὠφελοῦσι τοὺς μήπω σηπεδονώδεις. Ἄκαυστοι λεῖοι ἐπιθέμενοι κατὰ τῆς γαστρὸς ἐπὶ τῶν ὑδερικῶν καὶ <κατὰ> τῶν ἄρθρων, ἐπί <τε> τῶν ἀρθριτικῶν, ἕως αὐτομάτως ὑποστῶσιν ὠφέλιμοι γίνονται, καθάπαξ τὸ διὰ βάθους ὑγρὸν ξηραίνοντες.

Τὰ δὲ ὄστρακα τεφρωθέντα ἀλφοὺς παντοίους αἴρει. Εἰ δὲ καὶ σὺν μέλιτι ἑνώσεις, οἰδήματα γαστρὸς πληγάς τε νεύρων καὶ ζωφώσεις ὀμμάτων καὶ αἱμορραγίαν ῥινῶν σβέσεις, καὶ θαυμάσας τὸ θεῖον ὑμνήσεις κράτος. Cp. la traduction du v. i., p. 113-114.

P. 112. § 5] ΚΥΠΡΙΝΟΣ ἰχθύς ἐστι ποτάμιος.

§ inédit : Τούτου τὸ ἧπαρ θυμιώμενον ἐπιληψίαν ἀποσοβεῖ.

§ 7, en partie inédit] Ἡ δὲ χολὴ αὐτοῦ σὺν μέλιτι ἐπιχριομένη πᾶσαν ἀμαύρωσιν καὶ ἀμβλυωπίαν καὶ ἀχλὺν καὶ λευκώματα καὶ ἐπιδρομὰς ἀποκαθαίρει.

P. 114, l. 15. Article inédit, conservé en partie par le v. i. : ΛΑΒΡΑΞ ἰχθύς ἐστι θαλάττιος. Τούτου ἡ χολὴ σὺν μέλιτι ἐγχριομένη λευκώματα καθαίρει καὶ ὀξυωπίαν παρέχει. Addition : Συστάζεται δὲ καὶ κολλύριον δι' αὐτῆς οὕτως · χολὴ λάβρακος καὶ γυπὸς ἀνὰ ϛγ. (ἐξάγια) ϛ', λιβάνου ἀρρενικοῦ ϛγ. θ', σμύρνης ϛγ. β', λιθαργύρου ϛγ. α', βαλσάμου καὶ χυλοῦ ἀειθαλοῦς βοτάνης ἀνὰ ϛγ. η', μέλιτος ἀκάπνου οὐγγ. γ'. Τοῦτο χρήσιμόν ἐστι πρὸς ἀμβλυωπίαν καὶ ἀρχομένας ὑποχύσεις καὶ ἀχλὺν καὶ νυκτάλωπας καὶ τραχώματα, ὑδατίδας τε καὶ ψωροφθαλμίας καὶ βεβυσμένους κανθοὺς θεραπεύει. Τοῦτο δὲ παλαιούμενον βέλτιον γίνεται.

P. 115, l. 4. § inédit, conservé par le v. i. : ΜΑΙΝΙΔΕΣ θαλάττιαί εἰσι. Τούτων αἱ κεφαλαὶ καυθεῖσαι καὶ τεφρωθεῖσαι καὶ σὺν στέατι ἀρκείῳ χριόμεναι ἀλωπεκίαν ἰῶνται.

§ inédit : Μονομερῶς δὲ τοὺς κυνοδήκτους ὠφελεῖ καὶ τοὺς σκορπιοδήκτους. Ἵστησι δὲ νομάς.

§ 4 inédit, conservé par le v. i.] (Περὶ ΜΑΡΙΔΩΝ.) Ὅλη δὲ ἡ μαινὶς καυθεῖσα καὶ ἐπιχρισθεῖσα μυρμηκίας καὶ ἀκροχορδόνας καὶ ἥλους αἴρει.

§ inédit : Ὁ δὲ ζωμὸς αὐτῶν καὶ αἱ σάρκες ἐσθιόμεναι εὐστομαχίαν παρέχουσι, καὶ κωλικοὺς καὶ στροφουμένους ἰῶνται.

P. 116. §§ 9-11 inédits, conservés par le v. i. :

§ 9] ΜΥΑΚΙΑ ὀστρακώδη εἰσί. Τούτων (f. 577 v.) τὸ ἀπόζεμα ποθὲν γαστέρα μαλάσσει.

§ 10] Τὰ δὲ ὄστρακα αὐτῶν καυθέντα καὶ λειωθέντα καὶ ὡς ξηρίον ἐπιπασσόμενον νομὰς καὶ σηπεδόνας συστέλλουσι καὶ ἕλκη παλαιὰ θεραπεύουσι.

§ 11] Σὺν μέλιτι δὲ καταχριόμενα παχέα βλέφαρα καταστέλλει, καὶ λευκώματα καθαίρει. Δεῖ δὲ πλύνειν τὴν τέφραν ὕδατι γλυκεῖ (γλυκέϊ ms.).

9. § unique, en partie inédit : ΝΑΡΚΗ ἰχθύς ἐστι θαλάσσιος ὃν οἱ πολλοί φασι μάργαν. Αὕτη τοῖς κεφαλαλγοῦσιν ἔτι ζῶσα προστιθεμένη κατὰ τῆς κεφαλῆς ἀνωδυνίαν παρέχει · ἐν ἐλαίῳ δὲ ζῶσα ἑψηθεῖσα ἕως οὗ τακῇ καὶ διηθηθεῖσα τὰ τῶν ἀρθριτικῶν ἀλγήματα παραμυθεῖται χριομένη. Καυθεῖσα δὲ καὶ τεφρωθεῖσα καὶ ὡς ξηρίον ἐπιπασθεῖσα τὰς ἐξερχομένας ἕδρας ὑγιεῖς ἀπεργάζεται.

§ inédit : Τὸ δὲ στέαρ αὐτῆς ἐάν τις ἐν ἐρίῳ ἐπιχρισθὲν ἐπιθῇ κατὰ τῆς ἕδρας, τὰς τῆς ὑστέρας ἀναδρομὰς συστελεῖ. Ἐὰν δὲ καὶ γυνὴ ἀπὸ τούτου ἐπιχρίσῃ τὸ αἰδοῖον, οὐ συγγενήσεται ἀνὴρ μετ' αὐτῆς.

Article inédit : ΞΙΦΙΑΣ ἰχθύς ἐστι θαλάσσιος ὅμοιος οὐλίδι, μικρότερος δὲ καὶ λεπτομερέστερος. Τοῦτο (l. τούτου ?) ἀποτηγανιζόμενον ἔλαιον σὺν χυλῷ σεύτλου καὶ μολιβδίνῳ καταχριόμενον κεφαλῆς ἰχῶρας καὶ πίτυρα ἀποκαθαίρει. Καὶ ἡ χολὴ δὲ αὐτοῦ τοῖς πρὸς εὐωπίαν σκευαζομένοις μιγνυμένη συντελεῖ.

P. 116, l. 20. § unique : ΟΝΟΙ οἱ ὑπὸ τὰς ὑδρίας συναγόμενοι ζωΰφιά εἰσι πολύποδα διαφορητικῆς καὶ ξηραντικῆς ὄντα δυνάμεως.

§ inédit : Ταῦτα λειούμενα καὶ σὺν οἴνῳ πινόμενα δυσουρίαν τε καὶ ἴκτερον ἰῶνται, καὶ ἐπὶ συναγχικῶν διαχρίονται μετὰ μέλιτος καὶ ὠφελοῦσι. Πρὸς ὠταλγίας δὲ σὺν ῥοδίνῳ διαθερμανθέντα ἔνσταζε.

Article inédit : ΟΡΦΟΣ ἰχθύς ἐστι θαλάσσιος. Τούτου τὸ αἷμα χριόμενον ἀλφοὺς θεραπεύει. Ἡ δὲ χολὴ αὐτοῦ χριομένη λευκώματα ἰᾶται. Ἐσθιόμενος δὲ ἰχθὺς εὐπεψίαν καὶ εὐστομαχίαν παρέχει, καὶ νεφρικοὺς καὶ δυσουρίαν ἰᾶται. Ὁ δὲ ἐν τῇ κεφαλῇ αὐτοῦ λίθος περιαπτόμενος πᾶσαν κεφαλαλγίαν ἰᾶται. Ὁμοίως καὶ οἱ ὀφθαλμοὶ φορούμενοι ὀφθαλμίας παρέγχυσιν ἰῶνται ἄκρως.

P. 117. § 6, en partie inédit] ΠΗΛΑΜΥΣ ἰχθύς ἐστι θαλάττιος, ἥ τις καυθεῖσα σὺν τῇ κεφαλῇ καὶ λειωθεῖσα καὶ ἐπιτεθεῖσα νομὰς ἵστησι, καὶ σηπεδόνας ἰᾶται.

§ inédit : Τὸ δὲ ἐξ αὐτῆς γινόμενον γάρον ὠταλγίαν ἰᾶται.

P. 117. § 3 inédit, conservé en partie par le v. i.] ΠΝΕΥΜΩΝ (f. 578 r.) θαλάσσιον ζῶόν ἐστιν ἄμορφον ἁπλούμενον καὶ συστελλόμενον. Τοῦτον λειώσας καὶ ἐπιθεὶς τοῖς ποδαλγικοῖς τὸν πόνον παύει.

Ἀλείψας δὲ αὐτὸν ἐν ῥάκει καθαρῷ καὶ ψύξας ἐν ἡλίῳ θεάσει αὐτὸν κατὰ τὴν νύκτα φαίνοντα ὥσπερ λαμπάδα.

Articles inédits :

<Π>ΟΛΥΠΟΥΣ ἤτοι ὀκτάπους · οὗτος ζωμιστὸς ἐσθιόμενος νεφρικοὺς καὶ δυσουριῶντας ἰᾶται.

Τὸ δὲ ἐξ αὐτοῦ μέλαν εἰς χρείαν ἐστὶ τοῦ γράφειν.

ΠΟΡΦΥΡΑ θαλασσία ἡ καὶ κογχύλη λεγομένη κηρυκίου ἐστὶ σμικροτέρα.

Αὕτη ὑποθυμιωμένη ἀναδρομὰς ὑστέρας παύει, καὶ πνιγμοὺς ἀποσοβεῖ.

Ὁ δὲ ζωμὸς πινόμενος γαστέρα μαλάσσει καὶ κοιλίαν προτρέπει.

Σάρκα δὲ ὠμὴν τῆς πορφύρας ἐὰν λειώσας μετὰ σμύρνης καταθῇς, ἡμικρανίαν παύσει, ἢ κατ' ἄλλο μέρος ἧπερ ἡ ἀλγηδὼν εἴη.

Περιαπτομένη δὲ καὶ συνδεομένη πᾶσαν κεφαλαλγίαν ἰᾶται.

21. § 1, en partie inédit] ῬΑΦΙΣ, ἡ καὶ βελονὶς καλουμένη, ἰχθύς ἐστι θαλάσσιος μικρὸν στόμα ἔχων, ἐοικὸς σφαιρίνῃ (*sic*). — Cp. la réd. du ms. S.

Ταύτης τὸ στόμα φορούμενον ἢ θυμ. δαίμονας διώκει. — Cp. le ms. S.

§ inédit : ΡΙΝΗ ἰχθύς ἐστι θαλάσσιος.

P. 118, l. 5. § 3, inédit, conservé en partie par le v. i.] Ταύτης τὸ δέρμα καυθὲν καὶ λειωθὲν καὶ ἐπιχρισθὲν φύματα ἰᾶται, καὶ τὴν ἐκ ῥινῶν αἱμορραγίαν ἵστησι.

P. 117, l. 21. Article inédit relatif au scorpion de mer, conservé en partie par le ms. S : ΣΚΟΡΠΙΟΣ ἰχθύς ἐστι θαλάσσιος πᾶσι γνωστός.

Τοῦτον ἀποπνίξας ἐν οἴνῳ δὸς σπληνικῷ πιεῖν καὶ ἰᾶται.

Καὶ γυναικὶ δὲ αἱμορροούσῃ ἐὰν δῷς πιεῖν, παραχρῆμα ἰάσῃ.

Καὶ ὀπτὸν δὲ τὸν σκ. εἰ δώσεις φαγεῖν, στήσεις τὴν αἱμ.

P. 118, l. 9. § 1, en partie inédit] ΣΑΛΠΙΓΞ ἰχθύς ἐστι θαλάσσιος ἐδώδιμος. Τούτου οἱ ἐν τῇ κεφ. λ. περιαπτόμενοι ἔντασιν ποιοῦσιν, ὁ μὲν δ. περὶ τὸν δεξιὸν ὄρχιν, ὁ δὲ εὐών. περὶ τὸν εὐώνυμον.

§ 2] Τὸ δὲ στέαρ αὐτοῦ λειούμενον σὺν μέλιτι καὶ χριόμενον ἡδονὰς μεγίστας παρέχει.

21. Article conservé en partie par le v. i. :

§ inédit : <Σ>ΓΝΑΓΡΙΣ ἰχθύς ἐστι πᾶσι γνωστός.

§ 5] Τούτου οἱ ὀδόντες περιαπτόμενοι πᾶσαν ὀδονταλγίαν ἰῶνται.

§ 6] Ἡ δὲ χολὴ αὐτοῦ μετ' ἀμυγδαλίνου ἐλαίου ἢ κορίνου ἐπιχριομένη ταῖς γνάθοις ὀδόντων πόνους ἰᾶται.

14. Article inédit, conservé en partie par le v. i. :

§ inédit : ΤΑΥΡΟΣ (l. σαῦρος) ἰχθύς ἐστι θαλάσσιος πᾶσι γνωστός.

§ 3] Τούτου ἡ χολὴ χριομένη τοῖς μαστοῖς τῶν γυναικῶν γάλα πολὺ ἐπάγει.

§§ inédits : Ὁμοίως καὶ αἱ στέλινες ἐσθιόμεναι γάλα γυναιξὶ φέρουσι · καὶ ὁ ζωμὸς τῶν στελίνων πινόμενος τὸ αὐτὸ ποιεῖ.

Μετὰ κεδρίας δὲ σαπεῖσαι καὶ ἐπιχρισθεῖσαι οὐκ ἐῶσι φυῆναι τρίχας.

P. 119, l. 12, note. § inédit : ΤΡΙΓΛΑ ἰχθύς ἐστι θαλάσσιος.

§§ inédits, conservés en partie par le v. i. : Ταύτης (fol. 578 v.) τὸ ἧπαρ λεῖον καταπλασσόμενον [εἰς] δήγματα τρυγόνων θαλασσίων καὶ δρακόντων καὶ σκορπίων καὶ σμυραίνης πλήγας ἄκρως ἰᾶται.

Ἡ δὲ τέφρα αὐτῆς σὺν μέλιτι ἐπιτεθεῖσα ἀκάνθας καὶ σκόλοπας αἴρει.

§ inédit : Καὶ ὁ ζωμὸς δι' αὐτῆς πινόμενος ὁμοίως καὶ αὐτὴ ἐσθιομένη τοὺς ὑπὸ δηλητηρίων πεπονθότας ἰᾶται.

5. § 1] Τρίγλῃ δὲ εἴ τις ζώσῃ ἔτι τὸ γένειον κείρας ταύτην μὲν αὖθις ἀπολύσει ζῶσαν ἐν τῇ θαλάσσῃ, τὸ δὲ γένειον δώσει ἐν π. γυν. πρὸς φίλτρον ἑαυτοῦ ταύτην διεγερεῖ.

§ 2] Φορούμενον ∾ παρέχει εἰς π. πρ.

§ 3] Εἰ δέ τις ∾ χρίσει ὀφθ. ἀμβλυωποῦντας, παραχρῆμα λύσει τὴν ἀμβλυωπίαν. Καὶ ἡ χολὴ δὲ αὐτοῦ σὺν μελ. ∾ παρέχει.

Article inédit : ΤΡΙΧΕΟΣ ἰχθύς ἐστι θαλάσσιος. Τούτου ἡ κεφαλὴ καυθεῖσα καὶ σὺν μέλιτι χρισθεῖσα τὰ μαδαρὰ τῶν ἑλκῶν ἰᾶται, καὶ ἀλωπεκίας δασύνει.

Σὺν ἐλαίῳ δὲ τακεῖσα καὶ διηθηθεῖσα καὶ μιγεῖσα λαδάνῳ τε καὶ ἀδιάντῳ τὰς ῥεούσας τρίχας τῆς κεφαλῆς ἵστησιν.

19. § 1, en partie inédit] ΥΔΡΟΣ ὄφις ἐστὶν ἐν τοῖς ὕδ. διαιτ. καὶ νηχ. ὡς τὰ πολλὰ π. λ., ὑπερέχων (p. 120) τὸ στῆθος τοῦ ὕδ. Οὗτος ∾ κεφαλῇ κρεμάμενον.

P. 120. § 2, en partie inédit] Ἐὰν οὖν τις ἐντύχῃ τῷ τούτῳ ὄφει καὶ θέλῃ λαβεῖν τὸν λίθον, ὑποθυμιάσας δάφνην ἐξορκισάτω αὐτὸν λέγων οὕτω · « Μὰ ∾ πολλάκις ἠξίωσας προσκυνεῖν τῇ διττῇ σου γλώττῃ, ἐάν μοι δῷς τ. λίθον, ∾ ἀδικήσω, ἀλλ' ἐκπέμψω σε ἀβλαβῆ πρὸς τὰς οἰκείας διατριβάς. » Καὶ ἐπὰν ∾ λαβὼν φυλασσέτω ἐν ῥ. ὀλ. Εἰ δὲ μὴ ὑπακούσῃ δοῦναι τὸν λίθον, ἀγρευσάτω αὐτόν, καὶ σχίσας τὴν κορυφὴν αὐτοῦ εὑρήσεις τὸν λ. ἐν. ἐπὶ τῆς κεφ.

§ 3, en partie inédit] Καὶ εἰ θέλεις λαβεῖν πεῖραν τῆς δυνάμεως τοῦ τοιούτου λίθου, γέμισον γ. σκ. ὕδατος, καὶ θεὶς τὸν λ. περὶ τὸ ἀγγεῖον σημειούτω (lire σημειούσθω ?) καθ' ἑκάστην ἡ τοῦ ὕδατος ἐπιφάνεια, καὶ εὑρήσεις τ. ὕ. καθ' ἑκάστην μειούμενον κοτύλ. β' ἤτοι ξ̄ (*scil.* ξέστην) α'.

§ 4] Ἐγώ γε οὖν τὸν τοιοῦτον λίθον ποτὲ γυν. ὑδερ. περιῆψα καὶ ἀλ. ∾ πάθους. Τὴν γὰρ ζώνην καθ' ἑκάστην ἡμέραν ἐμ., καὶ εὕρισκον ἀεὶ παρὰ δ' δακτύλους ἕως εἰς τὸν κ. φ. ὄγκον τῆς γαστρὸς τὴν γυναῖκα κατέστησα, εἶτ' (fol. 579 r.) ἀφελόμην · εἰ γὰρ ἐπιμένειε περιαπτόμενος ὁ λ. καὶ τὸ ἔ. θερμὸν ἐξαναλώσει ∾ ἀπεργάσεται.

§ 5] Ἁρμόδιος δὲ (l. meilleure) γίνεται πρ. μ. ἐπαγόμενος οὐ μόνον ὑδρ., ἀλλὰ καὶ ποδαγροῖς ῥευματιζομένοις.

P. 119, l. 14, note. Article inédit, conservé en partie par le ms. S, section τξ' : ΦΑΓΡΟΣ ∾ κάλλιστος. Τούτου ὁ ἐν τ. κ. λίθος φορούμενος τὰς καταπ. ἀνάγει ἀκάνθας.

Ἡ δὲ χολὴ α. ὀφθαλμοῖς ἐπιχρισθεῖσα ὀξ. παρ.

Οἱ δὲ λίθοι οἱ ἐν τῇ κεφαλῇ εὑρισκόμενοι ὀδονταλγίαν ἰ.

P. 122. § 5, conservé par le v. i.] ΧΕΛΩΝΗΣ χερσαίας τὸ αἷμα ξηρὸν πινόμενον <σὺν> ὕδατι ἐπιληπτικοὺς ἰᾶται.

§ inédit : Καὶ μετὰ τοῦ ἰνιτζίου ἀντιφάρμακον · λειωθὲν καὶ ἀλειφόμενον λέπρας καὶ κνισμοὺς ἰᾶται.

§ 1] ΧΑΝΝΗΣ ἰχθύς ε. θ. Οὗτος ὀπτὸς ∾ παρέχει.

§§ inédits : Ἐπιχριόμενος δὲ τῇ κεφαλῇ ἀλωπεκίαν καὶ πίτυρα σμήχει.

Ἡ δὲ χολὴ αὐτοῦ σὺν μέλιτι χρισθεῖσα οὐλὰς τὰς ἐν ὀφθαλμοῖς ἰᾶται, καὶ τὰ πάνυ παλαιότατα λευκώματα ἀποκαθαίρει.

P. 123. § 17] ΧΕΛΙΔΩΝ ἰχθύς ἐστι πάνυ σμικρότατος. Ὑπερίπταται δὲ τῶν κ. ἐν ταῖς ζ. · τοῦτον γὰρ πολλοὶ τῶν ναυτικῶν ὁρῶντες ἀνιπτάμενον καὶ αὖθις εἰσδύνοντα ὑπονοοῦσιν ἄν. κ. ζ. ἔσεσθαι.

§ 18] Ταύτην ἐάν τις ἀγρεύσας ζῶσαν φορῇ, ἔσται ∾ ἐπιτευκτικός.

§ inédit : ΧΡΥΣΟΦΡΥΣ ἰχθύς ἐστι θαλάττιος.

§ 22, conservé par le v. i.] Τούτου οἱ ὀφθαλμοὶ περιαπτόμενοι τριταῖον καὶ τεταρταῖον ἀποσοβοῦσιν.

§ 20] Οἱ δὲ ἐν τῇ κ. λ. περ. τῷ τραχήλῳ φυσικῶς ἰῶνται φθισικούς.

§ inédit : Ἡ δὲ χολὴ αὐτοῦ φορουμένη ἐν σκεύει καθαρῷ ἢ χριομένη εὐωδίας ἐστὶ καὶ εὐπρεπείας παρεκτική.

Articles inédits :

ΧΟΙΡΟΣ θαλάσσιός ἐστι. Τούτου ἡ δορὰ ἐν οἴκῳ ἀποτεθεῖσα πᾶσαν βασκανίαν ἀποδιώκει.

ΧΗΛΟΣ ἰχθύς ἐστι. Τούτου τὸ στέαρ μετὰ χυλοῦ τήλεως λειωθὲν καὶ χρισθὲν τὰς ἐν τοῖς χείλεσι ῥαγάδας ἰᾶται.

Article inédit, conservé en partie par le v. i. : ΨΑΡΟΣ ἰχθύς ἐστι θαλάττιος. Οὗτος νεαρὸς ὢν καὶ ζωμιστὸς ἐσθιόμενος καὶ μετ' οἴνου πινόμενος εὐστομαχίαν παρέχει.

Article inédit : ΩΜΙΣ ἰχθύς ἐστι θαλάσσιος. (Cp. ci-dessus, p. 46, l. 15.) Ταύτης ἡ κεφαλὴ καυθεῖσα καὶ σὺν μέλιτι ἐπιχρισθεῖσα ῥαγάδας τὰς ἐν ἕδρᾳ γινομένας θεραπεύει· καὶ γαργαρεῶνας ἐσφηνωμένους ὠφελεῖ. Τέλος.

APPENDICE II

LES CYRANIDES

VARIANTES ET ADDITIONS

DU MANUSCRIT 2502 DE LA BIBLIOTHÈQUE NATIONALE (MS. M).

(Fol. 30 v.) (LIVRE III.)

P. 81. Titre : Βίβλος ἰατρικὴ σύντομος τοῦ τρισμεγίστου Ἑρμοῦ κατὰ μαθηματικῆς ἐπιστήμης καὶ φυσικῆς ἀπορροίας τῶν ζώων, ἐκδοθεῖσα πρὸς τὸν μαθητὴν αὐτοῦ Ἀσκλήπιον (*sic*). Ἀρχή.

ΠΕΡΙ ΑΕΤΟΥ ἤτοι τῶν πτηνῶν.

Ἀετός ἐστι μέ<γιστον ὄρνεον>... Le reste de la page est resté blanc ; note en rouge au bas : φύλλ δύο, ἴσθι, λοίπουν. Fol. 31 r. et v., 32 r. restés blancs.

Le f. 32 v. commence avec cette partie (inédite) du texte relatif au vautour (γύψ) : ...ἐπ' ἀληθείας μαινόμενός ἐστιν · εἰ δ' οὖν (l. εἰ δ' οὔ), ἄλλο ἐστὶ πάθος.

P. 87. § 7] Οἱ δὲ πόδες αὐτοῦ τὸν κρατοῦντα (l. τῷ κρατοῦντι) αὐτοὺς πολὺν (l. πολλὴν) ὠφελείαν λόγου καὶ ἐπ. πρ. καὶ νικὴν ἐχθρῶν καὶ ἀντιδίκων παρέχουσιν.

§ 8] Οἱ δὲ ὄνυχες αὐτοῦ σὺν τῷ στόματι καυθέντες καὶ λειωθ. μετὰ οἴνου παλαιοῦ καὶ περινιψάμενος τῷ προσώπῳ, τὸν νιψάμενον ἀνώτερον ἀποδεικνύουσι παντὸς ἐχθροῦ.

§ 9] Τὸ δὲ στόμα φορούμενον <ποιεῖ> εἰς ὁδοιπορίας · νυκτερινὰ φάσματα καὶ δαίμ. ἀπελαύνει · ὁμοίως καὶ θηρία ἀποδιώκει.

§ 10] Ὁ δὲ φορῶν σὺν τῷ στόματι τὴν γλῶτταν αὐτοῦ καὶ τοὺς ὀφθαλμοὺς καὶ φυλάσσεται ἁγνός, μεγάλην τιμὴν ἐπιτυγχάνει (fin du § 9).

§ 12] Τὰ δὲ ὅλα ὀστᾶ αὐτοῦ ἐὰν καύσῃς καὶ ἔχεις (l. ἔχῃς) ὡς ξηρίον ἰώντων (l. ἰῶνται) παντοῖον ἕλκος ἐπιπασσόμενα, καὶ ἐπικλυζόμενα δὲ σὺν οἴνῳ τῷ στόματι ὀδονταλγίας (f. 33 r.) ἰῶνται.

§ 14] Τὰ δὲ πτερὰ αὐτοῦ ὑποθυμ. ληθ. κ. ὑστερικὰς πνίγας κ. νεφρικοὺς θεραπεύει.

§ 15] Καὶ ἁπλῶς εἰπεῖν, ὅσα τοῦ ἀετοῦ ἡ φύσις ποιεῖ, τοσαῦτα καὶ ὁ γὺψ ποιεῖ.

Place réservée pour une figure, ici et à la fin de chaque article, comme dans le fac-similé.

Suivent deux articles inédits :

(F. 33 v.) ΠΕΡΙ ΓΛΑΥΚΟΥ

Γλαὺξ ὄρνεόν ἐστι πτηνόν, ὃν καὶ νυκτοκόραξ (l. νυκτοκόρακα) καλοῦσιν, ὃς ἔχει δισκοειδὲς βασίλειον, ἤτοι στέφανον ἐπὶ τοῦ προσώπου. (Cp. p. 13, § 3.)

Τούτου τὸ ἧπαρ σὺν ῥοδίνῳ ἢ νάρδῳ ἐπιχυθὲν ὠταλγίαν ἰᾶται.

Ὁ δὲ ζωμὸς αὐτοῦ πινόμενος ἢ ἐσθιόμενος γάλα κατασπᾷ.

Ἡ δὲ κεφαλὴ ἐσθιομένη κεφαλαλγίαν καὶ σκοτώματα θεραπεύει.

Τὸ δὲ ὠὸν αὐτοῦ τὸ ἀρρενικὸν λευκὰς τρίχας βάπτει · γνώσει δὲ ὁποῖόν ἐστι τὸ ἀρρενικὸν οὕτως · βαλὼν εἰς βελόνην ῥάμμα λευκὸν καὶ διὰ μέσου τοῦ ὠοῦ τρυπήσας καὶ διαγαγών, ἐὰν μελανωθῇ τὸ ῥάμμα, ἔστιν ἀρρενικόν · εἰ δ' οὖν (l. εἰ δ' οὔ), ἔστι θηλυκόν.

Ἐὰν δὲ ληγούσης τῆς σελήνης τὸ τοιοῦτον ὄρνεον ἑψήσεις καὶ δώσεις φαγεῖν ἐπιληπτικῷ, (f. 34 r.) σωθήσεται · ὡσαύτως καὶ τῷ κατεχομένῳ παρὰ τῆς ἱερᾶς νόσου · ἄκρως γὰρ καὶ ταύτην θεραπεύει.

Figure du hibou.

(F. 34 v.) ΠΕΡΙ ΓΕΡΑΝΟΥ.

Γερανὸς ὄρνεόν ἐστι πτηνὸν πᾶσι κατάδηλος (*sic*). Τοῦτο τὸ ὄρνεον λίαν ἐστὶ προγνωστικόν · ὅταν γὰρ χειμῶνες βαρεῖς μέλλωσι γενέσθαι, καταλιπόντες τὰ βόρρεια μέρη φεύγουσιν ἐπὶ τὴν Αἴγυπτον κἀκεῖ διατρέφονται, πάλιν δὲ τῷ καιρῷ τοῦ ἔαρος ὑποστρέφονται οὗτοι. Ἱπτάμενοι ἐὰν κράζουσιν, εὐδίαν δηλοῦσιν, αἱ (l. ἂν) δὲ σίγωσι, βροχήν. Ἐν δὲ τῇ πτήσει μιμοῦνται τὰ τῶν γραμμάτων στοιχεῖα.

Τούτου τὸ στέαρ ἀλειφόμενον ταχὺ τὴν ὑγείαν τῷ ἀσθενοῦντι φέρει κἂν ὁποία ᾖ ἡ ἀσθένεια.

Ἡ δὲ κοιλία ἐσθιομένη εὐπεψίαν ποιεῖ τῷ ἐσθίοντι.

Figure de la grue.

P. 87, l. 29. (F. 35 r.) ΠΕΡΙ ΔΕΝΔΡΟΚΟΛΑΠΤΟΥ $\bar{\Delta}$

§ 1] Δενδροκολάπτης, ἤ, ὡς ἔνιοι, δρυοκολάπτης, ὄρνεόν ἐστι πτηνὸν πᾶσι κατάδηλον. Τοῦτο λίαν ἐστὶν ἰσχυρόστομον. Τοῦτο τίκτει εἰς κενεῶνα δρυός, καὶ οὐκ ἀλλαχοῦ. Ἐὰν οὖν τις μετὰ πετάλου σιδηροῦ φράξῃ τὴν νοσσιὰν αὐτοῦ καὶ ἀσφαλίσῃ καλῶς καὶ ἀπέλθῃ, ἔρχεται ὁ δενδροκολάπτης ∾ βοτάνην καὶ προστίθησι τῇ καλιᾷ καὶ παραυτίκα ἀνοίγει. Ταύτην τὴν βοτάνην ὁ λαβὼν ἀνοίξει πάντα τὰ κλεῖθρα, καὶ οὐδὲν αὐτῷ ἀντιστήσεται.

P. 88, l. 3. ...τούτου τοῦ ὀρνέου φορ. τῷ φοροῦντι ὀξ. παρ.

4. § 3] (F. 35 v.) Τὸ δὲ στόμα περιαπτόμενον τραχήλῳ ∾ ἀντιάδα καὶ ἄγχη παραιτεῖται.

Suit l'article περὶ αἰθυίας sous cette forme :

(F. 36 r.) ΠΕΡΙ ΕΥΘΕΙΑΣ $\bar{E}$

P. 86. § 6 de la lettre A] Εὐθεῖα πτηνόν ἐστι θαλάσσιον π. γν. Τοῦτο (l. τούτῳ) ἐὰν ἀπαντήσει (l. ἀπαντήσῃ) πλ. ἁρμενίζων (l. ἁρμενίζον) καὶ πτερυσσόμενον μείνει (l. μένῃ) ἄνωθεν τῆς θαλάσσης, εὐπλοίαν (l. εὔπλοιαν) δηλοῖ.

§ 7] Ταύτης, etc., comme dans l'édition.

§ 8] Ἡ δὲ γαστὴρ ξ. πιν. πέμψιν (l. πέψιν) ∾ παρέχει τῷ πίνοντι.

§ 9] Ἡ δὲ χολὴ αὐτῆς καρδία (l. σὺν κεδρίᾳ) σαπεῖσα καὶ ἐπιχρ. τὰς προεκβληθείσας τρίχας οὐκ ἐᾷ αὖθις ἀναφυῆναι.

§ 10] Ὅλη δὲ ἡ εὐθεῖα ταρ. καὶ βρωθεῖσα <ἐλε>φαντίωσιν (*sic*) (f. 36 v.) ἰᾶται. Τὰ αὐτὰ ποιεῖ καὶ πρὸς σπληνιακούς.

§ 11] Τὰ δὲ ᾠὰ αὐτῆς ἐσθιόμενα δυσουρίαν ∾ στόμαχον ἰῶνται.

P. 89, l. 2. (F. 37 r.) ΠΕΡΙ ΖΗΝΑΣ $\bar{Z}$

§ 1] Ζῆνα ὄρνεόν ἐστι μικρὸν πᾶσι δῆλον· τοῦτο παρ' ἐνίοις ἀστραγαλῖνος καλεῖται, ὅπερ ἔχει ἐν τῇ κεφαλῇ μικρὰ πτερὰ ἐρυθρά, καὶ χρ. δὲ ἐν τοῖς πτ.

§ 2] Τοῦτο ὀπτὸν βρωθὲν ἢ λειωθὲν ποθεῖ (l. ποθὲν) κωλ. κ. κοιλ. βοηθεῖ καὶ θεραπεύει. (Cp. le ms. D.)

(F. 37 v.). Article inédit. ΠΕΡΙ ΘΗΡΕΥΤΟΥ $\bar{\Theta}$ (Cp. le ms. D, ci-dessus, p. 251.)

Θηρευτὴς ὄρνεόν ἐστι πτηνόν. Τοῦτο παρά τισι πάνθηρ καλεῖται· οὗτινος τὸ στέαρ σὺν χαλκάνθῳ ἐνιέμενον γαγγραίνας ἰᾶται· σὺν δὲ κηρῷ καὶ λιθαργύρῳ μιγνύμενον τραύματα παλαιὰ καὶ σύριγγας θεραπεύει.

Ἡ δὲ κόπρος σὺν ὄξει καὶ ῥοδίνῳ καταχριομένη ἡμικρανίας ἰᾶται.

22. (F. 38 r.) ΙΕΡΑΝΟΣ (l. <περὶ> ἱέρακος?) Ι.

§ 1] Ἱέρανος (*sic*) πτηνόν ἐστι παρὰ πάσης ἡλικίας παράδηλον καὶ γνώριμον. Τοῦτο τὸ ζῶον κατὰ τὴν τῆς ἰσχύος ῥώμην δύναται ὅσα καὶ ὁ γύψ, ἀλλάσσεται δὲ φυσικῶς. Τούτου τὸ ἀφοδ. ∾ ὠκ. ἐστιν.

§ inédit : Ἡ δὲ χολὴ αὐτοῦ σὺν λυκίῳ καὶ κροκολύτῳ ἑνουμένη καὶ ἐπιχριομένη πᾶσαν ἀχλὺν καὶ ἀμβλυωπίαν ἰᾶται. (Cp. D.)

P. 90, l. 4. § 3] Ὅλον δὲ ἐσθ. ὀπτὸν ἱερὰν ν. θεραπεύει.

Suivent deux articles inédits : (Cp. D.)

(F. 38 v.) ΠΕΡΙ ΙΚΤΙΝΟΥ

Ἰκτῖνος πτηνόν ἐστι ζῶον.

Τούτου ἡ κεφαλὴ ἄνευ τῶν πτερῶν λήνω (l. λίνῳ) σεπηαμένη (l. πεπταμένη?) ὅσον ςγιον (l. ἑξάγιον) καὶ σὺν ὕδατι ποθὲν (*sic*) ποδαλγίαν καὶ χειραλγίαν θεραπεύει.

(F. 39 r.) ΠΕΡΙ ΚΟΝΥΔΑΛΟΥ Κ (l. κορυδαλλοῦ.)

Κονυδαλός (*sic*), ὁ καὶ κορυδὸς λεγόμενος, ὄρνεόν ἐστι πτηνόν. Οὗτος συνεχῶς ἑψιόμενος (l. ἑψημένος) καὶ ἐσθιόμενος καὶ πινόμενος σὺν τῷ ζωμῷ κοιλιακοὺς ὠφελεῖ καὶ δυσεντερικούς.

(F. 39 v.) Λείπει τὸ Λ.

P. 92, l. 2. ΠΕΡΙ ΤΟΥ ΜΕΡΩΨ (*sic*).

§ 1] Μέρωψ ∾ ὁλοπράσινον.

§ 3] Μέρωψ δὲ καλεῖται διὰ τὸ εὐθὺς τίθεσθαι φιλίαν πρὸς τὸν ἄνθρωπον.

Reprise du § 1] Ὃ καί τινες καὶ γάγγραιναν καλοῦσι. Τοῦτο μέλλον τεκεῖν μεταναστεύει ἀπὸ τόπου εἰς τόπον, ἵνα μὴ κατάδηλος γένηται ἡ καλιὰ αὐτοῦ.

§ 4] Τούτου ἡ χολὴ σὺν μέλιτι καὶ χυλῷ πηγάνου ἐπιχρισθεῖσα ὑπόχυσιν ὀφθαλμῶν ἰᾶται. (Cp. D.)

§ inédit : Ἡ δὲ κόπρος σὺν οἴνῳ καταχριομένη καρδιακοὺς λίαν ὠφελεῖ. (Cp. D.)

§ 2] Ἡ δὲ καρδία λεία ποθεῖσα καρδιακούς, ἰκτ. καὶ στ. ὠφελεῖ. Ἡ αὐτὴ τὸν αὐτὸν τρόπον βρω<θεῖσα>. (Cp. D.)

18. (F. 40 r.) <ΠΕΡΙ ΝΗΣΣΗΣ> Ν (Cp. D.)

§ 1] <Νῆσσα> ποτ. καὶ λιμν. καὶ χερσῶον (l. χερσαῖον) ζῶόν ἐστι πᾶσιν ἀνθρώποις κατάδηλον.

§ 2] Ταύτης τὸ αἷμα ξ. ἢ θ. ποθὲν σώζει τοὺς πεπωκότας δηλητήριον, καὶ τοὺς θηριοδήκτους ἐπαλειφόμενον. Ἰᾶται ὁμοίως καὶ τοὺς ἐχιοδήκτους διὰ τῆς αὐτοῦ πόσεως.

§ inédit : Τὸ δὲ στέαρ αὐτοῦ ὑγείας (l. ὑγείᾳ) ἐστὶ κατὰ πολὺ χρήσιμον, καὶ ἐπὶ πολλὰς δὲ ἀλειμμάτων πράξεις.

Suit l'article placé sous la lettre N du livre II :

(Fol. 40 v.) ΠΕΡΙ ΤΗΣ ΝΥΚΤΕΡΙΣ (*sic*).

P. 68. § 1] Νυκτερὶς ζ. ἐ. τ. πτερωτόν · ἵπταται τοιγαροῦν ὡς χ., τίκτει δὲ ὡς τετράπουν καὶ θ. ὁμοίως.

§ 2] Ταύτης τὸ αἷμα ἐὰν περιχρίσῃς τόπῳ ᾧ προέκτειλας τὰς εὑρισκομένους (*sic*) τρίχας, οὐκέτι αὖθις ἕτεραι φυήσονται.

§ inédit : Ἐὰν δὲ τὴν κεφαλὴν περιάψῃς τινὶ πάσχοντι τριταῖον καὶ τεταρταῖον καὶ λιθάργυρον (l. λήθαργον) καὶ καταφορὰν ἰᾶται.

§ 3] Ὡσαύτως ὁ τὴν κεφαλὴν αὐτῆς ἢ τὴν καρδίαν φορῶν ἀγρυπνεῖ μεγάλως.

§§ inédits : Ἡ δὲ (l. Εἰ δὲ) θηρεύσεις τρεῖς καὶ κρεμάσεις ἐν ὑψηλοῖς τόποις τοῦ χωρίου, διαχθήσεται ἐξ αὐτοῦ νέφος ἀκρίδων ἐπερχόμενον. Ὁμοίως ἐὰν κρεμάσεις αὐτὰς ἐν ὑψηλοῖς δένδροις καὶ ἐκτείνεις (l. κτείνεις) αὐτάς, συναχθήσονται (f. 41 r.) ἐν αὐτοῖς πᾶσαι αἱ ἀκρίδαι (l. ἀκρίδες). Τὸ αὐτὸ (l. τῷ αὐτῷ) καὶ ἐν τῇ Συρίᾳ χρῶνται.

Ἐὰν δέ τις γυναικὶ τὸ αἷμα αὐτῆς δέξηται ἐν κροκιδίῳ καὶ ἐν πεσσῷ προσθῇ σὺν σατυρίῳ βοτάνῃ περὶ τὴν μήτραν, καὶ συνουσιασθῇ ἀνδρί, συλλήψεται, εἰ καὶ τὰ μάλιστα ἀσύλληπτος ἦν. (Cp. la 2ᵉ add. du v. i.)

Figure de la chauve-souris.

P. 93, l. 5. (F. 41 v.) ΠΕΡΙ ΟΡΝΕΟΣ (l. ὀρνέου) ΚΑΤΟΙΚΙΔΙΟΥ. ῦ (Cp. D.)

§ inédit : Ὄρνις κατοικίδιος, γνωστὴ πᾶσι.

§ 7] Ταύτης ἡ κόπρος δι' ὀξυμέλιτος πινομένη τοὺς πυρέττοντας <ἰᾶται?>, μηκτῆρας (l. μύκητας) ἐξεμεῖσθαι ποιεῖ, καὶ ἀλεξιφάρμακον γίνεται. Αὕτη δὲ <τὰς ἐν> μυκτῆρσι μυρμηκίας καὶ μελανθρακίας ἰᾶται.

§ inédit : Τὸ δὲ στέαρ αὐτῆς μετὰ σταφίδος ἀγρίας καταχριόμενον κεφαλῆς ἰχῶρας καὶ πίτυρα θεραπεύει ἄκρως.

Figure de la poule (?).

21. (F. 42 r.) ΠΕΡΙ ΟΡΤΥΓΟΣ

§ 8] Ὄρτυξ πτηνόν ἐστι πᾶσι γνωστόν · τούτου ∾ ὀφθαλμίαν ποιοῦσι, ὡσαύτως καὶ τριτ. καὶ τετ.

§ 9] Comme dans l'édition.

Figure de la caille.

P. 95, l. 20. (F. 42 v.) ΠΕΡΙ ΠΕΡΙΣΤΕΡΑΣ π̄ (Cp. D.)

§§ 14 et 15] Περιστερὰ πτηνόν ἐστι πᾶσι γνωστόν, ἧς τὸ αἷμα λίαν ἐστὶ θερμόν, ὅπερ ἐνσταζόμενον τοῖς ὀφθ. τὰς ἐκ πληγῆς ῥήξεις αὐτῶν ἰᾶται.

§ 16] Ἡ δὲ ταύτης ἄφοδος σὺν κριθίνῳ ἀλεύρῳ καὶ νίτρῳ καὶ στέατι χοιρείῳ ἐπιχριομένη γαγγ. περιχαράττει καὶ χοιράδας ῥηγνύει. Σὺν ὄξει ∾ σπίλους καὶ ῥήγματα ὄψεως αἴρει. Σὺν κεδρίᾳ δὲ λευκοὺς ἀλφοὺς ∾ λέπρας θεραπεύει.

Figure de la colombe.

P. 96, l. 10. (F. 43 r.) ΠΕΡΙ ΠΕΡΔΙΚΟΣ (Cp. D.)

§ 18] Πέρδιξ πτηνόν ἐστι κατάδηλον, εἰς ὑπερβολὴν δόλιον · τὰς γὰρ ὁμ. αὐτῇ πέρδικας οὐ μόνον περικόπτει, ἀλλὰ καὶ προτρέπει εἰς ἄγραν.

§ 19, en partie inédit] Ταύτης ἡ χολὴ σὺν μέλιτι καὶ ὀποβαλσάμῳ καὶ χυλῷ μαράθρου ἐπιχρισθεῖσα ὀξ. παρ. · ἑψηθὲν δὲ τὸ ζῷον ὅλον σὺν κυδωνίῳ καὶ τοῦ ζωμοῦ ἐπιρροφισθέντος μετ' οἴνου στύφου (l. στυφοῦ) κοιλίαν ῥέουσαν ἵστησι.

§ 20] Τὰ δὲ ὠὰ αὐτοῦ ἐσθ. εἰς ἀφροδίσια ὁρμῶσι. Μετὰ δὲ χην. ∾ χρ. τῆς [θηλυκῆς] θηλαζούσης γυναικός, ποιεῖ ταύτην γάλα πολὺ φέρειν. (F. 43 v.) Τὰ δὲ τῶν τοιούτων ὠῶν λέπη τριβέντα καὶ σὺν κηρῷ ἑνωθέντα καὶ καταπλασθέντα γυναικῶν μασθοὺς νενευκότας ἀνορθοῖ.

Figure de la perdrix.

(F. 44 r.) ΠΕΡΙ ΡΑΦΟΥ ρ̄

§ 1] Ῥάφος πτηνόν ἐστι λεγόμενον πελεκᾶνος (*sic*), περὶ τὸν Νεῖλον ποταμὸν εὑρισκόμενος καὶ διαιτώμενος. Οὗτος ἐπειδὴ οἱ νεοσσοὶ αὐτοῦ αὐξυνθέντες τύπτουσιν αὐτὸν εἰς τὸ πρ., καὶ οὗτος μὴ ἀνεχόμενος τὴν ὕβριν τοσοῦτον τύπτει αὐτοὺς καὶ κολαφίζει ὥστε θανατῶσαι αὐτούς · μετὰ δὲ τὸ θανατῶσαι αὐτούς, φιλότεκνος ὢν περιτίλλει καὶ τὰς πλευρὰς αὐτοῦ καὶ μαστίζει ταῖς πτέρυξιν ὥστε αἷμα ἀποστάξαι ἐπάνω τῶν νεοσσῶν · ὃ καὶ στάξαν ζωογονεῖ αὐτοὺς φυσικῷ τ. τρ.

§ 2] Τούτου ἡ χολὴ μ. ν. σμ. μελανοὺς (*sic*) ἀλφοὺς (f. 44 v.) ἰᾶται, κ. ο. μ. ὀμ. ∾ καὶ πᾶσαν μελανίαν ἰᾶται.

(F. 45 r.) Λείπει τὸ Σ̄

ΠΕΡΙ ΤΡΩΓΛΙΤΟΥ Τ̄

Voir dans l'édition p. 92, 25, l'article περὶ ξούθρου. (Cp. D.)

§ 1] Τρωγλίτης πτηνόν ἐστι πᾶσι γνώριμον.

§ 2] Τούτου ἡ ἀφ. ∾ ἔντασιν ποιεῖ.

§ 3] Μετὰ δὲ χηνείου στέατος λεία χρισθεῖσα ἀλ. δασύνει.

§ inédit : Τὸ δὲ στέαρ αὐτοῦ ἐπὶ τὰ καύματα σὺν ἀδιάντῳ καταπλασσόμενον δὶς τῆς ἡμέρας ὠφελεῖ.

P. 98, l. 1. (F. 45 v.) ΠΕΡΙ ΤΡΥΓΟΝΟΣ (Cp. D.)

§ 8] Τρυγὼν στρουθίον ἐστὶ μονανδρίαν ἀσκοῦν.

§ 9] Ταύτης ἡ κόπρος σὺν μέλιτι ἢ γυναικείῳ γάλακτι λειούμενος καὶ χριόμενος ἢ καὶ ἐνσταζόμενος λευκώματα ὀφθαλμῶν καθαίρει.

§ inédit : Τὸ δὲ αἷμα αὐτῆς θερμὸν ἐνσταζόμενον ὀφθαλμῶν ὑποσφίγματα ἰᾶται.

§ 8 (suite)] Καὶ ἡ ἄφοδος σὺν ῥοδίνῳ χριομένη ὑστέρας ἀλγήματα παύει.

Figure de la tourterelle.

(F. 46 r.) Article inédit. ΠΕΡΙ ΦΑΣΣΑΣ Φ (Cp. D.)

Φάσσα πτηνόν ἐστι ζῶον πᾶσι γνωστόν.

Ταύτης τὸ αἷμα θερμὸν ἐνσταζόμενον ὀφθαλμῶν αἱματώσεις ὠφελεῖ, καὶ τῇ παχέᾳ (*sic*) μήνιγγι ἐγχεόμενον ἐπὶ τῶν ἀνατριμμάτων ἀγλέμαντον (l. ἀφλέγμαντον) ὑπάρχει.

Ἡ δὲ κοιλία αὐτῆς κατ᾽ ὀλίγον πινομένη λίθους τοὺς ἐν νεφροῖς ἐκκρίνει.

16. (F. 46 v.) ΠΕΡΙ ΦΗΝΗΣ

§ 1] Comme dans l'édition.

§ 2] Τούτου ξηρὰν τὴν κοιλίαν ἐάν τις δοίη τινὶ πιεῖν ∾ φορουμένη τὸ αὐτὸ ποιεῖ · ∾ θεραπεύει.

§ 3] Ὀστέον δὲ ἐκ τοῦ μήρου περιαφθὲν τοὺς κρότους θεραπεύει τοὺς ἐν τοῖς ποσίν.

§ 4] Ἡ δὲ χολὴ σ. μ. λευκώματα θεραπεύει, καὶ λευκὴν λέπραν καὶ τὰ ὅμοια.

P. 99, l. 5. (F. 47 r.) ΠΕΡΙ ΦΑΛΑΡΟΥ (l. φαλαρίδος).

§ 10] Φάλαρις (*sic*) πτηνόν ἐστι ζῶον παρά τισι λευκομέτωπος λεγόμενος διὰ τὸ εἶναι ὅλον μέλαν, τὸ δὲ μέτωπον αὐτοῦ κείμενον λευκόν. Διαιτᾶται δὲ ἐν π. κ. λ.

§ 11] Τούτου ὁ ἐγκ. σ. ἐλ. μιχθεὶς πάντα τὰ ἐν τῇ ἕδρᾳ π. θερ.

§ 12] Ὅλος δὲ ὁ ὄρνις βρωθεὶς φάρμακον δηλητήριόν ἐστι.

13. (F. 47 v.) ΠΕΡΙ ΧΕΛΙΔΟΝΟΣ X (Cp. D.)

§ 1] Χελιδὼν πτηνόν ἐστι πᾶσι γνωστόν · τούτου ἐάν τις τοὺς νεοσσοὺς βάλλει ἐν χύτρᾳ καὶ προπυλώσας (l. προπηλώσας) ὀπτήσῃ, ἔπειτα ἀνοίξας τ. χ. κατανοήσῃ, εὕροι τοὺς μὲν δύο νεοσσοὺς καταφιλιοῦντας (*sic*), τοὺς δὲ δύο ἀποστρ. ἀλλήλων.

§ 2] Τούτων ἐὰν λάβῃς τοὺς φιλιουμένους καὶ ὑποκάψας (l. ὑποκαύσας) καὶ τρίψας δώσεις γυναικὶ λάθρα ἐν βρώσει ἢ πόσει, πάνυ ἀγαπηθήσῃ παρ' αὐτῆς.

§ 4] Ταύτῃ δὲ ἡ τέφρα σὺν μ. χριομένη συναγχ. ἰ., σὺν δὲ μελικρ. βρόχους (l. βρόγχου <ἄλγη> ?) αἴρει.

§ 6] Οἱ δὲ ἐντὸς τῆς κοιλίας τῶν τοιούτων νεοσσῶν λίθοι εὑρισκόμενοι περιαπτ. ἠπατικοῖς τούτοις ὑγείαν παρέχουσιν · ὁμοίως καὶ ὠκυτοκίαν γυναιξὶ χαρίζονται. (Cp. § 7, fin.)

§ inédit : Ὁ δὲ ἐγκέφαλος τῆς χελιδόνος μετὰ μέλιτος πρὸς ὑπόχυσιν (f. 48 r.) ποιεῖ.

P. 100. § 8] Ἡ δὲ τέφρα ∾ ποιεῖ (après παρέχει biffé), καὶ ἕλκη τὰ ἐν φάραγγι (l. φάρυγγι) καὶ γαγγρ. θεραπεύει. (Cp. D.)

§ 9] Ὁ δὲ χοῦς τῆς φωλεᾶς σὺν ὀπίῳ καὶ ὄξει κεφαλαλγίαν παύει (après ἰᾶται biffé).

§ 10] Ἡ χολὴ τοῦ ζώου σὺν κοιμολία (l. κιμωλίᾳ) τρίχας βάπτει κεφαλῆς (Cp. § 10.)

Figure de l'hirondelle.

15. (F. 48 v.) ΠΕΡΙ ΧΗΝΟΣ

§ inédit : Χηνὸς νεοσφαγοῦς μάλιστα ἀγρίου δίδου ταχέως πᾶσι τοῖς φάρμακα πεπωκόσι τὸ αἷμα θερμὸν πιεῖν, καὶ οὐκ ἀδικηθήσονται.

§ 15] Ὁ δὲ ἐγκέφαλος τοῦ ζώου σὺν τῷ ἰδίῳ στέατι μετὰ μέλιτος καὶ ἑψήματος ὀπτοῦ προστεθεὶς ῥαγ. καὶ πάσας φλεγμονὰς δακτύλων (l. δακτυλίου) θερ. Σὺν ῥοδίνῳ δὲ <καὶ> στέατι καὶ ὀπτοῖς λεκύνθῳ ᾠοῖς (l. λεκίθοις ᾠῶν) λειωθεὶς ∾ ποιεῖ. Μετὰ δὲ ἐλ. μυ. ῥαγ. χειλέων καὶ ποδῶν θεραπεύει, ἀλλὰ καὶ χίμετλα. Σὺν κυρνελαίῳ (l. κρινελαίῳ, ou simplement κρινίνῳ ἐλ., comme dans l'éd.) ἐνιέμενος, ἕλκει νεκρὰ (ἔμβρυα resté en blanc). Πρὸς δὲ τὰς ἀφθὰς χρ. ἐστι πάνυ μετὰ χυλοῦ στρύχνου. Σὺν μέλιτι ∾ ἰᾶται πάθη. Σὺν δὲ νάρδῳ ποιεῖ πρὸς ὦτα χρονίως ῥευματιζομένους (l. -ζόμενα). Σὺν δὲ σταφίδων γιγάρτοις λειωθεῖσα (l. λειωθεὶς) ἄνθρακας καθαίρει.

§ 16] Ἡ δὲ χολὴ (f. 49 r.) αὐτοῦ ∾ πράσσου ἢ πολυγ. ἐν πεσσῷ τεθ. ὑστερικὰς πνίγας θεραπεύει · σὺν ὕδατι δὲ ποθεῖσα βῆχας παύει. (Cp. le § 18 au début.)

P. 101. § 18] Ἡ δὲ κόπρος [δὲ] αὐτοῦ, μάλιστα τοῦ ἀγρίου θυμ. δαίμ. ἀποδιώκει καὶ λιθάργυρον (l. ληθαργὸν) ἰ. καὶ ὑστ. πνιγήν (l. πνίγα). Ἡ δὲ χολὴ σὺν ὕδατι ποθεῖσα καὶ βῆχας παύει.

§ 19] Μετά τε (l. δὲ) βοείας χολῆς καὶ χυλοῦ δάφνης ἐπισταχθεῖσα κωφ. ἰ.

§ 20] Ὁ ζωμὸς δὲ τούτου τοῦ ζώου σὺν οἴνῳ πινόμενος β. τοῖς πίνουσι.

§ 21] Τὸ δὲ ἧπαρ αὐτοῦ ὀπτὸν ἐσθιόμενον στομαχικοὺς ὠφελεῖ · ἡ δὲ καρδία καὶ ὁ πνεύμων, φθισικούς.

Figure de l'oie.

P. 101, l. 17. ΠΕΡΙ ΨΑΡΟΥ Ψ (Cp. D.)

(F. 49 v.) § 4] Ψάρος πτηνόν ἐστι πᾶσι γνωστόν.

§§ inédits : Τοῦτο τὸ ὄρνεον ὅταν ὄρυζαν διατραφῇ, γίνεται ἡ κόπρος αὐτοῦ ῥυπτική, ὥστε καὶ ἐφ' ὅλοις ἀποσμήχειν.

Καὶ φάκους καὶ ψύδρακας δὲ ὠφελεῖ [1].

(F. 50 r.) Article inédit : ΠΕΡΙ ΤΟΥ ΩΤΙΣ (*sic*). Ω̄ (Cp. D.)

Ὠτὶς πτηνόν ἐστι μέγιστον.

Τούτου τὸ στέαρ σὺν λιβάνῳ καὶ σμύρνῃ ἀλειφόμενον ψωριῶντας θεραπεύει.

Ἐὰν δὲ συνεχῶς νῆστις ἐσθίῃ ὠτίδος νεφρούς, οὐδέποτε ἀλγήσει νεφρούς.

(F. 50 v.) ΠΕΡΙ ΩΩΝ

§§ 1, 2, 3] omis ici. (Voir plus loin, fol. 83.)

P. 102, l. 12. § 7] Ὠὰ τῆς κορώνης καὶ τῆς χελιδόνος μελαίνουσι τρίχας καὶ λευκώματα.

§ 9] Τὰ δὲ τῆς <πέρδικος, resté en blanc> σὺν μ. λειούμενα ὀξ. παρ. καὶ ὠκ... (*sic*).

§ 10] Στρουθοκαμήλων δὲ ὠὰ ποδαγλοῖς (l. ποδαλγοὺς) ὠφελοῦσι.

§ 11] Τὰ δὲ ἀράχνης ὠὰ ποθέντα, τρία μὲν ἐπὶ τριταίου, τέσσαρα δὲ ἐπὶ τεταρταίου, ἓν δ' ἐπ' ἀφημερινοῦ (l. ἀμφημ.), πτέρυγον (l. πτερύγιον) καὶ πυρετὸν ἀποδιώκουσιν.

§ 12] Ὠὰ δὲ ὀρνίθων ἄζυγα σὺν οὔρῳ ὄνου ἑψήσας κατάπλασσε νεφριτικούς, καὶ θαυμάσεις λίαν · ἰαθήσονται γὰρ παραδόξως.

§ 13] Ὠὰ δὲ χελ. θαλ. βρ. σελ. θεραπεύει. — Τέλος τῶν πτηνῶν ζώων.

(LIVRE II)

P. 51. (F. 51 r.) Titre : Ἑρμοῦ τρισμεγίστου κατὰ μαθηματικῆς ἐπιστήμης καὶ φυσικῆς ἀποῤῥοίας τῶν τετραπόδων ζώων, ἐκδοθεῖσα πρὸς τὸν μαθητὴν αὐτοῦ Ἀσκλήπιον (*sic*).

3. Ἀρχὴ τοῦ Ᾱ στοιχείου. ΠΕΡΙ ΑΡΚΟΥ Ᾱ

§ 1] Ἄρκος (ἄρκος, ἄρκου, etc. partout) θηρίον ἐστὶ ζῶον δασὺ καὶ νωθρόν, κατὰ π. ἐ. ἀνθρώπῳ, συνετὸν ∾ θέλων. (Cp. D, ci-dessus, p. 254.)

1. Il faut peut-être construire ainsi : ...ἀποσμ. κ. φάκους. Καὶ ψ., etc.

§ 2] Τούτου τοῦ ζώου ἕκ. μ. πρὸς ἕκ. μ. τοῦ ἀ. ὠφελεῖ εἰς θ. τῆς γ. κ. τὰ ὀστᾶ πρὸς κεφ. πᾶσαν περιάπτεται · ὁ δὲ ἐγκ. ∾ ἴαται · οἱ ὀφθ. δὲ ∾ ὀφθαλμῶν ἀποδιώκουσι · (f. 51 v.) τῶν δὲ ὠτῶν ∾ σ. ῥοδίνῳ ἐπισταχθὲν ὠτ. ἰ. · ἒξ (*sic*) τούτου ὀδόντες ὀδ., οἵ τινες περιαφθ. π. ἀνωδύνως ὀδοντοφυήσουσιν · οἱ δὲ ὄνυχες ∾ φορ. παντοίους πυρετοὺς ἀποδιώκουσιν · αἱ δὲ τρίχες ὑποθυμ. πν. πον. ∾ διώκουν · τὸ δὲ ἧπαρ ξ. λειωθὲν καὶ ἐπιπασθὲν ἡπατικὰ πάθη ἰ. · νεῦρα δὲ γ. κ. π. φορ. ποδαλγοῖς καὶ χειραλγοῖς βοηθεῖ · ἡ δὲ κόπρος αὐτῆς (*sic*) σὺν ὄξει καταπλασσομένη ὀξ. παρ. · ἡ δὲ καρδία φορ. ἐπιχ. καὶ φοϐ. καὶ ἐπιτ. π. τ. φοροῦντα.

P. 52. § 3] Τὸ δὲ στέαρ ∾ δασύνει, ὁμοίως καὶ ὀφρύων κ. γενείων <λιποτριχίας> σὺν κηκιδίῳ καὶ χαλκάνθῃ κ. κεδρίᾳ · καθ' ἑαυτὸ τὸ στέαρ ∾ ἴαται. (Cp. D.)

§ 4] Αἰδοῖον δὲ ἄρκου (*sic*) (f. 52 r.) ὑποτεθὲν τῇ ὑστέρᾳ ὥστε παρ. τοῦ στόματος ∾ ἴαται. Ἐχέτω δὲ ξήριον ὡσὰν (l. ἕως ἂν) ᾖ ἑτοίμως (l. ἑτοῖμον). Ἡ δὲ χολὴ σὺν μέλιτι ὅσον κογχ. ἓν πινομένη ἧπ. ἄκρως ἴαται · τὸ δὲ δέρμα αὐτοῦ ὑποτιθέμενον ἔνθα εἰσὶ ψύλλοι φεύξονται.

Figure de l'ours.

P. 55, l. 4. (F. 52 v.) ΠΕΡΙ ΑΙΓΗΣ (*sic*). (Cp. D.)

§ 38] Αἴγης (l. αἶγες) θήλειαι πᾶσι γνωσταί · ταύτης τὴν δορὰν εἴ τις περιθῇ ἐπιλ. καὶ ἀγάγῃ περὶ τὴν θαλ. ἢ εἰς ποτ. παραχρ. ἐλεγχθ. πεσεῖται καὶ παραυτίκα γεγονὼς ἔντρομος νήφων.

§ 39] Αἷμα αἰγός, ἐὰν θερμανθῇ πυρὶ καὶ ποθῇ δυσεντερίαν ἴαται · ὠφελεῖ δὲ καὶ φθισικοὺς καὶ ἐκτηκομένους.

§ 40] Ἡ δὲ χολὴ ∾ μέλιτι ἐπιχριομένη θερ. ὀφθαλμῶν ἀχλύν, ὁμοίως ἄργελα (*sic*) καὶ πτερύγια. (Cp. D.)

§ 41] Ὁ δὲ σπλὴν ἔναιμος ἔτι ὢν καὶ πρόφατος (l. πρόσφατος), ἐὰν πυρὶ ὀπτηθεὶς βρωθῇ, δυσεντερικοὺς ἰ. (Cp. le § 43.)

§§ inédits (cp. D) : Τὸ δὲ αἷμα σὺν μέλιτι πινόμενον (σ. μ. π. écrit deux fois) ἀποστήματα πεπαίνει.

Τὸ δὲ ἧπαρ ὀπτούμενον (*sic*), ὁ ἀποστάζων ἐξ αὐτοῦ ἰχὼρ νύκτα ἐνσταζόμενος ὠφελεῖ, δεχόμενον τοῖς ὀφθαλμοῖς τὸν ἐξ αὐτοῦ καπνόν.

Τὸ κέρας αὐτῆς κεκαυμένον καὶ ἐπιτριϐόμενον ὀδόντας λαμπρύνει (f. 53 r.) καὶ οὖλα πλαδῶντα ἴαται.

§ 42, en partie inédit] Ἡ δὲ κόπρος πλασσομένη σκιρώδους (l. σκιρρώδεις) ὄγκους διαφορεῖ, ὁμοίως καὶ ὑδρωπικοὺς καὶ στομαχικούς, σὺν μέλιτι ποθεῖσα · σὺν ἀλφίτοις δὲ καταπλασθεῖσα τοῖς ἕλκεσι φαλαγγιοδήκτους καὶ ἐχιοδήκτους καὶ τοὺς ἀπὸ βουπρ. πλ. ἰ. · σὺν οἴνῳ δὲ π. ἑψομένη καὶ καταπλασσόμενη οἰδ. ἄρθρων ∾ μασθῶν ἴαται · σὺν μέλ. δὲ ἄνθρακας.

§ 43] Ὁ δὲ σπλὴν αὐτῆς ∾ ἐπιτεθείς, αὐτῷ δὲ τῷ σπλ. ἐπ. τ. σπλ., <ἐὰν> καὶ φασκιωθῇ ἡμέραν (f. 53 v.) μίαν, τῇ δὲ ἑξῆς ἡμέρᾳ κατὰ τὴν ἑσπέραν κρεμάσει (l. κρεμάσῃ) ὁ κάμνων ταύτην ὑπὸ (l. ὑπὲρ) τὸν καπνὸν ἢ εἰς ἄνεμον ἕως ὅτου ξηρανθῇ ὁ τοιοῦτος σπλήν, ξηραίνεται κατὰ μικρὸν καὶ ὁ τοῦ πάσχοντος, καὶ ἀφανίζεται.

§ 45] Τοῦτος (l. Οὗτος) ἐσθ. καὶ δυσεντερικὸν (l. δυσεντερίαν?) παρηγορεῖ.

Figure de la chèvre.

P. 52, l. 11 (F. 54 r.) ΠΕΡΙ ΑΛΩΠΕΚΟΣ (Cp. D.)

§ 5] Ἀλώπηξ θηρίον ἐστὶ δ. κ. πονηρότατον καὶ φρονιμώτατον καὶ πανοῦργον, παρὰ πᾶσι γινωσκόμενον · ὑπάρχει δὲ εἰς ὑπερβολὴν ὀρν.

§ 6] Ἐὰν οὖν τις αὐτὴν ἀγρεύσῃ ζῶσαν κ. ἐμβ. ∾ ἔλαιον καὶ καθεψήσῃ ἕως οὗ εἰς τέλος τακῇ αὕτη, εἶτα τὸ ἔλ. διηθήσῃ καὶ ἐμβάλῃ εἰς ἀγγεῖον μετ' αὐτοῦ ἐλαίου, θεραπεύσει πάθη ἀνίατα ἐπαλείφων αὐτό (l. αὐτῷ), οἷον ποδαλγούς, ἀθροιτικούς (l. ἀρθριτικούς), ἰσχ., παρ. πολυχρονίους.

§ 7] Ὅταν δὲ θηράσῃς ταύτην, λέγε αὐτῇ ὅτι « διὰ τόδε σε ἀγρεύω ».

§ inédit : Ταύτης τὸ στέαρ χλιαρὸν ἐνσταζόμενον ὠταλγίας ἰᾶται.

§ 8] Ὁ ὄρχις αὐτοῦ ὁ δεξιὸς ξηρανθεὶς καὶ τριβεὶς καὶ ποθεὶς λεῖος ἐν οἴνῳ ἢ ἐν ποτῷ λάθρα φίλτρου γεννητικός ἐστιν ἐπὶ γυναιξὶν · ὁ δὲ εὐών. τὸν αὐτὸν τρόπον ἐπ' ἀνδράσι.

§ 9] Τὸ δὲ ἀκρότατον τοῦ αἰδοίου αὐτοῦ περ. μεγ. ἔντασιν ποιεῖ · τὸ αὐτὸ ποιεῖ καὶ λ. (f. 54 v.) λάθρα ποθέν.

§ 10] Καὶ οἱ ὄ. δὲ τὰ ὅμοια δρῶσιν.

§ 11] Ἡ δὲ δόσις ὀφείλει εἶναι ὅσον κοχλ. ἕν · αὕτη ἡ πόσις ἐστὶν ἀνυτικωτάτη ὠ. ἀ. τ. ἔντ. ποιεῖν καὶ τὴν πύρωσιν ἀδ.

P. 53. § 12] Τοὺς δὲ ὄρχεις τούτους (l. τούτου?) ζῶντος τοῦ ζώου ἔκκοψον, εἶτα ζῶν ἀπόλυσον. Ἐὰν γὰρ τὸν δίδυμον, ὡς εἴρηται, περιάψῃς, παραυτίκα ἐντείνει.

§ 13] Τινὲς δὲ τὸ ἄκρον τοῦ αἰδ. ἐμβάλλουσιν ἐν κύστει ἢ δέρμ. εἰς ὃ καὶ ἐπιγράφουσι ταῦτα διὰ σμ. (ms. διαξομορονομέλανος) ΤΙΝ. ΒΙΩ. ΗΛΙΘΙ, καὶ περιάπτουσι καὶ οὕτως ἀκωλύτως καὶ ἀβλ. τὴν συνουσίαν ἐργάζονται.

§ 15] Καὶ οἱ νεφροὶ τούτου τοῦ ζώου ἐσθ. ἀφροδισίαν <παρ. ?>.

§ 16] Τὸ ἧπαρ ξ. καὶ λ. ἐπ. (f. 55 r.) σὺν ὀξ. ∾ σπληνικοὺς ἰ.

§ 18] Καὶ ὁ. πν. ὁ. βρ. δύσπνοιαν.

§ 20] Ἡ δὲ κόπρος ∾ ποιεῖ, μετὰ ὄξους δὲ λειουμένη, λιχῆνας (cp. § 26), σὺν δὲ στέατι ἀλωπεκίας δασύνει. (Cp. § 27.)

Figure du renard.

P. 54, l. 1. (F. 55 v.) ΠΕΡΙ ΑΣΠΑΛΑΚΟΣ (Cp. D.)

§ 28] Ἀσπάλαξ ζ. ἐστι τυφλὸν ὑπ. τ. γ. οἴκησιν ποιούμενον, ἐν ᾗ καὶ φωλεύει καὶ βαδίζει, ἥλιον μὴ βλέπων. Μᾶλλον τοῦτο ἡ ἥλιος οὐχ ὁρᾷ, ἐπὰν δὲ ἴδῃ τοῦτο, οὐ δέχεται ∾ τελευτᾷ.

§ 29] Τούτου ἡ καρδία ∾ ἴᾶται. Ἐὰν δὲ καὶ ∾ ὀρνέου τοῖς δυσὶν ὀφθ. αὐτοῦ περιάψηταί τις, π. πρ. τὰ ἐπερχόμενα ∾ φορεῖ τοῦτο ἀγνῶς.

§ 30] Ἐὰν δὲ καὶ τὴν κ. φορῇ τοιούτου ἀσπάλακος, ἔνθεν ∾ ποιεῖ · ἡ γὰρ φυσικὴ δύν. τοῦ ζώου ὑπὲρ φύσιν ποιεῖ ἅπερ οὐ σιωπήσομαι.

§ 31] Ἐὰν γάρ τις ἀπ. ἀπὸ τοῦ ζώου τούτου ἀν. τ. ἡλ. δάκτυλον ζωμοῦ ἕνα, προγνώσεται ταύτῃ τῇ ἡμέρᾳ ἅπαντα ἕως (f. 56 r.) οὗ δύνῃ ὁ ἥ.

§ 32] Ἔστιν δὲ ἡ κατασκευὴ τῆς <ἀπο>γεύσεως τοιαύτη · λαβὼν ζῶντα τὸν ἀσπάλακα ἀποπν. ἐν ὕ. ὀμβριμαίῳ εἰς κ. τρεῖς · εἶτα ἕψησον αὐτῇ (l. αὐτὰ) ἕως ὅτου τακῇ καὶ κηρ. μετὰ τοῦ ὕδατος τούτου · εἶθ' οὕτως διυλίσας τ. ὕ. ἕψε ἐν χ. ἀ. ἐπιβάλλων εἴδη ταῦτα · ἀρτ. μον. <δ', τρογλωτίδος <δ', βδέλλας (l. βδέλλης) <δ', λιβ. ἀρρ. <η', θεογόνου ῥίζης <δ'. Ταῦτα κ. καὶ σ. κ. λ. ∾ γένηται π. μ., καὶ οὕτως ἀνελ. ἔνθου ∾ καὶ χρῶ.

§ 33] Τὰ δὲ ὀστᾶ τοῦ ζώου θ. ἔνδον τοῦ <οἴκου σου> · οὗτος γὰρ καὶ ζῶν ∾ αἶγες.

§ 35] Τὸ δὲ στέαρ αὐτοῦ τὰ μὲν (l. τακὲν) ὠταλγίαν ἴᾶται.

§ 34] Ὅστις δὲ ἔχει παρ. ἢ χ. ἢ ἀπ. (f. 56 v.) καὶ κρατήσει τὸν ἀσπάλακα ζῶντα καὶ μαλάσσει αὐτὸς οὗτος, δηλονότι ὁ κάμνων ταῖς ἰδίαις αὐτοῦ (l. αὑτοῦ) χερσὶ τοῦτον, ἕως ἂν τεθνήξεται εἰς τὰς χεῖρας αὐτοῦ, θεραπευθήσεται ἀπὸ τῶν τοιούτων παθῶν, ἀλλ' οὐδὲ πονήσει εἰς τὸν αἰῶνα τὴν σταφυλὴν αὐτοῦ.

P. 55. § 37] Εἴ τις δὲ ∾ καταπίει (l. κ-πίοι), προγν. λάβῃ (l. λάβοι) ∾ καὶ τῶν ἀπ' αἰώνων.

A la marge, de première main, en rouge : Ἄπιστον λίαν ἡγοῦμαι τοῦτο.

P. 56, l. 16. (F. 57 r.) ΠΕΡΙ ΒΑΤΡΑΧΟΥ Β̄ (Cp. D.)

§ 6] Βάτραχος ζ. ἐ. π. γνῶστον · ∾ ζῶντα, γράψῃ δὲ ἐν τῇ γλ. αὐτοῦ ταύτας συλλαβάς ΧΟΥ Ε. ΧΕ. ΔΑΒΗΝΑΦ, εἶτα λ. κοιμωμένης γυν. ἐπιθῇ ταύτην τὴν γλῶσσαν εἰς τὸ στῆθος αὐτῆς, ἐξείποι πάντα ὅσα ἐν τῷ βίῳ ἔπραξεν.

§ 7] Τούτου τοῦ ζώου ἡ τέφρα σὺν πίσσῃ ὑγρᾷ ἐπιχρ. ἀλωπεκίας δασ. Τὸ αὐτὸ ποιοῦσι καὶ οἱ μικροὶ βάτραχοι κεκαυμένοι. (Cp. le § 10.) Ὦ (?; lire Καὶ ?) ἡ τέφρα μετ' ὄξους πᾶσαν αἱμ. καὶ ῥινῶν ἕλκη καὶ φλεβῶν καὶ ἀρτηρίων ῥήξεις ἵστησι καὶ τὰ πυρίκαυστα ἴᾶται.

P. 57. § 9] Ἐὰν δέ τις ∾ τρίχας τοῦ σώμ., βατράχου αἷμα ἐπιχριέτω καὶ ἐκρυήσονται.

§ inédit. Τὸν χερσαῖον βάτραχον τὸν καλούμενον σάκκον ἐάν τις ἀγρεύσῃ σελήνης (f. 57 v.) ληγούσης καὶ κατακλείσῃ εἰς βύσσαν (l. βῆσσαν) ἕως ἡμέρας μῆς, ἔπειτα διανοίξας ταύτην καὶ ἀνατεμὼν τὸν βάτραχον, ἐὰν εὕρῃ ἐν τῷ ἐγκεφάλῳ λίθον ἐπικείμενον τῷ τούτου μυελῷ, ἐχέτω αὐτὸν ὡς μέγα δῶρον. Τοῦτο γὰρ ἀνίκητόν ἐστιν εἰς σπληνικοὺς καὶ ὑδρωπικούς, ὡς ἐγώγε πεπείρακα.

Figure de la grenouille.

P. 56, l. 2. (F. 58 r.) ΠΕΡΙ ΒΟΥΣ (*sic*) ΘΗΛΕΙΑΣ (Cp. D.)

§ 1] Βοῦς θήλεια ∾ στῆσον σταθμὸν λίτραν μίαν μεθ' ἧς ἕνωσον κηροῦ οὐγγ. α', θείου οὐγγ. α', ἐλαίου καλοῦ λίτρ. α', κράμβης χυλόν, ὠὰ ὠμὰ γ' λειώσας καὶ χλιάνας συλλείου καλῶς, καὶ ἐκ τούτου κατάπλασσε ὑδρωπικὸν καὶ σπληνικὸν καὶ ὑδροκήλην, καὶ ποδαλγόν, καὶ ὠφελεῖς μεγάλως. Τοῦτο ∾ δῶρον.

§ 2] Ἐὰν δὲ τ. κ. ταύτην λειώσας σὺν ὄ. εὑρήσεις (l. χρίσῃς c. l'éd.?) τινὰ ∾, μύρμηκες οὐχ ὑπερβ. τούτου.

§ 3] Ὄνυχες δὲ βοῶν ἐκζεστοὶ μετὰ σιν. ἐσθ. π. φ. ἀνθίστανται ὡς οὐδὲν ἕτερον.

§ 4] Ἡ δὲ β. χ. σὺν ἀλεύρῳ ῥοβίνῳ (l. ὀροβίνῳ) (f. 58 v.) χριομένη ἰούνθους (*sic*) ἐκριζεῖ (l. ἐκριζοῖ) καὶ στ. ἄκρως πρόσωπον.

§ 5] Ταύτη (l. Αὕτη) ἐπικαπν. τῷ δίφρῳ τῆς τικτούσης ὠκυτόκιόν ἐ. καὶ τὰ δεύτερα κατ. κ. ἐκβ.

§§ inédits : Ταῦτα πάντα τῆς θηλείας · τοῦ δὲ ἄρρενος βοὸς ἡ χρεία ἐστὶν αὕτη · τ' ἀστράγαλα τούτου καυθέντα καὶ ἐπιπασθέντα τοῖς ὀδοῦσι λευκοὺς τούτους καὶ διαφυλάττουσιν.

Ἡ δὲ χολὴ αὐτοῦ μεμυκυῖαν γαστέρα διανοίγει. Ὁμοίως τοῦτο ποιεῖ καὶ ἐν πεσσῷ προστιθεμένη.

Τὸν δὲ βολβὸν αὐτοῦ βαλὼν εἰς χύτραν καινὴν καὶ πωμάσας ἀσφαλῶς, ἵνα μὴ διαπνέῃ, καὶ ὑποκαύσας θερμοσποδιᾷ καμίνου ἡμέρας ζ', (f. 59 r.) εἶτα λειοτριβήσας ἐν ποτῷ δίδου μεθ' ὑδρομέλιτος ἢ μετ' οἴνου θερμοῦ ὑδερικῷ, καὶ ἰαθήσεται. Ὑποκαπνιζόμενον (*sic*) δὲ καὶ καταχριόμενον μελισσῶν καὶ σφηκῶν δήγματα ἰᾶται.

Figure du bœuf.

P. 105, l. 17. (F. 59 v.) ΠΕΡΙ ΓΗΣ ΕΝΤΕΡΑ (*sic*). Γ (Cp. D.)

§ 1] Γῆς ἔντερα πᾶσι γνωστά εἰσι · ταῦτα ἁρμόξει τοῖς νευροτρώτοις λεῖα ἐπιτιθέμενα · παραχρῆμα γὰρ θαυμαστῶς ὀνίνησι.

§ 2] Μετὰ δὲ ἀλφίτων συλλειωθέντα τὰ ἐν τοῖς μασθοῖς ἀποστήματα ἰῶνται.

§ 3] Σὺν δὲ ναρδίνῳ θερμανθέντα ἢ βουτύρῳ καὶ ἐνσταζόμενα ὠταλγίας ἰῶνται.

§§ inédits : Αὐτὰ δὲ μόνα καυθέντα, τούτων ἡ τέφρα οὖρα (l. οὔρῳ) παιδὸς ἀφθόρου προστεθεῖσα καὶ ἐπιχρισθεῖσα οὐκ ἐᾷ τρίχας λευκανθῆναι.

Σὺν δὲ ἀφεψήματι ἠρίγγης (l. ἠρύγγου) καὶ δικτάμου λεῖα πινόμενα δυσουρίας παύουσι. (Cp. le § 3 et D.)

Six figures de vers de terre.

P. 57, l. 9. (F. 60 r.) ΠΕΡΙ ΓΑΛΗΣ (Cp. D.)

§ 1] Γαλῆ ζῶόν ἐστι μικρόν, γνώριμον τοῖς πᾶσι.

§ 8] Ταύτης τὸ αἷμα καὶ ὁ ἐγκέφαλος ξηρὸς μετ' ὄξους πινόμενα ἐπιληπτικοῖς βοηθεῖ.

§ 2] Εἰ δὲ εὕρης (l. εὕροις) π. ἔρρ. ν., ἀν. ἕψει σ. ἐλ. ἕως ἂν τακῇ · εἶθ' οὕτως διείλησας (l. διυλίσας) ∾ ἔχε · μέγιστον γάρ ἐστιν ἴαμα ∾ καὶ εἰς π. νευριτικὴν συμπ. καὶ φλεγμονὴν πολλὴν ἄρθρων καὶ ῥευμ.

§ 3] Ἰᾶται δὲ χοιρ. μεγάλως καὶ μασθούς.

§ 4] Οἱ δὲ ὄρχεις αὐτοῦ εἰσι συλλ. κ. ἀσ. τοῦτον τὸν τρόπον.

§ 5] Ἐὰν γάρ τις τ. δ. ὄ. αὐτοῦ τεφρώσας καὶ λ. μ. μύρου καὶ ἐν π. προσθήσει καὶ (f. 60 v.) συνουσιάσει, εὐθὺς συλλ. ἡ γυνή.

§ 6] Τὸν δὲ εὐώνυμον ὄρχιν ἐὰν ἐν ἡμιόνου δήσῃς καὶ δορᾷ (l. δορᾷ καὶ) περιάψῃς, ἀσύλληπτός ἐστιν. Δεῖ δὲ γρ. ἐν τῇ δορᾷ τοῦ ἡμ. γῦρον (l. γύρῳ) μὲν τὰς ὑποκειμένας σφραγίδας, μέσον δὲ τούτων τὰ γράμματα ταῦτα · ⊕ ☆ ⌖ ταῦτα γὰρ ἵνα γράψῃς ἐν μέσῳ τῶν σφραγίδων. Εἰ δὲ ἀπιστεῖς, δοκ. εἰς ὄρνιν τίκτουσαν ᾠά, καὶ πάντως (f. 61 r.) οὐ τ. παρ' ὅσου καιροῦ ἐὰν περιαφθῇ αὐτῇ.

§ 7] Τοὺς δὲ ὄ. τῆς γαλῆς ἐναγκροὺς (l. ἐν ἀποκρούσει) ἀπότ., ἄφες ζ. τοῦ ἀπελθεῖν.

Figure du chat.

P. 58, l. 2. (F. 61 v.) ΠΕΡΙ ΔΟΡΚΑΔΟΣ $\overline{Δ}$ (Cp. D.)

3. § 1] Δορκὰς ζ. ἐ. τετρ. πᾶσιν ἀνθρώποις κατάδηλον · τοῦτο ἐνεργεῖ · ἔχει μεγάλην δύν. συλληπτικήν. Ἐὰν γοῦν β. εὐσ. εἶδος π., ποιήσεις οὕτως · μεγ. κ. ἀπ. Ταύτης λαβὼν τὴν χολὴν βάλε ὅ. τ. ὑγρόν, μεθ' οὗ μέλι γο. δ', σατ. σπέρμα <δ' · ταῦτα λειώσας θὲς ἐν ἀγγ. ὑελ., καὶ ὅταν χρεία γένηται, δίδου ἐν κροκίδῳ (l. κροκιδίῳ) ἐξ αὐτοῦ ἐν πεσσῷ, καὶ εὐθέως συλλήψεται.

9. § 2 (fin seulement)] Ἐὰν δὲ ξηρότερον ᾖ, ἔμβαλε μέλι τὸ ἀρκοῦν.

11. (F. 62 r.) ΠΕΡΙ ΕΧΙΝΟΥ (l. ἔχεως ou ἐχίδνης). Ε

§ 1] Ἐχὶς (*sic*) ζ. ἑ. ἑρπετὸν κάκιστον τοῖς πᾶσι γνωστόν. Τ. τ. ἀγρεύουσι ζῶσαν καὶ ∾ χ. μεγάλην σ. ἅλατι ὑποκαίοντες αὐτὴν καὶ ὑποφρύγοντες ἐν καμίνῳ νυχθ., καὶ οὕτω μίξ. ἔν τισιν ἀρώμασι, ποιοῦσιν εἰς πᾶσαν νόσον ἀνθισταμένην. Αὕτη ποιεῖ ἰᾶσθαι ἐλέφαντας (l. ἐλεφαντίας), λέπρας καὶ ὅσα ἀπ. π.

17. § 2] Ταύτης τὸ στέαρ ὀξ. παρ. καὶ διώκει πᾶσαν ἀ.

21. § 4] Διώκει ∾ γαγ. ἐπιθυμ., καὶ πιν. δὲ τὰ ἐξ αὐτῆς δήγματα ∾ μυελῷ.

Figure de la vipère.

P. 59, l. 20. (F. 62 v.) ΠΕΡΙ ΕΛΑΦΟΥ (Cp. D.)

§ inédit : Ἔλαφος ζῶόν ἐστι πᾶσι γνωστόν · τούτου ἡ δύναμις αὕτη ἐστίν.

P. 60. § 17] Ἐάν τις ἐκ τῶν κεράτων αὐτοῦ δώσει ῥινίσματα ὅσον κέρατον (l. κεράτιον) ἓν πιεῖν μεθ' ὑδρομέλιτος ἐπὶ ἡμέρας ἑπτὰ τῷ ἔχοντι κωλικὴν ὀδύνην, τελείως τοῦ πάθους ἀπαλλάσσει.

§ inédit : Ὁμοίως καὶ σὺν ὀξυμέλιτι πινόμενον σπλῆνα τήκει καὶ ἕλμινθας (*sic*) κτείνει.

§ 18] Ἡ δὲ χολὴ αὐτοῦ σ. μ. ὀξυωπίαν παρέχει.

§§ inédits : Σὺν δὲ σατυρίῳ προκεκομμένη κροκυδίῳ ἐν πεσσῷ σύλληψιν ὁμολογουμένως ἐργάζεται καὶ ἡδονήν.

Κέρας ἐλάφου κεκαυμένον λειωθὲν δι' οἴνου καὶ περιπλασθὲν ὀδόντας σειομένους ἵστησι, μετὰ δὲ τὸ καυθῆναι καὶ πληθῆναι (l. πλυθῆναι ?) δυσεντερικοὺς καὶ κοιλιακοὺς καὶ αἱμάτων πτύσεις. Δυσεντερικοὺς ὠφελεῖ διδόμενον πιεῖν κοκκία δύο · σὺν δὲ γάλακτι γυναικείῳ καὶ ὀφθαλμῶν αἴρει τραχώματα.

Τὸ δὲ ἧπαρ αὐτοῦ ξηρὸν μετὰ ἀρσενικῆς σχιστῆς σὺν οἴνῳ ποθὲν ἐν βαλανείῳ βῆχας καὶ κυνάγχας (f. 63 r.) ἰᾶται.

Ὁ δὲ μυελὸς αὐτοῦ σὺν τῷ ἀπὸ τῶν ὀφθαλμῶν αὐτοῦ ἐκκρινομένῳ ῥύπῳ πινόμενος θηριοδήκτους βοηθεῖ καὶ πᾶσαν φαρμακείαν ἀνθίσταται.

Εἰς δέρμα ἐλάφου ἐάν τις καθεύδῃ, ἑρπετὸν ἰοβόλον οὐ φοβήσεται.

Figure du cerf.

P. 58, l. 23. (F. 63 v.) ΠΕΡΙ ΕΧΙΝΟΥ (Cp. D.)

§ 5] Ἐχῖνος χερσαῖος, ὁ καὶ ἀκανθόχειρος (*sic*) λεγόμενος ζ. ἐστι π. πάνυ. Τοῦτο ἀγρ. ∾ ἴαμα.

P. 59. § 6] Τὴν μ. χ. ῥ. ὡς οὖσαν κακήν.

§ 7] Ἡ κεφ. αὐτοῦ μόνη καυθεῖσα καὶ ἑνωθεῖσα νάρδῳ ἀλωπηκίας ἰᾶται.

§ 8] Τοῦ δὲ ταριχευθέντος σώματος διδομένου ἐν π. ἐπιληψίας, τρ., σκ. κ. ὅσα τ. ἰ. Νεφριτικοῖς δὲ καὶ ἰσχιατικοῖς (*sic*) δίδου δραχμὴν μίαν.

§ 10] Τὸ δὲ ὅλον σ. μετὰ τ. σπλ. χωρὶς τ. κεφαλῆς καὶ τ. ἐντ. ταριχ. καὶ λειώσας κ. ἔνθου ἐν ἀγγείῳ, δίδου δὲ π. μετὰ ὀξυμέλιτος <εἰς?> ἐλεφαντιῶντας καὶ (f. 64 r.) ὑδρωπικοὺς ἀνὰ < α΄.

§ 11] Τὸ δὲ ἧπαρ αὐτοῦ σὺν τῷ πνεύμονι ὀπτὸν ἐσθιόμενον ἀσυλληψίαν ἐργάζεται · ὠφελεῖ δὲ ποδαλγικούς.

Figure du hérisson.

(F. 64 v.) Λείπει τὸ Ζ.

P. 61, l. 13. ΠΕΡΙ ΗΜΙΟΝΟΥ

§ 3] Ἡμίονος ζῶόν ἐστι πᾶσι γνωστόν. Εἴ τις γοῦν ἔχει ψυγμὸν καὶ κατάρρουν καὶ κόρυζαν, καὶ φιλήσει βόρδονος ῥίνας (*sic*), ἰαθήσεται.

§ 4] Εἴ τις δὲ λάβῃ λάθρα βόρδονος οὖρος (*sic*) καὶ συνεψήσει κηρῷ καὶ ἐλαίῳ καὶ λιθαργύρῳ, καὶ καταπλάσσει ἡπατικούς, ὠφελοῖ. Suit une ligne biffée et illisible, puis ἐπὶ μὲν <ἀνθρώπων> βόρδων, ἐπὶ δὲ γυναικῶν μοῦλα. (Cp. D.)

§ 1] Εἴ τις δὲ τῆς μούλης τῶν ὠτίων τὸν ῥῦπον ἐν ποτῷ λάθρα γυναικὶ δώσει σὺν οἴνῳ πιεῖν, οὐδέποτε συλλήψεται · ἀλλὰ καὶ τοὺς ὄνυχας αὐτῆς ἐκκαιομένους. (Cp. D.)

Figure du mulet.

P. 62. (F. 65 r.). ΠΕΡΙ ΘΗΡΑΦΟΥ Η ΑΡΑΧΝΗΣ Ο ΚΑΙ ΣΦΑΛΑΓΓΙΟΝ ΛΕΓΕΤΑΙ θ (Cp. D.)

§ 1] Θήραφος ἡ (l. ἢ) ἀράχνη, ὃ καὶ σφαλάγγιον λέγεται καὶ χαματερή, παρ' ἐνίοις δὲ σαλαμίνθη. Αὕτη ζῶόν ἐστι μικρὸν ἑξάπουν ἀράχνας εἰς τοὺς τοίχους ὑφαίνων, οὐκ ἐξ ὑποκειμένης ὕλης, ἀλλ' ἐξ ἑαυτῆς.

§ inédit : Ὡς (l. Καὶ?) ἐντεῦθέν ἐστι πρόδηλον τὴν τοῦ Θεοῦ δύναμιν θαυμάσαι καὶ τῶν αἱρετικῶν ἐμφράξαι τὰ στόματα. Εἰ γὰρ λεπτότατον ζωύφιον τοιαύτην ἔσχηκε παρὰ τοῦ Δημιουργοῦ δύναμιν, πόσῳ μᾶλλον ὁ Δημιουργός.

Note marginale (de première main) : Ἐξήγησιν τῶν μεταγενεστέρων λίαν θαυμαστὴν καὶ ὅρα.

§ 1 (suite)] Αὕτη ληφθεῖσα καὶ συμμαλαχθεῖσα ἐμπλάστρῳ μετὰ ἐλαίου καὶ ἐπιτεθεῖσα μετώπῳ καὶ κροτάφῳ τριταϊκὰς ἀπολύει περιόδους.

§ 3] Ἐν ὀλίγῳ δὲ νάρδῳ ἢ ῥοδίνῳ ἐντεθεῖσα ὠταλγίας ἰᾶται, ∾ ἐν τοῖς ποσί.

§ 4] Τὸ δὲ ὕφασμα αὐτῆς (f. 65 v.) ἤγουν ὀστὸς (l. ὁ ἱστὸς) ἐπιτιθέμενος αἱμ. ἵστ. καὶ ἄσυλον αὐτὸν τὸν τόπον διατηρεῖ.

§§ inédits : Ἐν ἐλαίῳ δὲ τὴν θέραφον πνίξας ἀπὸ τὸ τοιούτου ἐλαίου κατάχριε ἀσπιοδήκτους (l. ἀσπιδοδ.), καὶ εὐθέως ὁ πόνος παύει καὶ ἡ πληγὴ καταπιαίνει.

Ταύτης τὰ ὠὰ ποθέντα, τρία μὲν ἐπὶ τριταίου, τέσσαρα δὲ ἐπὶ τεταρταίου, ἐπὶ δὲ ἀφημερινὸν (l. ἀμφημερινοῦ) ἕν, πάντα τύπον πυρετοῦ ἀποδιώκεται. (Cp. p. 79, 11.)

Cinq figures d'araignées.

21. (F. 66 r.) ΠΕΡΙ ΙΠΠΟΥ Ι (Cp. D.)

§ 1] Ἵππος ζῶόν ἐστι τετράπουν, ὀξύ, βασιλικόν. Τούτου γενν., τὸ ἐν τῷ μετ. νεφελοειδὲς ὅπερ ∾ λέγουσι. Φέρων αὐτὸ ἕξεις φ. μ. Suit une phrase biffée (p. 63, 1, 2).

P. 63. § 3] Τῆς δὲ φορφάδος (*sic*) τὸ γάλα σὺν μέλιτι χριόμενον λευκώματα λεπτύνει.

§ 5] Même réd. que dans le ms. D.

§ 4] Καὶ ὄνυξ αὐτῆς θυμ. ὠκυτόκιόν ἐστιν.

§ inédit : Ἡ δὲ κόπρος τοῦ ἵππου ἐπιτιθέμενος (*sic*) αἱμορραγίαν πᾶσαν ἵστησιν.

Figure du cheval.

P. 64, l. 25. (F. 66 v.) ΠΕΡΙ ΚΥΝΟΠΟΤΑΜΟΥ Κ (Cp. D.)

§ 21] Κυνοπόταμος ὁ κ. κ. λεγόμενος τοιαύτην παρὰ τοῦ Δημιουργοῦ φυσικῶς ἔσχε δύναμιν. Τούτου οἱ ὄρχεις εἰσὶ τὸ καλούμενον καστόριον (*sic*). (Cp. la réd. du v. i.) Τοῦτο λεῖον ∾ σὺν ῥύπῳ ὠτίου μούλης ἀτ. ἐστι· σὺν ἀνηθελαίου δὲ ἑψηθὲν καὶ ἀλειφὲν νεῦρα κολᾷ (*sic*) <καὶ ψῦξιν resté en blanc> ὠφελεῖ· ∾ πνῖγας ἰᾶται· πινόμενον δὲ στομ., σπληνικούς, ληθαργικούς, ὀπισθοτόνους θεραπεύει.

§ inédit : Εἰς δὲ τὸν (l. τὰ) κατὰ τὸν πνεύμονα καὶ τὸν ἐγκέφαλον πάθη μεγάλως ὀνίνησιν, καὶ κατὰ τῆς εἰσπνόης· θυμιώμενον ἑρπετὰ διώκει.

Figure du castor.

P. 63, l. 11. (F. 67 r.) ΠΕΡΙ ΚΑΜΗΛΟΥ (Cp. D.)

§ 1] Κάμηλος ζ. ἐστι γν.

§ inédit : Même réd. que dans le ms. D.

§ 4] Ἡ δὲ ἀφ. αὐτῆς καυθεῖσα ∾ τριβεῖσα καὶ λειωθεῖσα ∾ τριχορροίας τὰς ἐκ νόσου [ῥυείσας] ἰᾶται.

§ 5] Ὑδρωπ. δι' οὔρων κενοῖ. (Même lacune que dans D.)

§ 6] Ξηρὰ δὲ λ. ἐν ὕδ. ποθεῖσα δυσ. ἰ.

§ 7] Comme dans l'éd.

12. § 2, inédit en partie] Τὸ δὲ γάλα αὐτῆς ἄπηκτον φύσει ἐστί, καὶ οὐκ ἂν εἰς ἕτερον γάλα ἐμμίξῃς αὐτὸ ἄπηκτόν ἐστι, καὶ οὐδ' ἐκεῖνο πήγνυται· ὅθεν (?) πινόμενον θερμὸν ἱερὰν νόσον διώκει καὶ βοηθεῖ· καὶ τὰ κρέα αὐτῆς ἐσθιόμενα τὸ αὐτὸ δρῶσι.

Figure du chameau.

23. (F. 67 v.) ΠΕΡΙ ΚΡΟΤΩΝ (*sic*). (Cp. D.)

§ 9] Κρότων κύων ἐστὶ μικρὸς νεογνός.

P. 64. § 11] Τούτου ἔτι θηλάζοντος ἡ κόπρος ξηρὰ λεία ἐν ποτῷ δοθεῖσα δυσ. καὶ ἰκτ. ἰᾶται · ὁμοίως καὶ ὑδρωπικοὺς ἀνὰ τὴν σάρκα. (Cp. § 13.)

§ 12] Μετὰ μέλιτος δὲ συγχρ. τῷ λαιμῷ καὶ τῷ στήθει συν. ἰ.

§ 14] Σὺν ὄξει δὲ λειουμένη φλ. μ. ἰ.

§ 15] Καυθεῖσα δὲ εἰς ὄ. ∾ ῥαγ. τὰς ἐν τῇ ἕδρᾳ ἰ., θυμιώμενος δὲ καὶ ἐξοχ. ἐκρ.

§ 16] Σὺν δὲ τερεβινθίνῳ (*sic*) ∾ ἰᾶται.

§ 17] Μετὰ δὲ κηρωτῆς καὶ ῥοδ. ποιεῖ πρὸς ἕλκη ∾ δυσεπούλωτα · σὺν ἐλαίῳ δὲ ἢ ῥοδίνῳ σφηκῶν καὶ μελ. δήγματα παύει.

§ 20] Ἐὰν δέ τις ἀσθενῇ καὶ βούλῃ μαθεῖν εἰ ζήσεται, λαβὼν ἐκ ζύμης θερμῆς μέρος τι ἔκμαξον τῷ προσώπῳ (*sic*) τοῦ ἀσθενοῦς καὶ τὰς μασχάλας, καὶ ἐπίρριψον (f. 68 r.) τὴν ζύμην τινὶ κυνί, καὶ εἰ μὲν φάγει αὐτήν, ἴσθι ὅτι ζήσεται · εἰ δ' οὖν (l. εἰ δ' οὔ), τεθνήξεται. (Omis dans D.)

§ 12 (suite)] Οὗτος ὁ νεογ., ἔτι θηλ. ἀνασχισθεὶς καὶ ἐπιτεθεὶς θερμὸς τραχήλῳ καὶ λαιμῷ συναγχικοὺς ἰᾶται.

§ 9 (suite)] Ὁ τοιοῦτος ἐὰν συνευνάζηται ἀσθενεῖ εἴτε ἀνήρ ἐστιν, εἴτε γυνὴ καὶ συγκοιτάζηται διηνεκῶς, καὶ συνανάκηται, ἴσθι ὅτι οὗτος μὲν ῥικνωθεὶς καὶ δαμασθεὶς ἀπὸ τῆς νόσου τεθνήξεται, ὁ δὲ ἀσθενὴς ζήσεται.

Figure du chien.

(F. 68 v.) Article inédit. ΠΕΡΙ ΚΥΩΝ (*sic*). (Cp. D.)

Κύων ζῶόν ἐστι πᾶσι γνωστόν, ἐγρήγορον, πονηρὸν καὶ φρόνιμον.

Οὗτος ὅταν <ὀστᾶ> φάγῃ, γίνεται ἡ κόπρος αὐτοῦ θεραπευτική · ὅθεν ξηρὰ λεία μετὰ σχιστοῦ ἀρσενίκου καὶ γάλακτος πινομένη δυσεντερικοὺς ἰᾶται · ἕλκη τε παλαιὰ σὺν κηρῷ, μυρσίνης καὶ ἐλαίῳ τερεβινθίνης μιγνυμένη συναγχικοὺς θεραπεύει καὶ φλεγμονὰς παρισθμίων · τοῖς δὲ λυσσοδήκτοις καὶ λυσσιῶσιν ἄκρως βοηθεῖ.

Κρότονος πιτύα καὶ γάλα κυνὸς θηλαζούσης ἐν κλίνῃ πινόμενον σταθμῶν κερατίων ι' καὶ ἐπὶ ἡμέρας ἑπτὰ ποιεῖ ἀύπνους διατελεῖν.

(F. 69 r.) Χλιαρὸν δὲ τὸ γάλα κ. τ. λ. (comme dans D.)

Ὁ δὲ σπλὴν τοῦ κυνὸς σπληνικῷ ἐπιτεθεὶς ἴασιν ἐπάγει.

Trois figures de petits chiens.

P. 65, l. 7. (F. 69 v.) ΠΕΡΙ ΚΡΟΚΟΔΕΙΛΟΥ (Cp. D.)

§ 23] Κροκόδειλος ζῶόν ἐστι χερσαῖον πλατυκέφαλον ἔχον οὐρὰν μακράν.

§§ 24 et 28] Τούτου τὴν δορὰν ἐάν τις καύσας καὶ λειώσας ποιήσῃ ξηρίον καὶ σὺν ὄξει καταχρίσῃ τὸ πρόσωπον, ἀλφοὺς ἀπορρίπτει · σὺν δὲ μέλιτι λευκώματα αἴρει, σὺν ἐλαίῳ δὲ στίλβει.

§ 29] Comme dans le ms. D.

§ inédit : Ὅλος δὲ ὁ κροκόδειλος καυθεὶς καὶ τεφρωθεὶς καὶ προσμιγεὶς κριθῇ καὶ δοθεὶς ἀλόγοις εἰς βρῶσιν ποιεῖ πάντας ἵππους παχεῖς εἰς ὑπερβολήν. Τινὲς δὲ αὐτὸν καὶ ἀνθρώποις παρασκευάζουσι. (§ plus complet dans le ms. D.)

Figure du crocodile.

22. (F. 70 r.) ΠΕΡΙ ΛΥΚΟΥ (Cp. D.)

§ 1] Λύκος ζ. ἐ. ἄ. καὶ πονηρόν.

§ inédit : Τούτου ἡ κόπρος ἡ λευκοτάτη ἡ ἐπί τινων τόπων καὶ θάμνων εὑρισκομένη κωλικοὺς πινομένη ὀνίνησι.

P. 66. § 5] Τὸ δὲ ἧπαρ αὐτοῦ ξηρὸν λεῖον ἐπιπ. ἡπ. ἰ.

§§ inédits : Τὸ δὲ στέαρ αὐτοῦ καταχριόμενον νεῦρα καὶ ἄρθρα ὠφελεῖ καὶ διαλύει καὶ ὀπισθότονον ἴαται.

Ἡ δὲ χολὴ αὐτοῦ ἐν δέρματι χρισθεῖσα δίκην ἐμπλάστρου καὶ ἐπιτεθεῖσα ἐπ' ὀμφαλῷ ἀνθρώπου καθαίρει τὴν γαστέρα αὐτοῦ πλέον παντὸς καθαρσίου.

Ἡ δὲ καρδία αὐτοῦ ὀπτὴ βρωθεῖσα λυκανοὺς (l. λυκανθρώπους) θεραπεύει νηστεύσαντας μέχρι ἡμερῶν τριῶν.

Τὸ δὲ δέρμα αὐτοῦ ἐάν τις ἐργάσηται καὶ ποιήσῃ ὑποδήματα (f. 70 v.) καὶ φορῇ, οὐκέτι πονήσει πόδας.

P. 65. § 3] Ὁ δὲ δεξιὸς αὐτοῦ ὀφθαλμὸς φορούμενος ἔνδον μεγάλας πρ. π. · φεύξεται γὰρ τὸν φοροῦντα πᾶν τετράπουν ἄγριόν τε καὶ ἥμερον, καὶ διελεύσεται μέσον ἀντιπάλων <καὶ> οὐ φοβηθήσεται · ἀλλὰ μᾶλλον αὐτοὶ τοῦτον φοβηθήσονται. (§ plus complet dans D.)

Figure du loup.

P. 66, l. 14. (F. 71 r.). ΠΕΡΙ ΛΑΓΩΟΥ (Cp. D.)

Article inédit, conservé en partie par le v. i. :

Λαγωοῦ ὁ ἐγκέφαλος παρατριβόμενος ὀπτὸς καὶ ἐσθιόμενος τρομικοὺς παύει καὶ τοὺς ἐνουροῦντας ἴαται.

§ 10] Ὁ δὲ πνεύμων αὐτοῦ εἰς πολλὰς (l. πολλὰ) τμηθεὶς καὶ ἐπιτεθεὶς βλεφάροις ὀφθαλμῶν οἰδήματα ὠφελεῖ.

§ 12] Οἱ δὲ νεφροὶ ξηροὶ σὺν πεπέρει ἐπιπασθέντες καὶ μελικράτῳ καὶ ποθέντες νεφρικοὺς (*sic*) ἰῶνται.

§ inédit : Ἡ δὲ πιτύα κ. τ. λ. Même réd. que dans D. (Cp. le § 14.)

P. 67. § 13 (suite)] Σὺν δὲ σατυρίῳ ἥ τε χολὴ καὶ πιτύα καὶ ὁ ἐγκέφαλος προστεθεὶς ἐν πεσσῷ σύλληψιν ἐργάζεται.

§ inédit : Τὸ δὲ στέαρ καὶ ἡ πιτύα ἐπιτιθέμενα (f. 71 v.) ἰοβόλα ἕλκη ἰᾶται. (Comme dans D.)

§ 16] Αἱ δὲ τρίχες αὐτοῦ καυθεῖσαι καὶ λειωθεῖσαι καὶ ἐπιπασθεῖσαι τοῖς περικαύστοις ἕλκεσι καθαρὰν οὐλὴν φέρουσι καὶ τριχοποιεῖ.

Figure du lièvre.

P. 68, l. 5. (F. 72 r.) Article inédit, conservé en partie par le v. i. :

ΠΕΡΙ ΜΥΡΜΗΚΟΣ (Cp. D.)

§ 1] Μύρμηξ, γνωστὸν πᾶσι ζῶον · τούτου τὰ γένη εἰσὶν ζ', οἱ μὲν γὰρ κοινοὶ γνώριμοι, οἱ δὲ ἀνδροκέφαλοι τῇ χροιᾷ μέλανες, οἱ δὲ λεπτοὶ καὶ ξανθοὶ καὶ ἰσχνοὶ <καὶ ἐρυθροὶ> τῇ χροιᾷ, ὅ τινες καὶ καλοῦνται σκνίπαι (l. σκνίπες. — Cp. Aristote, *De sensu et sensilibus*, 5, p. 444 b 12). Ἄλλοι δὲ μεγάλοι καὶ πτερωτοί, ἕτεροι ἀρουραῖοι, μέσοι, καὶ ἕτεροι ἔνοδοι (*sic*) μακροί · καὶ ἄλλοι μείζονες καὶ ποικίλοι, οἵ τινες μυρμηκολέοντες < καλοῦνται >.

§ 2] Οἱ οὖν κοινοὶ μύρμηκες ἀποκεφαλιζόμενοι καὶ προστριβόμενοι τοῖς βλεφάροις τὰς ἐν αὐτοῖς κριθὰς θεραπεύουσι. Τὸ αὐτὸ καὶ οἱ σιτοφόροι καὶ οἱ ἀρουραῖοι ποιοῦσιν.

§ 4] Ἐὰν δέ τις μύρμηκας καθεψήσῃ σὺν ὕδατι ἕως οὗ ἐκτριτώσῃ τοῦτο καὶ μετ' αὐτὸ τοὺς ἐν αὐτῷ μύρμηκας καταντλήσῃ, τούτους ἀποπίπτειν ποιεῖ.

P. 67, l. 22. (F. 72 v.) ΠΕΡΙ ΜΥΙΩΝ (l. μυῶν) (Cp. D.)

§ 1] Μῦς κατοικίδιος (hospitiatus v. i.) γνωστὸς πᾶσι. Τούτου ∾ καύσας καὶ τεφρώσας καὶ λειώσας μετὰ στέατος χοιρείου ἢ ἀρκείου καὶ συγχρίσας, ἀλωπεκίας θηραπεύσεις.

P. 68, l. 1. §§ 4 et 5, inédits en partie] Τούτου ἡ κόπρος κατὰ τῆς ἕδρας τῶν παιδίων προστεθεῖσα ἔκκρισιν ποιεῖ · λεία δὲ σὺν ὕδατι ἐγχριομένη, μασθῶν σκληρίας καὶ ὀδύνας ἰᾶται · ἐπὶ ἡμέρας δὲ τρεῖς ἐπιπασσομένη ἐξ. αἴρει. Χρὴ δὲ προκλύζειν αὐτὰς οἴνῳ · σὺν ὕδατι δὲ περιχριομένη λέπρας καὶ λειχῆνας ἰᾶται.

§ 2] Ὅλον τὸν μῦν ἐὰν καύσας καὶ λειώσας μετὰ οἴνου καὶ νάρδου ὀλιγοστοῦ καὶ ῥοδίνου καὶ ἐπιχρίσῃς, χρονίαν ποδαλγίαν ἰάσεις παραδόξως.

§ 3] Ζῶντος δὲ τοῦ μυὸς ἐὰν ἀποτέμῃς (f. 73 r.) πάντα τὰ ἄκρα, ἤγουν ῥίναν (*sic*), ὦτα, πόδας, οὐρὰν εἰς ὄνομα τοῦ πάσχοντος, ἰάσεις πάντως ῥιγοπύρετον.

Figure de trois rats (ou souris).

(F. 73 v.) Article inédit : ΝΕΒΡΟΣ Ν̄ (Cp. D.)

Νεβρὸς γέννημά ἐστι τῆς ἐλάφου. Τούτου ὁ ἐν τῇ κεφαλῇ ἔνδον εὑρισκόμενος ῥῦπος μέγιστόν ἐστιν ἀντιφάρμακον τοῖς δηλητήριον πεπωκόσι μετὰ ὕδατος δοθείς.

Τὸ δὲ στέαρ αὐτοῦ καταχριόμενον κεφαλῆς ἕλκη ἰᾶται, καὶ ἰχῶρας καὶ πίτυρα μετὰ σταφίδος ἀγρίας χριόμενον καθαίρει.

Τὸ δὲ αἰδοῖον τοῦ ἄρρενος ἐλάφου ξηρὸν λεῖον ποθὲν σὺν οἴνῳ ἐχιοδήκτοις βοηθεῖ. Μίγνυται δὲ τὸ τοιοῦτον καὶ συνθέτοις ἑτέρας δυνάμεσι (l. δυνάμεως).

Figure du faon.

P. 69, l. 3. (F. 74 r.) ΠΕΡΙ ΞΥΛΟΒΑΤΟΥ Ξ̄

Cp. la trad. du v. i. Xilonatis quædam avis, etc.

§ 1] Ξυλόβατός ἐστιν ὅ τινες τοιχοβάστην [1] καλοῦσιν, ὅπερ φέρει εἶδος κροκοδείλου μικροῦ.

§ 2] Τούτου τὸ ἀποτηγάνισμα ἀλειφόμενον ἀπόνους τοὺς μαστιζομένους ποιεῖ. (Cp. p. 65, § 25.)

§ 4] Ἡ δὲ κόπρος αὐτοῦ σὺν μέλιτι ἢ γάλακτι γυναικείῳ ἀμβλυωπίαν καὶ λευκώματα ἰᾶται.

Figure de crocodile (ou de lézard) sans pattes.

(F. 74 v.) Article inédit : ΠΕΡΙ ΟΦΕΩΣ (Cp. D.)

Ὄφις θηρίον ἐστὶ πονηρὸν εἰς ὑπερβόλην. Οὗτος ὅταν γηράσῃ ἐμποδίζεται κατὰ τὴν ὀπτικὴν δύναμιν. Θέλων οὖν νέος γενέσθαι περιπατεῖ νυχθήμερα μ', καὶ οὕτως χαυνοῦται τὸ δέρμα αὐτοῦ· μεθ' οὗ (l. μεθ' ὃ) ζητήσας καὶ εὑρὼν πέτραν στενὴν εἰσέρχεται δι' αὐτῆς καὶ ἐκθλίψας οὕτως αὐτὸν διὰ τῆς στενωτάτης ὀπῆς ἀποβάλλει τὸ δέρμα αὐτοῦ (*sic*) μεθ' οὗ καὶ γῆρας, καὶ γίνεται νέος, ἀπολαβὼν καὶ τὸ ὁρᾶν (l. τὴν δορὰν) ὀξέως.

Αὕτη ἡ τούτου δορὰ καυθεῖσα καὶ λειωθεῖσα τοῖς ὀδυνωμένοις ὀδοῦσι πᾶσαν ὀδονταλγίαν παύει. Ὑποθυμιωμένη δὲ λάθρα πρὸ τῆς ἐλεύσεως χρόνια ῥίγη παύει.

Ὁμοίως μετὰ ξύλων τῆς ἐλαίας ἀπὸ τοῦ καρποῦ αὐτῆς ἤγουν τῶν ἐλαιῶν ὀστᾶ τὸν ἀριθμὸν γ' ἢ ε' ἢ ζ', ἐὰν ὑποθυμιάσῃς μετὰ τῆς (f. 75 r.) εἰρημένης δορᾶς τῷ ἔχοντι ἐξοχάδας, θεραπεύσεις ἄκρως.

Ταύτης ἡ δορὰ περιαπτομένη ἡμικρανίαν βοηθεῖ· κειμένη δὲ ἐν οἴκῳ φυλακτήριόν ἐστι.

1. Cp. Syméon Magister, *De Quadrupedibus* : Ξυλόβατός ἐ. ζῶον ὅ τ. τοιχοβαύστην καλ. Et en marge : τοιχοβάτη. (Du Cange, cité par le Thesaurus-Didot.)

Τὰ δὲ ὑπὸ τῶν ὄφεων γινόμενα δήγματα ἰᾶται βάτραχος ὑδρίτης ζῶν σχισθεὶς καὶ ἐπιτεθεὶς καὶ δεθείς · ἐκβάλλει γὰρ τὸν ἰὸν εὐθὺς ἔξω.

Figure du serpent.

P. 69, l. 15. (F. 75 v.) ΠΕΡΙ ΟΝΟΥ (Cp. D.)

§ 1] Ὄνος ζῶόν ἐστι τετράπουν.

§ 2] Τούτου ἡ κόπρος λεία ἐπιτεθεῖσα πᾶσαν αἱμορραγίαν καὶ δράσεις (l. θραύσεις?) ἀρτηρίων καὶ φλεβῶν ἵστησι.

§§ 3 et 4] Εἰ δέ τις πτύει αἷμα καὶ δώσει λάθρα μετά τινος ἀρώματος τῷ πάσχοντι ἐκ τοῦ χυλοῦ τῆς κόπρου πιεῖν, ἰάσεις ἄκρως. Καὶ σκορπιοδήκτοις τὸ αυτὸ ποιεῖ.

§§ inédits : Τὸ δὲ τῆς ὄνου γάλα σὺν μέλιτι ἀκάπνῳ ἐγχεόμενον τὰ κατὰ τῶν ὀφθαλμῶν γινόμενα δρυμαῖα (l. δριμέα) ῥεύματα θεραπεύει.

Ὄνυξ δὲ ὄνου κεκαυμένης (l. κεκαυμένος) σὺν γάλακτι γυναικείῳ ἀρρενοτόκῳ (l. γυναικὸς ἀρρενοτόκου) κατενσταζόμενος ὀφθαλμῶν αἴρει τραύματα (τραχώματα dans D).

Figure de l'âne.

P. 70, l. 11. (F. 76 r.) ΠΕΡΙ ΠΡΟΒΑΤΟΥ π (Cp. D.)

§ 1 (début) : Πρόβατον πᾶσίν ἐστι γνωστόν.

§ inédit : Τούτου ἡ κόπρος σὺν ὄξει ἐπιχριομένη ἡμικρανίας πόνον παύει · μύρμηκας, ἀκροχορδάνας (*sic*), δοθιῆνας καὶ ἥλους ἰᾶται.

§ 6] Ὁ δὲ πν. αὐτοῦ νῆστις ἐσθ. ἀμέθυσον τὸν πίνοντα ἐσθίοντα ἀναδείκνυσι · κἂν γὰρ ὅσα πίῃ, οὐ μεθυσθήσεται.

§§ inédits : Τοῦ δὲ γάλακτος αὐτοῦ τὸ ἀπάνθισμα λοιμικοῖς καταχριόμενον τὴν νόσον ἀποκαθαίρει.

Ὁ δὲ ἐγκέφαλος αὐτοῦ ὀπτὸς ἐσθιόμενος καὶ παρατριβόμενος ταῖς τῶν παίδων ὀδοντοφυίαις ἄκρως βοηθεῖ.

Τὸ δὲ στέρνον αὐτοῦ ῥυπαρὸν ὃν (l. ὂν) καὶ ἀποκρουστικόν, χρήσιμόν ἐστιν ἐπὶ κεφαλῆς ξεραχώματι (l. ξηρώματι?) καὶ εἰς ἄλλας πληγὰς νεκρότους (?) · σὺν οἴνῳ χλιαρῷ ἐπιτεθεὶς ἀφλεγμάντους ταύτας διατηροῖ (*sic*). Κεκαυμένον δὲ ξηραντικὸν γί<νεται> ὡς καὶ πλαδαρὰς σάρκας ἀπὸ τῶν ἑλκῶν (f. 76 v.) ἀποτήκειν.

Πνεύμων δὲ ἀ. νεαρὸς καταπλασθεὶς φύγεθλα χειρῶν καὶ ποδῶν ἰᾶται.

P. 71. § 9] Ξηρὸς δὲ ὁ πνεύμων λεῖος δοθεὶς ἐν ποτῷ τοὺς πεπωκότας δηλητήριον ὑγιεῖς ποιεῖ.

§ 10] Τὸ δὲ αἷμα ξηρὸν ποθὲν ἐπιληψίας βοηθεῖ. — Λείπει τὸ P.

Figure du mouton.

P. 60, l. 12. (F. 77 r.) ΠΕΡΙ ΣΑΥΡΑΣ (Cp. D.)

Sous-titre : Ὅτι σαύρας γένη τρία.

§ 1] Σαῦρα (*sic*) γνωστὴ πᾶσι · σαύρων (*sic*) γένη γ' · ἡ μὲν γὰρ ἡλ. λέγεται, ∾ χλωρά.

§§ inédits : Ταύτης ἡ κεφαλὴ κεκαυμένη καὶ ἐπιτιθεμένη σκόλοπας ἐξάγει, μύρμηκας, ἀκροχορδάνας (*sic*) καὶ ἥλους.

Τὸ δὲ ἧπαρ κ. τ. λ. Même réd. que dans D.

Ὅλη δὲ ἀνασχισθεῖσα ἡ σαῦρα καὶ ἐπιτεθεῖσα σκορπιοδήκτους βοηθεῖ.

Figure du lézard.

P. 71, l. 14. (F. 77 v.) ΠΕΡΙ ΣΥΑΓΡΟΥ (Cp. D.)

§ 1] Σύαγρος χ. ἑ. ἄ. ∾ ἀφροδισίας παρ.

§§ inédits : Οἱ δὲ ὄνυχες αὐτοῦ πινόμενοι λεῖοι κεκαυμένοι σὺν οἴνῳ κοιλιακοὺς ἰῶνται.

Ὁ δὲ ἐγκέφαλος αὐτοῦ σὺν ἀμυγδαλείῳ καὶ ῥοδίνῳ (suppléer : καὶ οἱ πόδες ?) λειωθέντες ποδαλγικοὺς (l. ποδαλγικοῖς) ὀδύνας παρηγοροῦνται.

Τοῦ δὲ ἥπατος αὐτοῦ τὸ ἄκρον τεμνόμενον τὸ α' βόλ. (πρωτοβόλον ?) σὺν ὕδατι ὀλίγῳ χριόμενον μετὰ πτεροῦ ἐρυσιπέλατα καὶ ἕρπητα θεραπεύει.

Ἡ δὲ κόπρος αὐτοῦ θυμιωμένη τριταϊκοὺς (*sic*) ἀπαλλάττει περιόδους καὶ ὑστερικὰς πνίγας (*sic*).

Τῆς δὲ θηλείας ἡ κόπρος σὺν μέλιτι καταχριομένη λεία χοιράδας ἰᾶται καὶ (f. 78 r.) πᾶσαν σκληρίαν μασθῶν.

§ 3] Ἡ δὲ χολὴ καὶ ἡ πιτύα αὐτῆς πινομένη πρὸς πάντα τὰ θανάσιμα φάρμακα ἀλεξιτήριόν ἐστι.

Figure du sanglier.

P. 72, l. 3. (F. 78 v.) ΠΕΡΙ ΣΑΛΑΜΑΝΔΡΑΣ (Cp. D.)

§ 6] Σαλαμάνδρα ∾ σαύρας χλωρῆς (*sic*), ἐν θάμναις (*sic*) καὶ υ. δ.

§ 12] Ταύτης καυθείσης ἡ τέφρα σὺν ἐλαίῳ ἐπιχριομένη μύρμηκας (*sic*) χειρῶν καὶ ποδῶν ἀνασπᾷ.

§ inédit : Ἔνιοι δὲ εἰς ψωρικὰς καὶ λεπρικὰς δυνάμεις (l. ὀδύνας ?) τὴν τοιαύτην αὐτῆς κόνιν καταμιγνύουσι.

19. (F. 79 r.) ΠΕΡΙ ΤΑΥΡΟΥ Τ̄ (Cp. D.)

§ 1] Ταῦρος ζῶόν ἐστι πᾶσι γνώριμον.

§ 2] Τούτου, ἡ χολὴ σὺν ψιμινθίῳ (*sic*) καὶ ὠοῦ τὸ λεπτὸν (l. τῷ λέπει?) καταχριομένη οὐλὰς ὁμ. π.

§ 3] Σὺν ὄξει δὲ καὶ κιμωλίᾳ σμιγομένη (*sic*) ἀλφοὺς μελανοὺς ἰᾶται καὶ φακοὺς ὄψεων.

§ inédit : Σὺν δὲ χυλῷ σέτλου (l. σεύτλου) καὶ ἐλαίου πίτ. κεφ. καθ.

P. 73. § 10] Σὺν μέλιτι δὲ ἀνατριβομένη νήστεις στομαχικοὺς ἰᾶται καὶ βοηθεῖ· σὺν δὲ ἰρίῳ (l. ἰρίνῳ) μύρῳ ἐν πεσσῷ προσαχθεῖσα ἔμμηνα ἄγει. (En marge : ση̄.)

§ 11] Σὺν δὲ ἀμαρμίνῳ (l. ἀμαρακίνῳ) μύρῳ καὶ ἐλλεβόρῳ ἔμβρυα νεκρὰ ἐκβάλλει.

§ 13] Σὺν ἐλάτῃ δὲ περιχρισθεῖσα τῷ ὀμφαλῷ ἕλμινθας κτείνει.

§ 14] Ἡ δὲ κοπρία αὐτοῦ τὰς ἀ. μ. αἱμ. στέλλει.

§§ inédits : Τὸ δὲ αἷμα ξηρὸν πινόμενον ἀποστήματα πεπαίνει (f. 79 v.) καὶ δυσεντερίας ἰᾶται.

Τὸ δὲ κέρας αὐτοῦ καυθὲν καὶ λειωθὲν καὶ ποθὲν σὺν ὕδατι ῥοῦν γυναίκειον ἵστησι.

§ 15] <Τὸ δὲ αἷμα ξηρὸν> σὺν ὀμφακίνῳ δὲ ἐλαίῳ ἀλειφόμενον πολιὰς τρίχας μελαίνει.

Figure du taureau.

P. 73, l. 22. (F. 80 r.) ΠΕΡΙ ΤΡΑΓΟΥ (Cp. D.)

§§ inédits : Τράγος πᾶσι γνωστός· τούτου τὸ ἧπαρ ὀπτώμενον μετὰ τοῦ ἰχῶρος νυκτάλωπας ὠφελεῖ ἐνσταζόμενον.

Τὸ δὲ αἷμα ξηρὸν ποθὲν ἀποστήματα πεπαίνει.

Τὸ δὲ δέρμα αὐτοῦ, ἀλλὰ δὴ καὶ τοῦ προβάτου νεοδαρὲς ἔτι ὢν (l. ὂν) θερμόν, εἴπερ εἰλήσῃς τοῖς μαστιζομένοις, λίαν ὠφελήσεις.

P. 74. § 20] Τὸ δὲ λάδανον τὸ ἐκκρινόμενον ἀπὸ τοῦ πωγ. αὐτοῦ σὺν οἴνῳ μετὰ ἐλαίου ὀμφακίνου χριόμενον ἐπιτήδειόν ἐστι πρὸς ἀλωπεκίας καὶ τριχορροίας· σὺν ὄξει δὲ κεφ. π.

§ 21] Τὸ δὲ στέαρ ∾ ἐκριζοῖ. Μόνον δὲ τὸ στέαρ κατὰ πάντα χρήσιμον.

Figure du bouc.

13. (F. 80 v.) ΠΕΡΙ ΥΑΙΝΗΣ Ῡ (Cp. D.)

§ 1] Ὕαινα ζ. ἐ. τ. ἀνήμερον.

P. 75. § 6] Ταύτην ἐὰν θήσεις (l. θύσῃς) σελ. οὔσης ἐν παρθένῳ καὶ δώσεις ἐκ τ. πν. ταύτης ξηρὸν ἐν ποτῷ σελ. θεραπεύσεις. Ἱστόρ. τοῦτο καὶ ἐθ. <πῶς> καὶ ὑπὸ ἐπιλ. πάθους ἐπιλαμβ. ὁ ἄ. ουκ. κατ. Δίδου δὲ οὐγγίας β' ἢ τρεῖς.

§§ 7 et 8] Ἔχει δὲ ἡ χολὴ τῆς ὑαίνης ἐτ. σχ. ἥ τίς ἐστιν ἥδε· χολῆς γο' ϛ', λίου

(l. λυκίου?) ἰνδ. γο´ β´, ὀπ. γο´ α´, σμ. γο´ ϛ´, χυλὸν ἀειθαλεπούς (l. ἀειθαλοῦς) γο´ ι´, πεπ. ʹϛγ (ἑξάγια) γ´, μέλιτος γο´ ″ϛ. (ἕξ). Ταῦτα λειώσας ∾ χρῶ. Ποιεῖ πρὸς ἀμβλυωπίαν, διοκορίαν (l. δικορίαν), οὐ μὴν καὶ εἰς ἀ. ὑποχ. καὶ ἀρχὴν νεφελίων καὶ ὅσα περὶ ὀφθαλμῶν, καὶ ὀξυωπίαν παρέχει.

§ 9] Ἐὰν δὲ ὕδρ. κτὶ (l. καὶ) λυσσ. δώσεις βραχὺ στέαρ ὑ. λάθρα ἐν βρώματι, σωθ.

P. 76. § 13] Τὸ δὲ ἧπαρ α. ξηρὸν ποθὲν τριταΐζοντας ἰ. κ. τρ.

§ 16] Ὁ δὲ μυελὸς (f. 81 r.) τῆς ῥάχεως ἐπαλειφόμενον ψιαλτικοὺς (ψοιαλγικοὺς D; l. ψυαλγικοὺς) καὶ ἰσχιατικοὺς (*sic*) ἰᾶται. (Cp. la leçon du ms. R.)

§ 19] Τὸ δὲ δέρμα αὐτῆς ἐάν τις ἐργάσηται ὑποδήματα <καὶ> φορῇ, οὐ μόνον ποδαλγίαν οὐ φοβηθῇ, ἀλλ᾽ οὐδὲ πόδας ὅλως πονέσει (*sic*) ποτέ, οὐδὲ κυνόδηκτος γένηται.

§ 20] Ἡ δὲ χολὴ σὺν μέλι<τι> μετώπῳ ἐπιχρισθεῖσα ῥευματισμὸν καὶ ὀφθαλμίαν παύει.

Figure de l'hyène.

ΠΕΡΙ ΦΩΚΗΣ $\bar{\Phi}$ (Cp. D.)

23. (F. 81 v.) § 1] Φώκη θαλάσσιον ζῶόν ἐστι τετράπουν, ἀλλὰ καὶ χερσαῖον, ἀμφίβιον γάρ, χεῖρας ἔχουσα ὁμοίας <ταῖς> ἀνθρώπου, πρόσωπον δὲ μόσχου βοός. Γεννᾷ οὖν ὡς τετράπουν καὶ θηλάζει.

§ inédit : Ταύτης ἡ πιτύα δύναμιν καστορίου ἔχει.

P. 77. § 13] rédaction de D.

§ 2] réd. de D.

§ 11] Τὰ δὲ ὀ. ὑποθυμιώμενα ὠκ. παρέχουσιν.

§ 6] Ἡ δὲ γλῶττα ὑπὸ τοῖς ὑποδήμασι φ. φιμοκάτοχός ἐστι.

§§ inédits : Τὸ δὲ δέρμα ἐάν τις ἐργάσηται ὑποδήματα καὶ φορῇ, οὐκ ἀλγήσας (l. ἀλγήσει) πόδας.

Ἡ κόπρος αὐτῆς περισσοσαρκίαν ἀποτήκει καὶ ἄλλα τινὰ ποιεῖ.

(F. 82 r.) Article inédit : ΠΕΡΙ ΧΟΙΡΟΥ $\bar{X}$ (Cp. D.)

Ὁ χοῖρος, ὁ καὶ ὗς καλούμενος, πᾶσι γνωστός.

Τούτου ὁ πνεύμων τὰ ἐξ ὑποδημάτων θεραπεύει παρατρίμματα.

Τὸ δὲ οὖρον τῶν εὐνούχων ὑῶν ῥυπτικὸν λίαν ὑπάρχει, ὃ καί τινες ἐν λοιμῷ πιόν<τες> ἰάθησαν · λέπρας τε καὶ τὰ σαπεδονώδη τῶν ἑλκῶν καὶ ἰχῶρας καὶ πίτυρα θεραπεύει, καὶ τὰ προσπταίσματα τῶν ποδῶν, ὥστε μὴ φλεγμάναι.

Ἡ δὲ χολὴ καὶ τὸ στέαρ σὺν ἀμυγδαλίνῳ ἐλαίῳ σταζόμενα ὠταλγίαν παύουσιν.

Ὁ δὲ ἐγκέφαλος αὐτοῦ σὺν μέλιτι ὀπτὸς λεῖος ἐπιπλασθεὶς ἄνθρακας μαραίνει · (f. 82 v.) σὺν δὲ ἀμάλῃ (ἀμύλῳ D) καταπλασσόμενος ποδάγρας παρηγορεῖ.

Τὸ δὲ στέαρ αὐτοῦ (biffé) τοῦ κάπρου <σὺν ῥοδίνῳ ἐλαίῳ λειωθὲν ἐπινυκτίδας καὶ ἰχῶρας θεραπεύει.

Τὸ δὲ ἧπαρ τοῦ κάπρου λεῖον> σὺν οἴνῳ πρὸς ἑρπέτων δήγματα πίνεται. (Lacune suppléée d'après le ms. D.)

Figure du porc.

P. 101, l. 23. (F. 83 r.) ΠΕΡΙ ΩΩΝ ΤΩΝ ΟΡΝΙΘΩΝ (Cp. D.)

§§ inédits : Τῶν ὀρνίθων τὰ ὄστρακα κεκαυμένα λεῖα σὺν ὀξυμέλιτι πινόμενα κύστιν αἱμορραγοῦσαν ἰῶνται.

Ὁλόκληρον δὲ κεκαυμένον τὸ ὠὸν ἕως οὗ τεφρωθῇ σὺν ἀρσενικῇ μαστιχῇ λειούμενον καὶ ἐμφυσώμενον τοῖς μυκτῆρσι ῥινῶν αἱμορραγίαν στέλλει.

Τὸ δὲ λέπος (λευκὸν D) τοῦ ὠοῦ σὺν ψιμινθίῳ (*sic*) καὶ ἀμίῳ (l. ἀμμίῳ?) καταχριόμενον φλεγμονὴν παρηγορεῖ.

§ 1] Νεαροῦ δὲ ὠοῦ τὸ λεπτὸν (λευκὸν D) μετὰ πτεροῦ καταχριόμενον φλεγμονὴν παρηγορεῖ καὶ κατακαύματα ἰᾶται · σὺν δὲ ψιμινθίῳ οὐλὰς μελαίνας λευκαίνει.

§§ inédits : Ὠμὸν δὲ τὸ ὠὸν νῆστις ἐπιρροφούμενον τοὺς ὁδοιποροῦντας ἀδίψους διαφυλάττει.

Ὠὰ δὲ τηγανισμένα (*sic*) σὺν νίτρῳ καὶ κηρῷ καὶ ἐσθιόμενα νῆστις κοιλίαν ῥέουσαν ἵστησι.

Τὸ δὲ ἐκ τῶν ὠῶν συναλιβόμενον (l. συναλειφόμενον?) ἔλαιον ὠφέλιμόν ἐστιν ἐπὶ πάσαις φλεγμοναῖς καὶ ἀποκρουστικὸν ὡς οὐκ ἄλλο.

Ἐπὶ δὲ πινεσμῶν (l. πιεσμῶν?) ὠῶν τὰ πυρρὰ καὶ χωρὶς τῶν λευκῶν λαβὼν λείωσον, καὶ μίγνυε εἰς πίσσαν ξηρὰν καὶ ἑψήσας πυρὶ (f. 83 v.) δίδου ἐπιρροφᾶν, καὶ πάνυ ὠφελεῖται.

Τῆς δὲ πέρδικός φασι τὰ ὠὰ ἐσθιόμενα ἀφροδισίαν παρορμᾷ.

P. 79, l. 13. § 2] Τὰ δὲ ἀράχνης τὰ ὠὰ ὠκυτόκιά εἰσιν ὑποθυμιώμενα ἢ περιαπτόμενα.

Τέλος τῶν χερσαίων ζώων.

(LIVRE IV)

P. 103. (F. 84 r.) Τοῦ τρισμεγίστου Ἑρμοῦ κατὰ μαθηματικῆς ἐπιστήμης καὶ φυσικῆς ἀπορροίας τῶν ἐναλίων, ἰχθύων τε καὶ ναυτῶν, ἐκδοθεῖσα πρὸς τὸν μαθητὴν αὐτοῦ Ἀσκλήπιον (*sic*), καὶ ἀρχὴ τοῦ Α στοιχείου.

4. ΠΕΡΙ ΑΕΤΟΥ ΘΑΛΑΣΣΙΟΥ

§ 1] 'Αετὸς ἰχθύς ἐστιν ἁλ., ὅμοιος ἱεράκιον (l. ἱέρακι ὢν?). μέλ. δέ ∾ κέντρου.

§ 2] Τούτου ∾ λίθοι τεταρταΐζοντας ἰ.

§ 3] Comme dans l'édition.

§ 4] Τὰ δὲ ὀστᾶ κ. σὺν ἀμπελίνῳ ξύλῳ δ. διώκουσιν.

§ 5] 'Εσθιόμενα δὲ ἐπιλ. ἰῶνται.

11. (F. 84 v.) <ΠΕΡΙ ΑΝΘΙΟΥ>

§ 6] <'Αν>θύα ἰ. ἐστι μέγ.

§ 7] Ταύτης ἡ χολὴ ∾ θερ. <καὶ ἀν>θηρὸν ∾ ποιεῖ.

§ 8] Τὸ δὲ στέαρ σ. κ. ἄνθρακας καὶ στ. ∾ δοθιῶνας (*sic*) ὠφ.

§ 9] Οἱ δὲ λίθοι ∾ κεφαλαλγίαν ἰ. καὶ ὅσα τρ. π. κ. κεφαλῆς.

P. 104, l. 11. (F. 85 r.) ΠΕΡΙ ΑΣΤΑΚΟΥ (Cp. D.)

§ 15] 'Αστακὸς ζῶόν ἐστιν ὀστρακόδερμον ἐοικὼς (*sic*) ὀστράκῳ τὴν χροιάν. Τούτου τὸ ὅ. κεκ. σὺν χυλῷ ὀρύζας (*sic*) λεῖον πινόμενον κοιλιακοὺς καὶ δυσεντερικοὺς ἰᾶται, αἱμορραγίαν τε σὺν οἴνῳ μέλανι πινόμενον ἵστησιν.

§ inédit : Ἡ δὲ σάρξ ἐσθιομένη πέψιν ἐργάζηται (*sic*). (En marge : ση. ὅλον.)

Figure du homard.

19. (F. 85 v.) ΠΕΡΙ ΒΟΥΓΛΩΣΣΟΥ Β̄ (Cp. D.)

§ 3] Βούγλωσσον τὸ παρά τισι λεγ. σκυθώπωμον (*sic*) [1]. Τοῦτο ἐπιτεθὲν κ. φ. τρισὶν ἡμέραις τὸν σπλῆνα τήκει φ. τινὶ τρόπῳ · μετὰ δὲ ταῦτα χρὴ αἴρειν καὶ κρεμνᾶν αὐτὸ εἰς καπνὸν τοῦ ξηραίνεσθαι. (En marge : ὅρας, *sic*.)

Figure de la sole.

P. 105, l. 12. (Fol. 86 r.) ΠΕΡΙ ΒΩΠΩΝ (l. βωκῶν?) [2].

§ 10, inédit, conservé par le v. i.] Βῶπες οἱ παρά τισι λεγόμενοι βοῦπε (l. βοῦπαι) καὶ γοῦπαι παρόμοιοί εἰσι κεφάλοις μικροῖς. Οὗτοι ἐσθιόμενοι ζωμιστοὶ νεφρικοὺς (*sic*) ὠφελοῦσι. Ἡ δὲ χολὴ αὐτῶν σὺν γυναικαίῳ γάλακτι χρισθεῖσα

1. *Glossae iatricae Neophyti*. Σκυθ. ὁ ἰχθύς, τὸ βουγλ. παρά τινων σκυθ. (Thesaurus-Didot.)

2. Indice d'un ms. très ancien où le π et le κ pouvaient être confondus.

ὀξυωπίαν παρέχει. Αἱ δὲ ἄκανθαι αὐτῶν καυθεῖσαι καὶ ξήριον (ξηραῖον ms.) γενόμεναι ἕλκη ἀποκαθαίρουσι.

Figure de la bogue.

P. 104, l. 23. (F. 86 v.) ΠΕΡΙ ΒΔΕΛΛΩΝ

§ 4] Βδελῶν (*sic*) κ. τ. τ. λειώσας ∾ τρίχας ἢ ἄλλου τινὸς μέρους οὗ βούλει ἀπόχριε ∾ φυήσονται.

§ inédit, conservé par le v. i. (note 1). Αὗται δὲ ζῶσαι ἐπιβαλλόμεναι εἰς σῶμα ἐν ᾧ πλεονάζει ὕλη ἑλκύουσιν αὐτὴν καὶ ὑγιῆ ποιοῦσι τὸν νοσοῦντα.

P. 105. § 5] Ἁρμόζουσι δὲ καὶ πρὸς σπληνικοὺς καὶ ὑδρωπικοὺς καὶ ποδαλγικοὺς καὶ τοῖς ὅ. ῥευμ. ∾ ἐπιτ.

§ 6] Αὗται καπν. κορ. ἀν.

§ 7] Ὁμοίως καταποθεῖσαι βδέλλαι ἐξάγουσιν αὐτὰς κορίδαι (*sic*) ὑποθ.

Figure de huit sangsues.

P. 106, l. 9. (F. 87 r.) ΠΕΡΙ ΓΛΑΝΟΥ

§ 6] Γλάνος ἰ. π. κ. λ. Τούτου ∾ ἀποδιώκουσιν.

§ 7] Ἡ δὲ χολὴ σὺν ὀποβαλσάμῳ ἐνσταζομένη ἢ ἐπιχριομένη λεύκωμα κ.

§ 9] Ὅλος δὲ ὁ. ἰ. ἐσθιόμενος ὠφέλιμος καὶ εὐστ. ἐστι.

4. (Fol. 87 v.) ΠΕΡΙ ΓΟΓΓΡΟΥ (Cp. D.)

§ 5, en partic inédit] Γόγγρος ἰ. ἑ. θ. ἐγχέλυϊ ἐοικώς. Οὗτος σ. ἑλ. ἑψ. καὶ τακεὶς καὶ διηθὲν (l. διηθηθὲν) τὸ ἔλαιον ἴασιν ἐπάγει ἐπιχριόμενον, οὕτως· ἔλαιον γο γ', κηροῦ γο β', ἀμύλου γο α' S". Ταῦτα σκευάσας καὶ ἐπιθείς, ῥαγ. χειρῶν καὶ ποδῶν καὶ ἀρθριτικὰς ὀδύνας ἰᾶται. (Cp. la réd. du ms. S.)

Figure du congre.

Note. (F. 88 r.) ΠΕΡΙ ΓΟΜΦΟΥ

(Cp. l'article additionnel du ms. S.)

Γόμφος ∾ θαλάσσιος. Οὗτος νεαρὸς ὢν βρωθεὶς κοιλίαν μαλάσσει, καθ' αὑτὸν σὺν οἴνῳ πινόμενος.

Οἱ δὲ ὀδόντες αὐτοῦ περιαπτόμενοι ὀδονταλγίαν ἰῶνται τελείων <καὶ> νηπίων.

Figure du muge ou mulet.

15. (F. 88 v.) ΠΕΡΙ ΓΛΑΥΚΟΥ

§ 10] Γλαῦκος, ἰ. θαλ. μέγιστος. Οὗτος ∾ ἑψ. καὶ βρωθείς, τοῦ ζωμοῦ πινομένου, γάλα π. π. (γυν. om.)

§ 11] Οἱ δὲ ἐν τῇ κεφ. αὐτοῦ λ. π. ὀφθ. παύουσιν.

§ 13] Οἱ δὲ ∾ ἀμφότεροι λειωθέντες καὶ μιχθέντες οἱουδήποτε θηρίου στέαρ, εἰ ἐνώσεις (l. ἐνιήσεις) τὸ τοιοῦτο λύχνῳ, καὶ ἅψεις τοῦτον καὶ καιομ. θυμιάσεις, οἱ ὁρῶντες νομ. ὁρᾶν τὸ θ. ἐκ. οὗ τὸ στ. ὄμμασιν ἔμ. Ὁμοίως καὶ ὕδωρ θαλ. ἐὰν μίξῃς, δόξουσι θαλ. ὁρᾶν· εἰ δὲ ∾ βροχήν. Τὸ αὐτὸ ποιοῦσι καὶ οἱ ὀφθαλμοὶ τοῦ ὀρφοῦ καὶ (f. 89 r.) τῆς θύνας (l. θύννης), καὶ τοῦ θαλ. ἀστέρος, καὶ ἡ χολὴ τῆς ὑαίνης.

Article conservé par le v. i. (p. 107, note) : Τὸ δὲ στέαρ αὐτοῦ χρήσιμον εἰς πολλὰ εἴς τε ἕδρας καὶ ὑστερικὰ πάθη.

P. 107, l. 6. (F. 89 v.) ΠΕΡΙ ΔΕΛΦΙΝΟΥ

§ 1] Δελφὶν τῶν κυτάδων (l. κητώδων) ἐναλίων ζώων ἐστί. Πλῆθος δὲ εὑρίσκεται τοῦ τοιούτου ζώου περὶ τὸν Ε. Π., ὅπου τὸ δ. καὶ τὸ ἰχθυόκολλον γίνεται.

§ 2] Τούτου ὁ ἀ. φυσιωθεὶς καὶ τεθεὶς π. ἄ. ∾ φυσᾶν; εἰ δ' ἐτέθη ∾ ἀνέμους διενεργεῖ.

§ inédit, conservé par le v. i. : Δελφίνου ἧπαρ ἐσθιόμενον τριταῖον καὶ τεταρταῖον καὶ ἡμιτριταῖον ἰᾶται ἄκρως.

§ 3] Οἱ δὲ ὀδ. αὐτοῦ ποιοῦσι φύειν τοὺς ὀδόντας.

14. (F. 90 r.) ΠΕΡΙ ΔΡΑΚΟΝΤΙΟΥ (Cp. D.)

§ 5, complété en note par le ms. S] Δρακοντίς, ἰχθύς. Τούτου ἡ κεφαλὴ θλασθεῖσα καὶ ἐπιτεθεῖσα τὴν ἰδίαν πληγὴν θεραπεύει.

§§ inédits : Ὅλος δὲ ὁ ἰχθὺς καυθεὶς καὶ τεφρωθεὶς καὶ ποθεὶς λιθουρίαν καὶ στραγγουρίαν ἰᾶται.

Μόνη δὲ ἡ κεφαλὴ σὺν τοῖς κέντροις καυθεῖσα καὶ τεφρωθεῖσα καὶ λεία ποθεῖσα λύει ῥῖγος· ληφθήτωσαν δὲ διάφοραι (*sic*) κεφαλαὶ καὶ κέντρα, διὰ τὸ εἶναι τὸ ζῶον μικρόν.

Τούτου τοῦ ἰχθύος ἡ τέφρα μιχθεῖσα χυλῷ βοτάνης δρακοντέας (*sic*) καὶ χρισθεῖσα λιχῆνας καὶ λέπρας ἰᾶται.

Figure de la vive.

P. 108, l. 2. (F. 90 v.) ΠΕΡΙ ΕΓΧΕΛΥΟΥ (*sic*). Ε (Cp. D.)

§§ inédits, à rapprocher de la rédaction du ms. S : Ἐγχέλυς (*sic*) ἰχθύς ἐστι θαλάσσιος καὶ ποτάμιος ἐοικὼς ὄφει.

Τοῦ οὖν ποταμίου ἡ χολὴ σὺν οἴνῳ (σὺν ἴνω ms.) λάθρα ποθεῖσα τοὺς οἰνοπότας ἀοίνους ποιεῖ.

§ 1] Ὁμοίως καὶ τὸ ἧπαρ καὶ ἡ χολὴ λειωθεῖσα σὺν οἴνῳ καὶ ποθεῖσα λάθρα τὸ αὐτὸ ποιεῖ.

§ 2] Ὅλη δὲ ἡ ἐγχέλυς πνιγεῖσα ἐν οἴνῳ ᾧ τινι δώσεις ἐκ τοῦ τοιούτου οἴνου καὶ <ἐὰν> ποίει (l. πίῃ) λάθρα, ἀμέθυσός ἐστιν, ἢ οὐδὲ ὅλως ἐπιθυμήσει οἴνου.

§ 3] Ὀπτὴ ∾ στομ. καὶ δυσουρικοὺς ἰᾶται.

§ inédit : Ἀνασχισθεῖσα δὲ καὶ ἐπιτεθεῖσα ἀσπιοδήκτοις (l. ἀσπιοδήκτους) ἰᾶται.

Figure de l'anguille.

21. (F. 91 r.) ΠΕΡΙ ΕΓΧΕΝΙΟΥ (*sic*).

§ 8] Ἐγχενιής (l. ἐχενηίς) ἐστιν εἶδος ἰχθύος. Οὗτος τοιαύτην εἴληφε παρὰ τοῦ Δημιουργοῦ τὴν δύναμιν · ἐὰν γὰρ ∾ ἁρμενίζοντι ἐξ οὐρίας φερ. ἵστ. αὐτό. Ταύτην βάλε εἰς ἀγγεῖον χαλκοῦν καὶ ξ. ἕνα καπν. καὶ ἔψαι (l. ἕψε) μαλθακῷ πυρί, ἕως ὅτου διαλυθῇ · εἶτα λαβὼν τὸ τοιοῦτον ἔλαιον διείλησον (l. διύλισον?), πρῶτον δὲ πρόσμιξον τῷ ἐλαίῳ βούτυρον τὸ ἀρκοῦν, καὶ οὕτως πάλιν ἕψησον αὐτό · καὶ ὅταν ἑψηθῇ διείλησον (l. διύλισον), καὶ βαλὼν εἰς ἀγγεῖον ὑέλινον καὶ χρῶ, ἀλείφων τοὺς ἀλγῶντας (l. ἀλγοῦντας) πόδας καὶ χεῖρας καὶ ἄρθρα · μέχρι γὰρ ἐτῶν ι' ἐάν ἐστιν ὁ ἀσθενῶν, τὸ πάθος τῆς ποδάγρας ἰαθήσεται. Χρῶ δὲ ἐν κ. καὶ λούτρῳ (λοιέτρο ms.). Ἐψῶν (*sic*) δὲ πρόσχε ∾ καπν. καὶ ποιήσῃ ἐμπρησμόν. Ἕψε (ἔψαι ms.) οὖν ἐν ὑπαίθρῳ τόπῳ. Ἴσθι δὲ ὅτι τὸ καπνέλαιον αὐτὸ ἐστὶ τὸ καλούμενον νάφθα. Ὁ δὲ (f. 91 v.) ποσὸς (l. τὸ δὲ πόσον?) τῆς τε ἐγχενιήδος (l. ἐχενηίδος) καὶ τοῦ βουτύρου καὶ τῆς νάφθης οὗτος · (l. τοῦτο?) ἐὰν ἔχῃ ὁ ἰχθὺς λίτρας (en signe) θ', βάλλον (l. βάλλων) καὶ καπν. ξέστας θ' καὶ βούτυρον γο γ' · ἀπὸ γοῦν τοῦ σταθμοῦ τούτου εἴδησιν λαβὼν ποίει πρὸς τὸ ποσὸν τοῦ ἰχθύος.

Figure du rémora.

(F. 92 r.) Article inédit : ΠΕΡΙ ΖΥΓΑΙΝΑΣ (*sic*) Ζ (Cp. D.)

(A la place occupée dans l'édition par l'article περὶ ζμυραίνης. P. 109.)

Ζύγαινα ἰχθύς ἐστι θαλάττιος πλατεῖαν ἔχων κεφαλήν, τὸ δὲ λοιπὸν σῶμα ὅμοιον κυνογαλέας.

Ταύτης ἡ χολὴ σὺν ὀποβαλσάμῳ ἐγχριομένη ὀξυωπίαν παρέχει.

Figure du marteau.

(F. 92 v.) Article inédit : ΠΕΡΙ ΗΔΟΝΙΗΣ Η (Cp. D.)

Ἡδονία ἰχθύς ἐστι θαλάσσιος καὶ λιμναῖος, ἀμφίβιον γάρ. Ταύτη (*sic*) ἐσθιομένη, ζωμιστὴ καὶ πινομένη ἔντασιν ποιεῖ · ὠφελεῖ δὲ νεφριτικούς.

P. 110, l. 2. (F. 93 r.) ΠΕΡΙ ΘΥΝΟΥ (*sic*). Θ (Cp. D.)

§ 4] Θύνας (*sic*) θαλασσίου τὸ ἧπαρ καὶ ἡ χολὴ συλλειωθεῖσαι (l. συλλειωθέντα) καὶ ἀλειφέντα ἐν τόπῳ ἐν ᾧ ἀνεπάσθησαν τρίχαι (l. τρίχες) οὐκ ἐῶσιν αὖθις ἄλλας ἀνελθεῖν.

§ inédit : Ταύτης ἡ χολὴ σὺν ὀπῷ ἀειθαλοῦς βοτάνης ἐγχεομένη λευκώματα ὀφθαλμῶν αἴρει.

3. § 1] Ὀφθαλμοὺς δὲ τοῦ ἰχθύος λειώσας σὺν πνεύμονι θαλασσίῳ ῥάνον τὴν στέγην ὀψὲ σκοτείας οὔσης, καὶ δόξουσιν ∾ ἀστέρας βλέπειν. (Cp. la rédaction du ms. S.)

§ 2] Ἐὰν δὲ ῥ. χρίσας ὁδεύῃ τὴν νύκτα ἀσέληνον οὖσαν, σεληνιαῖον (l. σεληναῖον) δόξει φῶς ∾ ἀποπέμπεσθαι.

§ 3] Ἐὰν δὲ ἐν χάρτῃ ἢ ἐν τοίχῳ ζωγραφήσῃς ὁποιον δή τι ζῶον, ἡμέρας μὲν οὔσης οὐχ ὁρᾶται, νυκτὸς δὲ καταλαβούσης οἱ ὁρῶντες θαμβηθήσονται.

§§ inédits : Ὅπερ δὲ ἕτερον οἱ ὀφθαλμοὶ (f. 93 v.) αὐτῆς ποιοῦσι ζήτησον εἰς τὸν ἰχθύον (l. ἰχθὺν) τὸν γλαῦκα, καὶ μαθήσῃ.

Ἡ αὐτὴ δὲ μίξις ἤγουν τῆς χολῆς καταπλασσομένη χίμετλα ἰᾶται.

Figure d'un thon dévorant un petit poisson et de six autres poissons pareillement petits.

Note au bas de la page, à l'encre rouge, de première main :

Οὗτος ὁ θύνος (*sic*) λέγεται ὅτι ἐπὰν ἀγριαίνηται ἢ πεινάσαντα (l. πεινάσας) καταρροφεῖν (l. κ-φεῖ) τὰ οἰκεῖα τέκνα. Φεῦ ἐλεεινόν.

11. (F. 94 r.) ΠΕΡΙ ΘΡΙΣΑΣ (*sic*). (Cp. D.)

§ inédit : Θρίσσα ἰχθύς ἐστι θαλάσσιος.

§ 7] Αὕτη ὀπτὴ ἐσθιομένη κωλικοὺς καὶ στ. καὶ νεφριτικοὺς ὀνίνησι.

§ 5] Παστὴ δὲ ἐσθ. ∾ ἰᾶται.

§ 6] Καυθείσης (mieux que dans l'édition) δὲ ἡ τέφρα αὐτῆς μετὰ κρινομύρου ἤγουν κρινελαίου τρίχας καλλοποιεῖ καὶ πολλὰς τῶν ἐκπιπτουσῶν ἵστησιν.

P. 111, l. 2. (F. 94 v.) ΠΕΡΙ ΙΠΠΟΚΑΜΠΟΥ (Cp. D.)

§§ 3 et 4 inédits, conservés par le v. i.] Ἱππόκαμπος ζῶόν ἐστι θαλάσσιον · οὗ καυθέντα (l. καυθέντος) ἡ τέφρα ἐν πίσσῃ ὑγρᾷ καὶ στέατι ἀρκείῳ ἀλωπεκίαν δασύνει.

§ inédit : Τὸ αὐτὸ δρᾷ καὶ τοῦ θαλασσίου ἐχίνου τὸ ὄστρακον.

Figure de l'hippocampe.

14. (F. 95 r.) ΠΕΡΙ ΚΕΦΑΛΟΥ ΙΔ (Cp. D.)

§ 1, en partie inédit] Κέφαλος ἰχθύς ἐστι. Τούτου ἡ κεφαλὴ ∾ λειωθεῖσα ὀγκοὺς τοὺς ἐν ἕδρᾳ καὶ ἐξ. θ. καὶ συκάμηνα (l. συκάμινα) αἴρει, καὶ ὅσα περὶ τὴν ἕδραν καὶ ἐν ἄλλῳ τόπῳ θεραπεύει. Καὶ ἡ κεφ. παλαμίδας (*sic*) τ. α. ποιεῖ.

Figure du muge.

P. 113, l. 5. (F. 95 v.) ΠΕΡΙ ΚΑΡΑΒΙΔΟΣ (Cp. D.)

§ 16] Καραβίς, ποταμήσιος. Ὀπτή, ἐσθιομένη στ. ὠφ.

§ 17] Τὸ δὲ ἀποζ. τῶν ἐκζεστῶν πιν. κ. φ. καὶ νεφρικοὺς ὠφελεῖ καὶ οὖρα προκρίνει.

Figure du homard.

P. 112, l. 13. (F. 96 r.) ΠΕΡΙ ΚΑΡΙΔΟΣ

§ 11, inédit, conservé par le v. i.] Καρίς, θαλάσσιος. Αὕτη περιαφθεῖσα σκορπιοπλήκτους ἰᾶται. (Cp. D.) Ἐὰν γὰρ ἐπιγράψῃς τῷ πληγέντι τόπῳ. « Καρίς »..... (Une ligne biffée et illisible.)

§ 11 *bis*] Εἰ δέ τις γλύψῃ καρίδα ἐπὶ γαγάτου λίθου καὶ φορῇ ἐν δακτυλίῳ οὐ μὴ πληγῇ ποτε ὑπὸ σκορπίου.

Figures de six squilles.

19. (F. 96 v.) ΠΕΡΙ ΚΑΡΚΙΝΟΥ

§ unique, inédit : Καρκῖνος θαλάσσιος, ζωμιστὸς ἐσθιόμενος οὖρα προτρέπει. (Cp. D.)

Figures de cinq coquillages marins.

Note de première main au bas de la page : Τρία φύλλα λείπουσιν · ἴσθι. Suivent en effet 2 1/2 feuillets restés blancs, réservés sans doute pour les lettres Λ, Μ, Ν, Ξ, Ο, qui manquent.

Articles inédits.

(F. 99 v.) ΠΕΡΙ ΠΟΛΥΠΟΥΣ (*sic*). π (Cp. D.)

Πολύπους ἐστὶ τὸ λεγόμενον ὀκταπόδιον. Οὗτος ζωμευθεὶς καὶ βρωθεὶς νεφρικοὺς καὶ δυσουρίαν ἰᾶται.

Τῷ δὲ ἐξ αὐτοῦ μέλανι γράφεται ἐν χάρτῃ.

Figure de la pieuvre (sept branches seulement).

(F. 100 r.) ΠΕΡΙ ΠΟΡΦΥΡΙΔΟΣ (*sic*). (Cp. D.)

Πορφυρία ζῶόν ἐστι θαλάσσιον κογχύλη ἐπονομαζομένη. Κιρίκιόν (l. κηρύκιόν) ἐστι μικρὸν ὥσπερ ὀνύχιον.

Τοῦτο θυμιώμενον ἀναδρομὰς ὑστέρων καὶ πνιγμονὰς ὠφελεῖ.

Ὁ δὲ τούτου ζωμὸς πινόμενος γαστέρα μαλάσσει καὶ κοιλίαν προτρέπει.

Σάρκα δὲ ὠμὴν τῆς πορφυρίας ἐὰν λειώσεις μετὰ σμύρνης καὶ ἐπιθήσεις εἰς τὸν ὀδυνώμενον τόπον, ἡμικρανίαν θεραπεύσεις ἄκρως.

Περιαπτόμενον δὲ τὸ ζῶον κεφαλαλγίαν ἴᾶται.

Figures de six buccins.

P. 117, l. 20. (F. 100 v.) ΠΕΡΙ ΡΑΦΙΔΟΣ Ρ (Cp. D.)

§ 1] Ῥαφὶς ἰ. ἐ. ἡ καλ. βελονίς · ὑπάρχει δὲ θαλάσσιος, ἔχουσα στόμα μακρὸν παρεοικὸς σφαιρίνῳ (l. σφυραίνῃ, comme dans le ms. S?)

Τούτου τὸ στόμα ∾ ἀπελαύνει (comme dans le ms. S).

Figure de l'aiguille (poisson).

P. 118, l. 4. (F. 101 r.) ΠΕΡΙ ΡΙΝΟΣ (*sic*). (Cp. D.)

§ 3, inédit, conservé par le v. i.] Ῥίνα ἰχθύς ἐστι θαλάττιος. Ταύτης τὸ δέρμα καυθὲν καὶ λειωθὲν καὶ ἐπιχρισθὲν φύματα ἴᾶται, καὶ τὰς ἐκ ῥινῶν αἱμορραγίας ἵστησι. (Texte répété à la page suivante.)

P. 117, note. (F. 102 r.) ΠΕΡΙ ΣΚΟΡΠΙΟΥ Σ (Cp. D.)

Σκορπίος ἰχθύς ἐστι θαλάσσιος. Τοῦτον πνίξας ∾ πιεῖν σπληνικῷ, καὶ ἰαθήσεται. (Cp. l'article 357 du ms. S.)

Ἐὰν δὲ γυν. δὸς (l. δῷς) πιεῖν, αἱμορραγήσει (mieux que dans S) παραχρῆμα · στῆσαι δὲ θέλων τὴν αἱμ., σκ. ἑψήσας δὸς φ. καὶ ἰαθήσεται.

Figure du scorpion de mer.

P. 118, l. 20. (F. 102 v.) ΠΕΡΙ ΣΥΝΑΓΝΟΥ (*sic*). (Cp. D.)

Article inédit, conservé en partie par le v. i. qui donne la bonne leçon συναγρίδος, ainsi que le ms. D.

§ 5] Σύναγνος ἰχθύς ἐστι θαλάττιος. Τούτου οἱ ὀδόντες παισὶν ὀδοντοφυοῦσι περιαπτόμενοι ἀνωδύνως φύονται, καὶ πᾶσαν ὀδονταλγίαν περιαπτόμενοι ἰῶνται.

§ 6] Ἡ χολὴ δὲ μετὰ ἀμυγδαλελαίου ὠταλγίαν θεραπεύει.

Figure du dentex ou de la scie (?).

(Fol. 103 r.) ΠΕΡΙ ΣΑΡΓΟΥ

P. 119, l. 2. § 7, inédit, conservé par le v. i. Σαργὸς (l. σαργοῦ) οἱ ὀδόντες φορούμενοι πᾶσαν ὀδονταλγίαν ἀποστρέφουσιν.

P. 118, l. 14, § inédit, conservé par le v. i. (art. περὶ σαύρου) : Ἡ δὲ χολὴ αὐτοῦ χριομένη γυναικῶν μασθοῖς γάλα πολὺ φέρει (Cp. D.)

§ inédit (même rédaction que dans D.) : Ὁμοίως καὶ αἱ στέλλινες ∾ τὸ αὐτὸ ποιεῖ.

§ inédit : Σαπεῖσαι δὲ αἱ στελλῖναι (*sic*) καὶ μετὰ κεδρίας ἐπιχρισθεῖσαι προεκσπασθείσας (?) τρίχας οὐκ ἐῶσι ταύτας αὖθις ἀναφυῆναι. (Cp. D.)

Figure du gardon.

F. 119, l. 4. (F. 103 v.) ΠΕΡΙ ΤΡΙΓΛΑΣ (Cp. D.)

§ inédit, conservé en partie, par le v. i. : Τρίγλα ἰχθύς ἐστι θαλάττιος. Αὕτη καυθεῖσα σὺν μέλιτι καὶ ἐπιτεθεῖσα ἄνθρακας ἐκριζοῖ καὶ τελείως θεραπεύει · πνιγεῖσα δὲ ἐν οἴνῳ τοῦ οἴνου πινομένου δυστοκούσας (*sic*) βοηθεῖ.

§ inédit : Ὁ δὲ ζωμὸς αὐτῆς πινόμενος τοῖς δηλητήριον πεπωκόσι βοηθεῖ.

§ 3] Εἰ δέ τις ∾ χρίσει τινά, ἀμβλ. παρ. Λύσις δὲ τούτου · ἐὰν τὴν χολὴν τοῦ ἰ. σ. μ. χρίσῃς, ὀξ. παρέξεις.

§ inédit, conservé par le v. i. (note) : Ταύτης τὸ ἧπαρ λεῖον ἐπιπλασσόμενον [εἰς] δήγματα τρυγόνων θαλασσίων καὶ δρακόντων καὶ σκορπίων καὶ σμυρνίδων πληγὰς ἄκρως ἴᾶται.

§ inédit : Ἡ δὲ τέφρα αὐτῆς σὺν μέλιτι ἐπιτεθεῖσα ἀκάνθας ἐκκρίνει καὶ σκόλοπας θεραπεύει.

§ 1] Τρίγλης δὲ εἴ τις τὸ γένειον κείρει ἔτι ζώσης αὐτῆς, αὐτὴν δὲ ζῶσαν (f. 104 r.) ἀπολύσει ἐν τῇ θαλάσσῃ καὶ (une ligne biffée) εἰς ἄκρους.

§ 2] Φορούμενον δὲ, ἐπιτυχίαν παρέχει.

Figure du muge.

(F. 104 v.) Article inédit. ΠΕΡΙ ΤΡΙΧΑΙΟΥ (*sic*). (Cp. D.)

Τριχαῖος (l. τριχίας ?) ἰχθύς ἐστι θαλάσσιος. Τούτου ἡ κεφαλὴ ∾ ἀλωπεκίας δασύνει.

Σὺν ἐλαίῳ δὲ τακεῖσα καὶ διηθισθεῖσα καὶ μιγεῖσα μετὰ λαδάνου καὶ ἀδιάντου τὰς ῥεούσας τρίχας τῆς κεφαλῆς ἵστησιν.

Figure de la sardine.

17. (F. 105 r.) ΠΕΡΙ ΥΔΡΟΥ Υ (Cp. D.)

§ 1] Ὕδρος ὄ. ἐ. ἐν τοῖς ὕδ. δ. καὶ νηχ. π. λ., πον. ζ., παρὰ Πέρσαις καὶ Σύροις ἐσθιόμενος. Οὗτος ἔχει λίθους (l. λίθον ?) ἐν τ. κ. Ἐὰν ∾ ἀγρεύσῃ, οὕτως ποιεῖ αὐτόν, καὶ ἐμεῖ τὸν τοιοῦτον λίθον.

P. 120. § 2, en partie inédit] Κρεμᾷ (l. κρέμα) αὐτὸν ἄνω κάτω καὶ ὑποθυμιᾷ (l. ὑπόθυμία) δάφνην, καὶ ἐξορκίζει (l. ἐξόρκιζε) λέγων τοῦτον τὸν λόγον. « Μὰ ∾ ἐάν μοι δώσεις τ. λ., οὐ μὴ ἀδ., ἀλλ' ἵνα πέμψω σε εἰς τὰ ἴδια. » Καὶ ἐπειδὰν ἐμ. τ. λ., φύλαξον αὐτὸν ἐν ῥ. ὀλ., εἰ δὲ παρακούσῃ σου, λαβὼν τμητήριον, σχῖσον (*sic*) τὴν κορυφὴν αὐτοῦ καὶ εὑρήσεις τὸν λίθον, καθὼς καὶ τῶν (f. 105 v.) ζώων ἕτερα πολλὰ ἔχουσιν, οἵ τινες καὶ (sc. λίθοι) ἐνεργοῦσι φυσικῶς. Ὁ δὲ τοιοῦτος λίθος, ἤγουν τοῦ ὕδρου ὑδεριῶντας καὶ ὑδρωπικοὺς ἄκρως θεραπεύει.

§ 3] Καὶ εἰ θέλεις πληροφορηθῆναι, πείρασον οὕτως. Γέμισον ἀγγεῖον χαλκοῦν ὕδωρ (l. ὕδατος) καὶ κρέμασον εἰς αὐτὸν (l. αὐτὸ) τὸν λίθον καὶ καθ' ἑκάστην ἡμέραν δοκιμάζων εὑρήσεις <αὐτὸ> φυροῦν (*sic*) ξέστην ἕνα.

§ 4] Ἐγὼ δέ ποτε ὑδεριῶσι περ. καὶ ἀλ. ∾ τ. πάθους · πειράζων γὰρ καθ. ἑκ. ἡμ. τέσσαρας δακτύλους τὸ μέτρον εὕρισκον, καὶ κατὰ φύσιν τὸν ὑδεριῶντα ἔστησα ἀφελόμενος τὸν λίθον · εἰ γὰρ ἐπέκεινα τοῦ μέτρου περιάψῃς τινί, τὸ ἔμφυτον θερμὸν ἀνημάξει (l. ἀναμάξει) καὶ ἐξαναλήξει (l. ἐξαναλίσκει) καὶ ξηρὸν τὸν φοροῦντα ἀπεργάσει, καὶ βλάψεις μᾶλλον ἢ ὠφελήσεις.

§ 5] Καὶ οὐ μόνον ὑδρωπικοῖς καὶ (f. 106 r.) ὑδεριῶσιν ἁρμόδιος ὁ λίθος, ἀλλὰ ∾ ἐπιφορὰς καὶ τοὺς καθοτιοῦν ῥευματιζομένους ὀφθαλμοὺς καὶ πόδας καὶ κεφαλὰς ἰᾶται.

Figure de l'hydre.

P. 119, note. (F. 106 v.) ΠΕΡΙ ΦΑΓΡΟΥ $\overline{\Phi}$ (Cp. D.)

(Texte conservé dans le ms. S sous le n° 360.)

Φάγρος ἰ. ἐ. θαλάσσιος κάλλιστος. Τούτου ∾ ὀστέον ἢ ὁ λίθος φορούμενα τὰς καταπ. ∾ ἀνάγει.

Ἡ δὲ χολὴ κ. τ. λ. (Comme dans D.)

Οἱ δὲ λίθοι φορούμενοι ὀδονταλγίαν ἰῶνται.

P. 122, l. 5. (F. 107 r.) ΠΕΡΙ ΧΕΛΩΝΗΣ $\overline{X}$ (Cp. D.)

§ 5, inédit, conservé en partie par le v. i.] Χελώνης χερσαίας κ. τ. λ. (Comme dans D.)

Μετὰ νίτρου δὲ λειωθὲν καὶ ἐπιχρισθὲν λέπρας καὶ κνισμοὺς ἰᾶται.

Figure de la tortue.

2. (F. 107 v.) ΠΕΡΙ ΧΑΝΟΥ (*sic*). (Cp. D.)

§ 1] Χάνος ἰ. ἐ. θ. Οὗτος ὀπτὸς ∾ παρέχει.

§§ inédits : Ἐπιχριόμενος δὲ τὴν κεφαλὴν (l. τῇ κεφαλῇ) ἀλωπεκίας καὶ πιτυρίας σμήχει.
Ἡ δὲ χολὴ ∾ ἀνακαθαίρει. (Comme dans D, à part le dernier mot.)

P. 123, l. 5. (F. 108 r.) ΠΕΡΙ ΧΕΛΙΔΟΝΟΣ (Cp. D.)

§ 17] Χελιδὼν ἰ. μ. ἐ. θαλάττιον περὶ τῶν τῆς θαλάσσης κυμάτων ἱπτάμενον ὕπερθεν. Τούτων πολλῶν ἱπταμένων καὶ δονούντων (l. δινούντων?) ἴσασιν οἱ ναυτικοὶ ὅτι ἄνεμον καὶ ζάλην μηνύουσιν ἐν τῇ θαλάσσῃ.

§ 18] Ταύτην τὴν χελιδόνα ἐάν τις ἀγρεύσῃ καὶ ξηρὰν φορῇ, ∾ ἐπιτευκτικὸς ἐν παντὶ πράγματι.

Figure de l'hirondelle de mer.

14. (F. 108 v.) ΠΕΡΙ ΧΡΥΣΑΦΟΥ (*sic*). (Cp. D.)

§ 22, conservé en partie par le v. i.] Χρύσαφις (*sic*) ἰχθύς ἐστι θαλάσσιος. Τούτου οἱ ὀφθαλμοὶ περιαπτόμενοι τριταῖον καὶ τεταρταῖον ἀπαλλάττουσιν.

§ 20] Οἱ δὲ ἐν τ. κ. λίθοι περ. τραχήλῳ φθ. ἰ.

§ 21, inédit, conservé par le v. i.] Ἡ δὲ χολὴ αὐτοῦ φορουμένη ἐν σκεύει καθαρῷ εὐηδίαν παρέχει καὶ ἡδονὴν ἐν συνουσίαις.

Figure de la dorade.

(F. 109 r.) Article inédit. ΠΕΡΙ ΧΟΙΡΟΥ (Cp. D.)

Χοῖρός ἐστι θαλάσσιος. Τούτου ἡ δορὰ ἐν οἴκῳ ἀποτιθεμένη πᾶσαν βασκανίαν καὶ δαίμονας ἀποδιώκει.

11. (F. 109 v.) ΠΕΡΙ ΧΗΛΟΥ (*sic*). (Cp. D.)

§ 19] Χηλὸς (l. χειλὸς?) ἰχθύς ἐστι θαλάσσιος. Τούτου τὸ στέαρ μ. χ. τίλυος (l. τήλεως) λ. κ. χρ. τὰς ἐν τοῖς χ. γινομένας ῥαγ. ἰᾶται.

21. (F. 110 r.) ΠΕΡΙ ΨΑΡΟΥ Ψ (Cp. D.)

Article inédit, conservé par le v. i. : Ψάρος ἰχθύς ἐστι θαλάσσιος. Οὗτος νεαρὸς ζωμιστὸς ἐσθιόμενος καὶ μετὰ οἴνου πινόμενος εὐστομαχίαν πᾶσαν παρέχει.

24. (F. 110 v.) ΠΕΡΙ ΨΥΛΛΩΝ

§ 2] Ψύλλους θ. ἐὰν ζέσῃς ἐν ὕδ. θ. μετὰ κονύζης βοτάνης καὶ ῥάνῃς εἰς οἶκον (l. ἔχοντα) ψ., οὐκέτι γενήσονται ἐν αὐτῷ ψύλλοι.

§ inédit, conservé par le v. i. : Ἐὰν δὲ ψύλλον φορῇ ἁλιεύς, πάνυ ἐπιτυγχάνει τῆς ἁλείας.

(F. 111 r.) ΠΕΡΙ ΩΜΟΥ ω̄ (Cp. D.)

Article inédit. (Voir les pp. 46, l. 11, 15 ; 47, l. 26 et 48, lettre Ω, §§ 18, 19, 20 et 23.)

Ὠμίς, ἰχθὺς θαλάσσιος, ἡ καλουμένη δαῦς.

Τούτου ἡ κεφαλὴ καυθεῖσα καὶ σὺν μέλιτι ἐπιχρισθεῖσα ῥαγάδας τὰς ἐν τῇ ἕδρᾳ θεραπεύει.

P. 124, l. 2. (F. 111 v.) ΠΕΡΙ ΩΑ (*sic*) ΤΩΝ ΙΧΘΥΩΝ

§ 1] Ὠὰ ἰχθύων ταριχευόμενα πᾶσαν ἀσθένειαν καὶ νόσον θεραπεύουσι καὶ πᾶσαν ἀνορεξίαν λύουσι, μάλιστα τῶν λαβρακῶν (*sic*) καὶ κεφαλῶν (*sic*) καὶ σμυρναίων (l. σμυραινῶν?) καὶ τῶν ὁμοίων.

§ 2] Πρόσφατα δὲ ταριχευόμενα καὶ ἐσθιόμενα πᾶσαν ἀηδίαν ἰῶνται.

§ 3] Καὶ ταῦτα μὲν ὁ Δημιουργὸς θεὸς λόγος ἐπ' ὠφέλειαν τῶν ἀνθρώπων ὡς ἀγαθὸς ἐδωρήσατο πάσης ἀερίας τε καὶ χθονίας δρύσεως (l. ἀδρύνσεως?) καὶ ἐνύδρου, ἵνα μηδὲν ἀδιοίκητον καταλίπῃ τῷ βίῳ, ᾧ ἡ δόξα σὺν τῷ ἀνάρχῳ πατρὶ καὶ τῷ ὁμοουσίῳ καὶ ζωοποιῷ πνεύματι εἰς τοὺς αἰῶνας · ἀμήν.

(F. 112 r.) ΛΑΘΕΝΤΑ ΤΑΥΤΑ ΓΡΑΦΟΝΤΑΙ ΩΣ ΟΡΑΣ ΕΝΤΑΥΘΑ

P. 24, l. 1. § 2] Ἰτέα δένδρον ἐστὶ πᾶσι γνώριμον.

4. § 5] Τούτου τὰ φ. χλ. κατάπλασον ὀδυνώμενον σπλῆνα καὶ ἰαθήσεται παρ' αὐτά. Εἰ δὲ θέλεις τελείως τῆξαι σπλῆνα καὶ ταχέως, φλοιὸν ἰτέας μετὰ ὄξους βράσον ἕως ὅτου ἀποτριτώσῃ τὸ ὄξος, καὶ δίδου τοῦτον τὸν πάσχοντα νῆστιν (l. τῷ πάσχοντι νήστει) πιεῖν · δίδου δὲ κοχλιάρια β' ἢ γ' πρὸς τὴν δύναμιν.

Paragraphes inédits.

(Cp. p. 52, § 3)] Ἄρκου στέαρ ἄλειφε μέτωπον παιδός, καὶ γενήσεται εὐφύστατον (l. εὐφυέστατον) ὑπὲρ τὴν διήγησιν.

Ἄρκου στέαρ εἰ μίξεις μετὰ πεπέρεως καὶ ἀλείψεις φαλακρόν, ἀρθήσει τρίχας (l. ἀρθήσονται τρίχες).

Ἄρκου στέαρ (l. στέατι) ἄλειφε ἐξοχάδας, καὶ ἰάσεις αὐτάς.

(Cp. p. 55, § 40)] Αἰγὸς χολὴν καὶ ψιμίνθιον (*sic*) καὶ ὑδράργυρον μίξας ὁμοῦ ἴσα, ἐπίχριε βούλλαν (sc. μέρος?) σώματος καὶ γενήσεται ὁμόχρους τῷ ὅλῳ σώματι.

(Cp. p. 59, § 15)] Ἐλάφου δέρμα λαβὼν βάλε ἐν αὐτῷ ὄνειον γάλα καὶ ὑοσκυάμου σπόρον τετριμμένον [καὶ δόσον (l. δῆσον) εἰς τὸν ἀριστερὸν βραχίονα γυναικός, καὶ οὐ συλλήψεται· εἰ δὲ θέλεις πειρᾶσαι αὐτό, δῆσον εἰς ὄρνιθαν γεννῶσαν, καὶ ὄψῃ.

(Cp. p. 106, § 6)] Γλάνου κεφαλὴν ταριχευμένην (*sic*) καύσας καὶ τρίψας ἀπόπλυνον μετὰ χλιαροῦ ὕδατος τὸν ἔχοντα τόπον τὰς ἐξοχάδας, καὶ ἐπίπασον τοῦτο, καὶ ἰάσεις αὐτάς.

(Cp. p. 66, § 8)] Λαγωοῦ κοιλίαν καύσας καὶ τεφρώσας κοπάνισον καὶ κοσκίνισον· ὡσαύτως εὗρε καὶ τρίψον πολύτριχον βοτάνην, ἀδίαντον καὶ κοσκίνισον καὶ αὐτό. Εἶτα μίξον σμυρνέλαιον μετ' αὐτῶν καὶ ποιήσας ἓν μίγμα ἄλειφε τὸν πόγωνα καὶ ἕως ἡμερῶν τριῶν φόρει τὸ ἄλειμμα, καὶ ποιήσεις γένειον δασύ.

(Cp. p. 67, § 1)] Μῦας (l. μύας) κρατήσας παράτριβε ἐν βλεφάροις καὶ (f. 113 r.) ἐν συντόμῳ φυήσονται τρίχαι (l. τρίχες.)

APPENDICE III

LE LIVRE IER DES CYRANIDES

ET L'ÉDITION DU CARDINAL PITRA

P. 6, l. 16, après κτυπῶν] Addition : κἂν γὰρ ἤ (l. ᾖ) μικρότατον, τιθεὶς αὐτὸν καὶ πρὸς τὸ οὗς (l. οὖς) σαλεύων θῇς αὐτόν, ἀκούσῃς (l. ἀκούσεις) κενδονίζοντος (corrigé par Pitra en κωδωνίζοντος). Cette addition écarte notre conjecture.

§ 2] Addition du début : Καὶ αἱ δυνάμεις αὐτῶν εἰσι τοιαῦται · τῆς βοτάνης κ. τ. λ.

P. 10, l. 17. Après κοσμικὰ : ὡς ἐμβαλεῖν ὅλως εἰς εὐφροσύνην, μὴ φαῦλον εἰπεῖν, ἀλλ' εὐωχίαν ἔχειν. (Cp. le vieil interprète latin.)

19. Μακάρα ἐκ θεῶν ἄνασσα βοτρ. μήτηρ (*sic*) ἅπασι βεβαία (*sic*) εὐεργεῖς ἐν βρότοῖς ἡ πρώτη ευα ἡ εκ νοῶν, φρενῶν τήρησον εὐωχίαν, ηυ ευη ιεος ὀλύμπου οὖσα.

P. 11, § 38] Ἡ δὲ τοῦ Κοιράννου περὶ εὐφρ. στ. ε. ο.

12. κυμβαληφόρε, γῆς ∾ ἡ πρώτη ευι εὐγρίνων φρενῶν μου τήρησον μου νοὸς φρένας εὔθυμος · οὖσα εἰς θειοτάτην ὑγιείαν · ἡ ωω. αεχ. ιαω. εαωε.

P. 12, l. 3, Βρύσις] Βύρσις.

5. Βύσσα] Βύρσα.

P. 13, l. 2. Γλυκυσίδη] Γλυκύδη.

4. Γνάθος] Γνάτιος.

P. 14, l. 8. γνάθιον] γνάτιον.

10. γεναμένης] λεγομένης (confusion fréquente dans les mss.).

P. 15. § 15] Μάκαρ θεῶν Ἑρμῆ, ζῶόν ἐστι σόν·
Ἄγνωστος αὐτῇ ἐστιν ἡ φύσις,
Γένους γὰρ ἀνδρῶν ἡμίθεος σοφός,
Νοῶν (νοὴν ms.) φέρων φρένας καὶ μυστὴς θεῶν,
Οὐκ ἂν ποτ' εὕροι (*sic*) τουτ' ἀλλὰ πεσεῖν (πέσειεν ms.).

P. 17, l. 11. γνωστὸς] γλωστὸς (?).

A la fin de la lettre E figure l'article relatif à l'ἔποψ dans le manuscrit de Moscou comme dans R.

16. ζμύρνα] σμύραινα. (Cp. p. 18, l. 7.) Cette leçon est préférable.

P. 23. § 7] Εἰς οὖν τὸν θυρσίτην λίθον γλύψον θὺρ (πτηνόν ἐστιν ὅμοιον ἱέρακι θαλασσίῳ, δραστικὸν πάνυ) [Cp. p. 22, l. 23] κρατοῦντα τὸν θύνον (l. θύννον) ἰχθὺν (mieux que dans l'édition) καὶ ὑποκατακλείσας μέρος τῆς βοτάνης φόρει, κ. ἔσῃ ἀμέθυσος.

P. 24, l. 10. πάντα δὲ πόνον ∾ εὐπέπτως] καὶ ἔσται ὁ φορῶν παντὸς πόνου στομαχικοῦ ἀπηλλεγμένος (*sic*).

14 et suiv. κιναίδιος] κιναίδοιος.

19. καλεῖται ἴυγξ, παρά τισι δὲ καὶ συσσοπιγγίς (l. σεισόπυγος) διὰ τὸ τὴν ἑαυτοῦ πτερὰν μακρότερον οὖσαν ταύτου δέοντος συνεχῶς κινεῖσθαι.

P. 28, l. 4. Λώϐηξ] Λώρηξ.

22. λυγγούριον] λίγγουριν (l. λιγγούριν?).

P. 30. § 1] Ἀρχὴ τοῦ N. Νομέα βοτάνη ἡ λεγομένη φλόμος, ν. ἰ., ν. πτ. νεμ. λίθος.

P. 31. § 5] Ὁ δὲ νεμ. λ. ἦν κατασκευασμένος (*sic*) παρ' Ἑλλήνων ἐν τῷ ναῷ Νεμέσεως.

10. πῆχυν] πηγήν.

P. 32, l. 2-4. Ξίφιος] Ξίφος.

5. Ξίφιος] Ξιφίας.

§ 6] [Ἐκ τῆς βοτάνης παρασκευάζεται] μύρον ὁ (*sic*) ἐν τοῖς ἱερατικοῖς βιϐλίοις καλ. σούσινον.

§ 8] Ἐν δὲ τῷ λίθῳ (ἐξαίρετος) δε (*sic*) ἐν τῇ γῇ Καππαδοκίᾳ ἐν τῇ Ναξιαηζῷ (*sic*; cp. § 3, leçon du ms. R en note), γλυφόμενος ἱέραξ, καὶ ὑπὸ τ. π. α. ὁ ἰχθύς, ὑπὸ δὲ τὸν λίθον ἡ ῥίζα τ. β. κατακλειομένη, φυλακτήριον γίνεται, καὶ ἐὰν θῇς ἐν ζώῳ, μαθήσῃ παρ' αὐτοῦ ὃ ἂν βούλῃ.

P. 33, l. 18. ἡ θαλάσσα τὰ ἐν αὐτῇ μέγιστα κήτια (*sic*) προρρίπτει.

22. εἰς Παμφυλίαν καὶ Κιλικίαν καὶ Καρίαν, ἀλλὰ δὴ καὶ τὴν Θρᾴκην.

24. τῆς Μεγανιτῖδος γῆς.

P. 34. § 9] Εἰς δὲ τὸν ὀν. λίθον (ὁ καὶ καλούμενος σαρδόνιος) γλύψον ὄρτυγα κ. τ. λ.

19. § 1] Ἀρχὴ τοῦ Π. Πολ. βοτ. ὁ λεγόμενος χαμίμητον (*sic*), πορφύρα θαλ., ἡ λεγομένη κογχόλη (*sic*) πορφ. λίθος, πορφύριον πτηνόν.

§ 6] Τῆς οὖν βοτάνης ἡ ῥίζα λαμβανομένη, ληξιφογουμένη (l. ληξιφωτουμένης) τῆς σελήνης ἀφιγμένης, οὐκέτι ἐλλείπει, κ. τ. λ.

P. 36, lettre P, après notre § 1er, addition : Γλύφεται (*sic*) οὖν ἡ νυκτερὶς εἰς τὸν λίθον καὶ παρὰ τοὺς πόδας αὐτῆς ἡ ῥαφίς, καὶ ὑπὸ τοῦ λίθου ῥιζίον τῆς βοτάνης, καὶ τοῦτο φορούμενος δαίμονας ἀποδιώκει.

21. Σάλπη] Σάλπιγξ.

P. 37, l. 22. σάλπην] σάλπιγγα ἢ σάρπην. Pitra (p. 298, note) suppose qu'il s'agit de l'instrument de musique; il est beaucoup plus probable que l'oiseau tient dans son bec le poisson σάλπη ou σάλπιγξ.

P. 38, l. 25. Ὕλλος] Ὕλος.

P. 39. Φρύνη, βοτάνη] Φράτη βοτάνη ἡ λεγομένη φρύτη, βατράχων ἢ βατραχῖτις.

P. 42, l. 12. Καὶ ὑπὸ τὸν λίθον γράψον ταῦτα · ΜΑΛΛΕΝΕ ΚΑΛ', ἐν ἄλλῳ ΜΑΛΛΑΛΑ'.

16. Εἰς τὸν ἱερακίτην ∾ βάτραχον, καὶ ὑπὸ τοῦ λίθου γράψας ταῦτα ΜΑΛΑΙΑ, καὶ εἰς μαγνίτην τ. α. γλ., καὶ ὑπὸ τοῦ λίθου ΜΑΛΙΝΑ, καὶ φόρει.

P. 45, § 1] Ἀρχὴ τοῦ Ψ. Ψίλλος βοτάνη, ψιλὸς θαλάσσιος ∾ ψωρίτης λίθος ὁ καὶ πῶρος λεγόμενος.

P. 46, l. 3. ψύλλους] ψιλούς.

Après notre § 1] Ὅτι ὁ Γάληνος (*sic*) ἐν τῷ περὶ τροφῶν αὐτοῦ πραγματείῳ ἀνατρέπει τοῦτο, ψευδὲς φάσκων εἶναι [1]... Καὶ ταύτην δὲ τὴν ἐπιδεικτικὴν ἐργασίαν πρᾶξιν εἶδον ἐγὼ γενομένην ἐν μητροπόλει τῆς Βαβυλωνίας χώρας. (Cp. p. 48, § 17.)

Suit notre § 32 (p. 49), ainsi rédigé : Γλύψον δὲ ἐν τῷ λίθῳ χελιδόνα καὶ παρὰ τοὺς πόδας κατακλεῖσον (*sic*) ὀφθαλμοὺς τοῦ σκορπίου (ajouter καὶ) μαινίδος, καὶ σκορπίουρον (*sic*) ῥιζίον, καὶ κατακλείσας φόρει.

1. Dom Pitra veut que cette phrase soit une allusion au passage du traité *De Simplicibus medicamentis* où Galien parle des 36 plantes de « l'Égyptien Hermès ». Il est évident pour nous que Galien a plutôt en vue le livre sacré d'Hermès sur les 36 décans.

TABLE DES MATIÈRES

DES APPENDICES

Le Puy-en-Velay. — Imprimerie R. Marchessou, boulevard Carnot, 23.

60 30 9

ERNEST LEROUX, ÉDITEUR
RUE BONAPARTE, 28, PARIS

HISTOIRE DES SCIENCES

LA CHIMIE AU MOYEN AGE

Ouvrage publié sous les auspices du Ministère de l'Instruction publique

PAR M. BERTHELOT

SÉNATEUR, SECRÉTAIRE PERPÉTUEL DE L'ACADÉMIE DES SCIENCES

Trois volumes in-4. . . . . **45 francs.**

TOME I. Essai sur la transmission de la science antique au moyen âge. Doctrines et pratiques chimiques. Traditions techniques et traductions latines, avec publication nouvelle du *Liber Ignium* de Marcus Græcus et impression originale du *Liber Sacerdotum.* 25 figures d'appareils, table analytique et index.

TOME II. L'alchimie syriaque, comprenant une introduction et plusieurs traités d'alchimie syriaques et arabes, d'après les manuscrits de British Museum et de Cambridge. Texte et traduction avec notes, commentaires, reproduction des lignes et des figures d'appareils, table analytique et index. Avec la collaboration de M. Rubens DUVAL, professeur au Collège de France.

TOME III. L'alchimie arabe, comprenant une introduction historique et les traités de Cratès, d'El Habib, d'Ostanès et de Djâber, tirés des manuscrits de Paris et de Leyde. Texte et traduction, notes, figures, table analytique et index. Avec la collaboration de M. HOUDAS, professeur à l'École des Langues orientales vivantes.

LES LAPIDAIRES

DE L'ANTIQUITÉ ET DU MOYEN AGE

Ouvrage publié sous les auspices du Ministère de l'Instruction publique & de l'Académie des Sciences

PAR F. DE MÉLY

TOME I. **Les Lapidaires chinois.** Introduction, texte et traduction. Avec la collaboration de M. H. COUREL, 1896. Un volume in-4° *(Épuisé)*. . . . . . . 50 fr.

TOME II. **Les Lapidaires grecs,** par F. DE MÉLY et Ch.-Em. RUELLE. Texte. Un volume in-4° en deux fascicules. . . . . 30 fr.

TOME III. **Les Lapidaires grecs,** par F. DE MÉLY. Traduction. Un volume in-4°. *(Sous presse).*

TOME IV. **Les Lapidaires arabes,** par F. DE MÉLY et H. COUREL. Un volume in-4°. *(Sous presse).*

L'ASTROLOGIE GRECQUE

PAR A. BOUCHÉ-LECLERCQ

MEMBRE DE L'INSTITUT

Un fort volume in-8° de 680 pages, avec 47 figures. . . . . 20 fr.

LE PUY-EN-VELAY. — IMPRIMERIE RÉGIS MARCHESSOU, BOULEVARD CARNOT, 23.

www.ingramcontent.com/pod-product-compliance
Lightning Source LLC
LaVergne TN
LVHW020406230826
846091LV00004B/1162